集英社オレンジ文庫

# ベビーシッターは眠らない

## 泣き虫乳母（ナニー）・茨木花の奮闘記

松田志乃ぶ

本書は書き下ろしです。

Contents

イラスト／テクノサマタ

ベビーシッターは眠らない
Babysitter never Sleeps
泣き虫乳母・茨木花の奮闘記

〈人材派遣会社・寿〉は、派遣業界では知る人ぞ知る老舗である。

設立から、まもなく五十年。縁起のいい社名とはうらはらに、三島由紀夫が割腹自殺をしたその日に開業した、というあまりおめでたくない創業エピソードをもつ。

主な業務は月極め契約の家政婦と、ベビーシッターのあっせんだが、この種の業界には珍しく、広告のたぐいはいっさい出していない。

仕事は昔ながらの口コミで募り、顧客からの紹介で新規の客を受けつけるという、なんともアナログなシステムをとっている。

「――〈人材派遣会社・寿〉でございます。このたびは、お申し込みいただきありがとうございます。中野さまからのご紹介とうかがっておりますが……」

その日、新規の依頼を受けつけたのは、〈寿〉の管理部主任、永田みすずだった。

もっとも、主任といっても、他には管理部と総務部と企画部を兼任している後輩がひとりいるだけである。

〈寿〉はパートタイムの従業員を含めて、社員十人ほどの小所帯。

社長夫妻の住居でもある三階建ての事務所は、東京で一番長い商店街の端にあった。

建物じたいは、事情があって、ごく最近建て直されたばかりなのだが、モダンな印象はまったくない。庭の隅には古いお稲荷さんの祠が祀られ、猫の額ほどのロビーには、社長夫妻の趣味である盆栽と鉢植えがずらりと並び、窓をあけると、むかいの総菜屋からきんぴらごぼうやモツ煮込みやブリ大根の甘辛い匂いが事務所いっぱいにたちこめる——よくいえば「昭和チックでアットホーム」な、悪くいえば「垢ぬけない」会社、それが〈人材派遣会社・寿〉であった。

「ご希望はベビーシッターでございますね。週に四回か五回を通いで、お時間は夕方の四時から……はい……はい、その時々によって、延長などもしてほしいということで。場合によっては、泊まりのご希望もあると……承知いたしました」

永田みすずは片手でパソコンを操作しながら、画面に映った依頼の内容を細かく確認していった。

レトロな事務所の印象とは反対に、〈寿〉の主な顧客は富裕層である。

会社の顧客リストには、財閥系商社の社長夫人、ＩＴ企業の創業者、大銀行の頭取夫妻、〇〇国大使夫人……といった、そうそうたる名前が並んでいる。

「家事も、保育も、一流のプロフェッショナルを」

という創業者でもある社長の方針の下、〈寿〉では各種専門家による研修・教育を徹底し、語学や看護の資格を有する優秀な人材を揃えている。

そのため、仕事の依頼は絶えず、人気の家政婦やシッターなどは、一年近く先まで予約が埋まっているほどだった。

永田みすずは、新規客との打ち合わせを三十分近く続けた。

高額な報酬に比例して、当然、客の要望もハイレベルなものになる。条件の上では一致しても、実際、働いてみると人間同士の相性が合わないというのは、ままあることだ。

そうしたミスマッチを防ぎ、顧客満足（CS）を得るには、事前打ち合わせの際、相手がなにげなく漏らした言葉や態度からその性格をつかむ、探偵並みの洞察力が必要とされる。

そして、永田みすずは、この業務に就（つ）いて三十五年のベテラン社員であった。

「——お時間をいただき、ありがとうございました。はい。それではまた、こちらからご連絡をさせていただきます。……失礼いたします」

電話を切ると、彼女はデスクにある登録メンバーの紙ファイルを開いた。

そのまま、しばし考えこむ。

——現在、〈寿〉に所属しているベビーシッターは三十五人。

メンバーはファイル上でＡＢＣＤの四ランクに分けて色付けされており、ランクがあがるほど報酬も高くなるシステムになっている。

Ａランクの人々は「乳母（ナニー）」の名称で呼ばれており、そのほとんどが、看護師資格、保育士資格、教諭（きょうゆ）資格などを有する生粋（きっすい）のプロシッターだ。英語の能力は全員必須の条件で、中には四か国語を操り、博士号をもつ高学歴の乳母（ナニー）もいる。

乳母（ナニー）は、現在六人。

上は六十歳から、下は二十五歳まで。

全員、優秀なプロであることはまちがいない。

だが、これらエリートシッターの中にも、問題児がいないわけではないのだ……。

「——うーん……これは、少々、賭けになるかもしれないわねえ……」

パソコン画面上のシフト表としばしにらめっこをしたあと、永田みすずはファイルの一ページに視線を落とした。

笑顔の若い女性の写真の下には、やや大きめのフォントで名前が記されている。

写真を見つめながら、彼女に関する個人データと、先ほど電話で話した相手の情報を頭の中でマッチングする。

——うまくいくだろうか？　脳内シミュレーションの結果は「イエス」だった。この道三十五年の経験からくるカンがＯＫの旗をふっている。

永田みすずは決断し、うなずいた。それから、社長の承認を得るべく、新規依頼書の空欄に、すばやくその名前を書きこんだ。

「茨木花（いばらきはな）」と。

第一話
わたしの乳母(ナニー)は良い乳母(ナニー)

茨木花は心配性である。

初めて訪れる場所には、必ず約束の三十分前には着くことにしている。

べつだん方向音痴というわけではなく、電車の乗り換えが苦手なわけでもないのだが、「もしも」のときを考えると、心配はつきないのだ。

もしも派遣先へむかう途中、乗っている電車が人身事故で止まってしまったら？　もしも駅からの道があんがい複雑で迷ったら？　もしも急にお腹が痛くなったら？　もしも靴のヒールやストラップが壊れて歩けなくなったら？　もしも横断歩道の途中で腰を傷めたおばあさんを助けて家まで送っていったら、そこは意外な豪邸で、財産狙いの親族たちがくり広げる愛憎渦巻く連続殺人事件に巻きこまれたら⁉

当然、それらの想像はまず杞憂に終わるわけで、ムダに早く到着しては時間をもてあますハメになるのが常なのだが、すでに身についた習慣なのでやめられない。

その日も、目的の家に、花は約束のぴったり三十分前に到着していた。

「大和一二三さま……ここだ」

門柱に打ちつけられた「大和」の表札を確認し、花はうなずいた。

駅裏の小さな商店街を抜けたエリアから広がる住宅街。都心にほど近い、昔ながらの寺町で、低層の集合住宅や戸建ての家が並ぶ、のんびりした雰囲気の町である。

目的の家もそのうちの一つだったが、周囲に比べると、その大きさが際立っている。

花は二階建ての建物をまじまじと見あげた。

（立派なおうちだなあ……煙突があるなんて、外国の絵本に出てくる家みたい。それでいてどこか懐かしい和風の雰囲気もあるデザイン……こういうの、大正クラシカルっていうのかな？　それとも、昭和レトロ？）

明るいアイボリーの漆喰壁と、雲のように波打つ優雅な曲線を描く正面の妻壁、ステンドグラスをはめ込んだ櫛型の玄関欄間が印象的な家だった。

琥珀色のガラスブロックがはめこまれた玄関まわりのアールデコなデザインや、半円型の庇をもつポーチのゆったりとした造り、凝ったアイアンワークの手すり、可愛らしい青い庇のついたアーチ型の窓。数世代にわたって、改築、増築を重ねているのだろう。それぞれの時代の洗練と流行が入り混じった、ふしぎなレトロさが魅力的である。

ゆうに築五十年以上は経っていると思われる建物の外観をここまでみごとに保っているのだから、屋内のインテリアもすてきにちがいない。それに、丁寧な管理をしている住人も、きっと誠実で良識的な人たちではないだろうか。

（こんな映画に出てくるようなおうちで働けたら、楽しいだろうなあ……）

思わずわくわくと胸をときめかせかけたものの、

『――正直いうと、大和さまのご要望に茨木さんがマッチしているとはいえないの。ただ、いまは他の乳母(ナニー)たちのスケジュール調整がつかないし、大和さまもお困りで、一日でも早くシッターを派遣してもらいたいというご希望だったから組んでみたのよ。そういうわけで、本採用をいただけるかどうかは、ひとえに、茨木さんのがんばり次第だからね』

電話でいわれた永田(ながた)みすずの言葉を思い出し、花は、シュンとなった。

そう――まだこの家で働けるとは限らないのだ。

相手の希望している条件に自分はあまりそぐわない。売れっ子乳母(ナニー)たちのスケジュールが空かないから、お茶を引いている自分にお鉢が回ってきたというだけなのだ。

なにせ、自分にはいろいろと問題があるのだし……。

（ハア、くよくよ考えても仕方ないよね……とりあえず、約束の一時まで、どこかで時間をつぶさなくちゃ）

していたマスクをずらしてほっ、と小さく息をつくと、白い呼気が煙のように浮かんで消えた。二月にしてはわりあい穏やかな天気の日だったが、約束の時間までの三十分、北風にさらされ続けていては、さすがに冷えきってしまうだろう。

途中に小さな喫茶店があったから、そこまで戻ろうか、と花がきびすを返しかけたとき、ギイ……、と背後で小さな音がした。

　ふり返ると、ゆっくりとドアがあき、家の中から女の子が出てくる。

花はとっさに塀の陰に身を隠した。

約束の時間に遅れるのも失礼だが、三十分も早く現れるのも非常識だろう。初顔合わせの前からいきなり心証を悪くしたくない。

ガチャガチャと時間をかけて、門扉（もんぴ）の鍵を外したあと、女の子が道に出てきた。

「よいちょ」

という声とともに、両手に体重をかけ、鉄製の門扉を押す。

ガチャン、と閉まった扉を見あげて満足げにうなずき、そのままずんずん歩き始める。

（あれはきっと、このおうちのお子さま、大和七海（やまとななみ）さんだわ……）

相手をのぞき見ながら、花は会社から送られてきたデータを頭の中で検索した。

（二歳十一か月。愛称は七ちゃん。星の木保育園のうさぎ組さん。好きなものは海外アニメ〝ぱふぱふタイガー〟のカカポちゃんとアナゴのお寿司と冷やしうどんと味のり）

　家人と買い物にでもいくのだろうか、と家をふり返ったが、いっこうに人の出てくる気配はなかった。

　どうしたのだろう。まだ大人の支度が整わないうちに、女の子が先走って出てきてしまったのだろうか？　元気な子どもにはままあることだ。だいたい、この寒空の下、上着も着せず、セーター一枚で出ていかせるのは明らかにおかしい。

考えているあいだにも、女の子の小さな背中はどんどん遠ざかっていく。

その先には車道が見えた。

家の人間に知らせるべきか、女の子を追いかけるべきか？　その答えは明らかだった。

「まって――まってくださいっ、七海さん」

花は七海を追いかけた。

「車がきますよ。あぶないから、ひとりでお外にいったらだめですよ！」

女の子は立ち止まった。

追いついた花を、不審そうに見あげる。

（わあ、可愛い……賢そうなお顔立ちのお子さまだわ。それに、なんて大きな目なの）

短く切り揃えた前髪、さらさらのショートボブ。くりくりと真っ黒な目。桃色の頬。

カラフルな毛糸のボンボンがいっぱいついた、たんぽぽ色のセーターを着て、肩からはなぜか季節外れの虫かごを斜めにかけている。

「七海さん、こんにちは。あの、おうちに戻りましょう。お外に出るときは、大人と一緒でないといけないんですよ……あっ⁉　七海さん！」

七海は、ダッ、と走り出した。

花の存在をガン無視し、一目散に逃げていく。

「七海さん、まってください！」

「わーわーわーわーっ」

（えっ、無意味に大声を出してわたしの声を聞かないようにしている？　ああ、なるほどね～、知らない人に話しかけられたら相手をせずにすぐ逃げよう、って防犯マニュアルを実践してるのね～。ふふ、お利口でエライ～……って感心してる場合じゃなかった！）

花はあわてて七海を追いかけた。

職業柄、幼児の言動はできるだけポジティブにとらえて褒めるというクセがついてしまっている。

「まって、七海さん！　ちがうんです、わたし、怪しい者じゃないんです、って怪しい者はたいていそういうと相場が決まっていますけど、この場合は本当なんです！　わたし、お父さんの知り合いで……あの、わたし、七海さんのことも知っているんですよ。保育園は星の木保育園、仲良しのお友だちは、同じうさぎ組さんの花蓮ちゃんでしょう？」

マスクをとって顔を見せ、花は七海の歩く速度にあわせつつ、根気強く話しかけた。

腕をつかむなり、抱きあげるなりすれば、簡単に子どもの足は止められるが、いきなり知らない大人に触れられて怖い思いをさせたくない。

七海はしつこいキャッチセールスに遭った人のごとく、話しかけてくる花を右に左にジグザグと避け、かたくなに目をそらし、行く手を阻む謎のこの大人を何とか無視してやり過ごそうとしている。二歳にしてはなかなかてごわい相手である。

（うーん、これは、奥の手を使うしかないかも……）

通常は、それなりに時間をかけて子どもの信頼を得るのが保育や託児の基本だが、この場合、そう悠長なこともいっていられない。

花はトートバッグの中から持参したエメラルドグリーンのオウムのぬいぐるみ、〝ぱふぱふタイガー〟のカカポちゃんのパペットをとり出した。

「──ねえ、七海ちゃん、どこにいくのカポ～？」

声色を使って話しかける。

ぬいぐるみの効果はてきめんだった。それまで逃げの一手だった七海がぴたりと足をとめ、ふり返った。

「──カカポちゃん……？」

大きな目を輝かせて、オウムのぬいぐるみを見あげる。

「イエーイ、パッフィーふわふわ～！」

「パッフィーふわふわ～！」

花と七海はいいながら、その場でおたがい元気よくボックスを踏んだ。

これが〝ぱふぱふタイガー〟世界における初対面時の挨拶なのである。

「カポカポ～。こんにちは、七海ちゃん～」

「こんにちわっ！」

「あぶないカポよ～。小さい子がひとりでおでかけしたら、いけないカポよ～？」

「カカポちゃんっ、なんで、ここ、いるの⁉」

ぴょん、と自分の肩に乗ってきたオウムのぬいぐるみの頭を嬉しそうになでる。

ようやく目にした七海の笑顔に、花は安堵した。

（ふふ……よかった。あらかじめ〝ぱふぱふタイガー〟のＤＶＤをシーズン３まで予習しておいた上に、近所のＵＦＯキャッチャーでカカポちゃんパペットを入手するために五千円溶かすまで粘った甲斐があったわ）

花は心配性な上に用意周到な性格だった。

「七海ちゃんをさがしてきてね、って、ボク、おうちのひとにたのまれたんだカポ～」

「カカポちゃん、ひとりできたのっ？　ぱふぱふタイガーは⁉」

「ごめんカポ～、タイガーはいま、パッフィー島のお仕事でいそがしいんだカポ～」

「しょっかー……パッフィー島、いま、悪いトラの王しゃまにしはいされてんだもんね……ぱふぱふタイガーはみんなをたしゅけるために、毎日自分のけがわをちょっとずつ切りとっていちばで売って、仲間のしょくりょうにかえてんだもんね……」

〝ぱふぱふタイガー〟の世界観は意外とシビアだった。

「七海ちゃんはどこにいこうとしてたカポ～？　公園にいきたかったのカポ～？」

「ちがうよ」

「じゃあ、お友だちのおうちカポ～？」

「ちがう。七海、悪いまほうつかいにつかまったドラゴンの赤ちゃんを助けにいくの！」

思いがけず壮大な決意を語られる。

「ドラゴンの赤ちゃんをね、助けてね、こえに入(い)えゆのよ」

と、まだちょっと回らない舌で話しながら、斜めがけした虫かごを見せられる。

「しょんで、七海のおうちの水槽で飼ったげんの」

「そ、そうなんだ～。悪い魔法使いってどこにいるのカポ～？」

「商店街よ。郵便局をまがったとこの山本(やまもと)ベーカリーの裏にすんでんの」

（なんて庶民的な魔法使いなの……）

「七海ねえ、きのうねえ、お散歩のときにねえ、ドラゴンの赤ちゃんをみちゅけたの。だからねえ、おきてすぐドラゴンの赤ちゃんのとこ、いきたい、ってパパにゆったの。でも、パパ、今日は、だいじなお客しゃんがくるからだめよ、いかないよ、って、つれてってくんないの。パパ、お部屋のおかたづけしてんの」

花の操るカカポちゃんにすっかり心を許した七海は嬉々(きき)として語る。

「だから、七海、ひとりでドラゴンの赤ちゃんとこ、いくのよ」

（なるほど、そういうことだったのね。ということは、お父さまはお掃除に集中していて、七海さんが家を出ていったことに、まだ気づいていないのかも……）

「ブルブル、ひゃー、風が冷たいカポ〜」

「だいじょぶ、カカポちゃん？」

「寒いカポ〜。ボク、七海ちゃんのおうちにいってあったまりたいカポ〜」

「えーっ、いいよ、いいようっ」

カカポちゃんを使ってうまいこと七海を家の方向へと誘導しつつ、花はバッグから携帯電話をとり出した。七海の家の電話番号はあらかじめ会社から知らされてある。

やや長いコール音のあとで、相手が出た。

「もしもし。突然のお電話、失礼いたします。本日、十三時にお伺いすることになっていた茨木と申しますが……はい。実はいま、大和さまのお宅のすぐ近くにおりまして……」

——二分後。

七海の家のドアと門扉が勢いよく開かれ、男性が飛び出してきた。

足にはサンダルをつっかけ、手にはふきんをもち、つけているエプロンを外す余裕もないあたり、内心のあせりようが手にとるようにわかる。

「七海!!」

花と七海を見つけ、三十代半ばと見える男性は血相を変え、一直線に走ってきた。

七海はカカポちゃんを抱きしめ、にっこりする。

「パパ。あのねえ、カカポちゃん、きたのよ」

「七海、大丈夫？　ケガしてないの⁉」

「ケガ、ないよ」

「ごめん、パパ、七海がいないことに全然、気がつかなくて……！　よかった……ああ
……七海ぃ……ひとりでお外に出ちゃダメだっていったでしょう……」

混乱と安堵が一時に襲ってきたのだろう。その場で膝（ひざ）を折り、がっくりとうなだれる。

それから、男性は、はっとしたように顔をあげて花を見た。

「すみません、あの、ありがとうございました！」

素早く立ちあがり、直立不動の体勢から深々と頭をさげる。

「ご連絡いただけなかったら、いったい、どうなっていたことか。本当に、想像しただけでぞっとします。おかげさまで、助かりました。ありがとうございます！」

「いえ、たまたま早めに到着していたものですから。良いタイミングで、幸運でした」

「茨木さん、ですね？　私、大和です。申し訳ありません、こんな路上でご挨拶をさせていただくのもアレですが……」

「いえ、どうぞ、お気になさらず」

花は相手に負けない深さで頭をさげた。

「あらためまして、わたくし、〈人材派遣会社・寿（ことぶき）〉からまいりました乳母（ナニー）の茨木花と申します。大和一二三さま、七海さま。本日はよろしくお願いいたします！」

# 二

「――今朝、玄関ポストに郵便物をとりに出た後、うっかりチェーンをかけ直し忘れていまして……最近、七海（ななみ）は踏み台を使って玄関の二重ロックを開けることを覚えてしまったので、こちらも気をつけていたつもりだったのですが……まさか、ひとりで出ていってしまうとは……」

大和一二三（やまとひふみ）は隣に座ってりんごジュースを飲んでいる娘に目をむけ、ため息をついた。

「掃除の途中で部屋をのぞいたときには、おとなしく絵本を読んでいたので、これなら大丈夫だろう、と家事に没頭してしまっていたんです。……完全に、ぼくの落ち度ですね」

「七海さん、おうちを出るとき、きちんと門扉（もんぴ）を閉めていました」

出された熱い紅茶をそっとすすり、花（はな）はいった。

「お行儀がよいなあと感心しました。七海さんは賢くて、行動力のあるお子さんですね」

「はあ、よくいえばそうなるのでしょうか」

大和は苦笑した。

「とにかくもう、小型の台風みたいに元気な子なものですから……これまで、面倒を見てくれていた私の母が、先月、腰を傷（いた）めて緊急入院してしまい、七海の世話をする人間がいなくなってしまったので、ほとほと困り果てまして。……私が仕事を休んだり、昔からおつきあいさせていただいているご近所の方や、親切な後援会の方に預かっていただいたりして、なんとかしのいできたのですが、それにも、やはり限度がありますし」

「中野さまを通して〈寿〉をご紹介いただいたとうかがいましたが」

「ええ、中野先生の奥さまとは父の代から親しくおつきあいさせていただいているんです。住まいも近いですし、中野先生は、同じ党の大先輩ですから」

大和はそういって、自分も紅茶のカップを口にした。

応接間。

オーバル型のテーブルを隔てて、花は大和親子とむかいあっていた。

（外観から想像していた通りの、すてきなおうち）

乳白色のシェードが柔らかな光を放つガラス製のライト。可愛らしい丸窓にはめこまれたステンドグラス。大きな柱時計。古い家にしては窓が多く、天井が高い。

庭に面した昔ながらの応接室には、造り付けの暖炉や木製アップライトのピアノ、洋酒を並べた飾り棚などが置かれている。左右の壁には多くの写真が飾られており、中でも、一番立派な額装の写真には、モーニングを着た年配の男性たちが、赤絨毯を敷いた階段に並ぶ姿が映っていた。報道などでよく見る組閣写真である。

写真の中の閣僚のひとりが、この家の先代、大和周であるらしい。

（そして、この大和一二三さまも政治家なのよね）

大和一二三。三十四歳。

六年前に亡くなった衆議院議員、大和周のひとり息子で、現在、都議会議員二期目。

同じく都議会議員だった前の妻とは、一年前に離婚しており、現在は、もうじき三歳になる娘の七海とふたりで暮らしている。

息子の結婚を機に、若夫婦にこの家を譲り、近くのマンションでひとり暮らしをしていたという一二三の母の聖子は、離婚後、この家に戻って七海の世話を引き受けていたそうだが、二週間前、ギックリ腰を患ってしまった。

さいわい、症状は軽く、すぐに退院できたものの、当分のあいだは安静に過ごすよう命じられたため、やんちゃ盛りの孫娘の世話係はおりざるをえず、急きょ〈寿〉へシッター要請の連絡がきた——というわけである。

（よかった。政治関係のお客さまは、横柄で難しいタイプの方が多いけれど……大和さまはやさしそうな方だわ）

写真に見える亡父、大和周の、眼光鋭く、首太く、押し出しの強そうな、いかにも、昭和の政治家らしい、ぎらぎらとした精力的なイメージとはちがい、二代目のこちらは長身にスマートな体型、整った顔立ちの、やさしい、ソフトな印象である。

ちょっと皺のよったコットンシャツに、スリムなジーンズ。黒のメンズエプロン。

七海の口を拭いたり、幼児用菓子の小袋を開けてあげたり、食べこぼしを落ちたはしからせっせと拾う、かいがいしい姿は、子ども思いの父親そのもの、世間一般に流布する「世襲政治家」の傲慢なイメージとは、ほど遠い印象だった。

「――七海さんは、いま、保育園に、八時から十七時まで通っているんですね」

手元の資料を見ながら、花はいった。

「はい。私の仕事が間に合わない日は、延長保育をお願いしていますが」

「どのくらいの頻度でしょうか」

「そうですね、このところは、ほぼ毎日でしょうか。というのも、いまは都議会の開かれる直前で、その準備に毎日追われているものですから。都議会の会期中は、本会議の日もそうですが、特に委員会の日は、閉会、散会が深夜に及ぶことも少なくなく、日付をまたいでの帰宅も珍しくないんです。議会の開催は一か月以上ありますから、そのあいだは、ご近所の方や後援会の方などに助けていただきつつ、都のファミリーサポート制度などもフル活用して、今日までなんとか回してきた……という感じですね」

さすがに政治家らしく、なめらかな返答だった。

「それでは、シッターのご希望は、基本的に、平日の月曜日から金曜日、保育園のお迎え時間である十七時の三十分前から、二十二時まで。勤務状況によっては、それ以降、あるいは翌日までの泊まりこみ――ということでよろしいでしょうか？」

「はい。それと、七海のケアと並行して、家事と炊事もお願いしたいのです。いまいったように、私は、議会会期中の平日は、家事に割く時間がもてないので」

大和は、アーチ形の三連窓から午後の陽のそそぐ室内を見渡しながら、いった。

「この通り、古い家で、部屋数もそこそこありますから、掃除の手間もかかると思いますが……私も七海も気に入っている、大事な家なので、できるだけ手入れに努め、荒らしたくはないんです。できる範囲でかまいませんので、清掃をお願いしたいのですが」

「承知しました」

「それと、いま申しあげた予定はあくまでむこう一か月のもので、来月以降はまったく違う時間割をお願いするかもしれません。……と、いうのも、ご存知の通り、例の新型肺炎の流行が東京でも深刻化してきていますから、七海の通う保育園でも、保育時間の短縮、あるいは、休園措置などがとられる可能性が考えられるので」

大和は、たまごボーロをカリカリ食べている七海へ、心配そうな視線をむけた。

「都内の教育・保育現場での感染対策や、休校措置などについては、来週以降、都議会でもとりあげ、知事の見解を問う予定でいますが……もしも、一斉休園などの措置がとられた場合、七海も自宅での保育を余儀なくされるので、シッターをお願いする時間も、大きく変わってくると思います」

花はうなずいた。

――去年の末、中国の一部地域を中心に広がり始めたCOVID-19、いわゆる新型コロナウイルス感染症の世界的流行は、今年に入って、ついに日本にも及んだ。

いまではテレビをつければ、朝夕のワイドショーや報道番組で、横浜港に停泊した豪華客船内の感染状況などが一日じゅうとりあげられている状態である。

じりじりと増えていく感染者数、マスクや消毒用アルコールの不足にともなう世間の混乱と不満に後押しされる形で、政府も先日、「不要不急の外出の自粛」をようやく口にしたが、いまだ行政による確固たる検査体制や、感染防止対策は確立されていない――

花は、その後、さらに細かく、大和との話を詰めていった。

あらかじめ作成してあった書類の空欄に、いま聞きとった内容を書き加えていく。

おおまかな要望は、永田(ながた)みすずが事前の電話ヒアリングですでに聞きとっているので、そこからこぼれた事項を補足し、最終的な契約内容を固めていくのである。

「――それでは、ご契約の内容は、このようにまとめましたが、よろしいでしょうか。いま一度、ご確認をお願いします」

受けとった契約書へ入念に目を通し、大和はうなずいた。

「はい。けっこうです」

「始めの三回は試用期間となりますので、正規料金の半額が適用されます。試用期間中、特に問題がないようでしたら、そのまま、本契約に移らせていただきます。三回目の終了後、営業の者がまいりますので、その際にご捺印いただいた契約書をお預かりし、そこから、正式な契約開始となります。以上の流れで、ご不明な点など、ございませんか」

「大丈夫です。よろしくお願いします」

大和は、ふう、と小さく息をついた。

「――いや、今後のめどがついて、ほっとしました。何しろ、先ほどいった通り、母が倒れて以来、毎日綱渡り状態で父子生活を回していたものですから。これで七海が病気にでもなったら、それも立ちゆかなくなると、ハラハラしていたんです」

「時期が時期ですし、ご心配でしたよね」

「ええ。同時に、身内の甘えで、これまで、母のサポートに寄りかかりすぎていた、という反省もあるのですが。父子家庭となった時点で、家政婦さんなり、シッターさんなりを雇うべきだとはわかっていたものの、どうしても、身内以外の人間を家に入れることに抵抗がありまして……。私じしん、専業主婦の母親に手をかけて育てられたので、どこかで、それをよきものとする古い価値観にとらわれていたのかもしれませんが」

大和は七海の頭をなで、目を細めた。

目尻に、小さな笑いじわが寄り、柔和なその人の印象をいっそう強めた。

「ですが、もう時代も変わってきていますし、娘が元気に楽しく毎日を過ごせることを第一に考えたら、素直にプロの力を借りるのが最適解だろう、と考えを改めたんです。ただでさえ、この子には、親の事情で、いろいろと不便を味わわせていますしね。あちこちのお宅に日替わりで預けられるより、自分の家で、信頼できるシッターさんに面倒を見てもらうほうが、七海もストレスを感じずにすむだろう、と思いまして」

（大和さまは柔軟な考えの持ち主なんだなあ……）

ハウスキーパーやベビーシッターの文化が根づいている海外諸国とはちがい、日本では「家のことは家庭内で回すもの」という考えがまだまだ根強い。

経済的にかなり余裕のある層でも、家事や保育のアウトソーシングには否定的な人々が少なくなく、特に男性は、その傾向が強いといえる。

家事や育児を担う当事者以外の人間ほど、頭で考えた「古き良き家庭運営の理想像」に固執しがちで、なかなかその保守的な思考をアップデートできないのだ。

が、どうやら大和は、そうした男性の例にはあてはまらないようである。

「難しいご決断の末、弊社にお声がけいただいて、ありがとうございます。精一杯、つとめさせていただきますので、どうぞよろしくお願いいたします」

「はい。こちらこそ、お願いします。七海はこの通り、相当やんちゃなので、手を焼くことも多いと思いますが」

大和は笑った。安堵した表情で、冷めた紅茶を一口飲む。

「――ところで、あの、茨木さん、一つ、おうかがいしたいことがあるのですが」

「はい、なんなりとどうぞ」

「本採用の際にきていただけるシッターさんというのは、どんな方なのか、茨木さんはご存じでしょうか？　まだお名前なども聞いていませんでしたが……その方とは、三回目の試用期間が終わった時点で、引き合わせ、という形になるのでしょうか」

「えっ？」

　花は書類を封筒に入れかけていた手をとめた。

「お電話でお話しした、永田さん……でしたか。あの方の説明では、現在、予約が立てこんでいるので、こちらの希望に適う乳母の早急な派遣はちょっと難しい、ただ、ひとり、都合のつく乳母がいるので、とりあえず、試用期間、その人に働いてもらって、その後のスケジュールをまたあらためて考えてはどうか……ということでしたよね。なので、お試し期間後に、新しいシッターさんがきてくれることになっているはずですが……」

「あ、あの、大和さま、ええと……す、すみません、少々、誤解があるようですが」

　花はあわてていった。

「弊社では、試用期間とその後の採用期間は、通常、同じ者が担当いたします……つまり、大和さまの担当は、現時点では、わたくし、茨木ひとりとなっています」

「えっ⁉」

　と今度は大和が驚きの声をあげる番だった。

「最初のお試し期間だけが茨木さんで、その後は、ちがうシッターさんがきてくれるのではないんですか？」

「い、いえ。わたしだけです。今回の派遣は、大和さまのご要望にマッチしないものではあるのですが、とにかく一日でも早い手配を、とご希望でしたので、空いていたわたしが選ばれたのです。問題等が生じましたら、もちろん変更は可能ですが、基本的にはわたしが担当ということで……。すみません、永田からの説明が不足していたようですね」

「そ、そうなのですか。それは、すっかり勘違いしていました。いや、しかし……茨木さんが担当、ですか……それは、その……こちらの要望とは、あまりにも……」

と大和はそこでいったん口を閉じた。

話がこみいったものになりそうだと察したのだろう、隣の席でぬいぐるみのカカポちゃんの口にラムネをぐいぐい押しこもうとしている七海に目をむける。

「――ええと、七海」

「あい」

「ちょっとのあいだ、お菓子をもって、隣のお部屋にいっていてくれるかな？　ごめんね、そのあいだ、テレビを見ていてもいいからね。あ、〝ぱふぱふタイガー〟のＤＶＤでもいいよ。パパ、もう少し、お姉さんとお仕事のお話をしなくちゃいけなくなったから」

「イヤじゃっ！」

七海は元気いっぱいに拒否した。

「イヤじゃ、って……また、七海はおばあちゃんの観る時代劇専門チャンネルの影響で、そういうおサムライ言葉を……」

「おサムライ、ちがうもん。ひつけトーゾクあらため、はせがわへいぞーだもん」

「じゃ、あのう、長谷川平蔵さん、ちょっとあっちのお部屋で、悪のぬいぐるみ軍団をお縄にしていてもらえますか。パパはね、お姉さんと、まだ大人のお話があるからね」

「イヤじゃっ。七海、ここ、いるもん。七海も、お姉さんと、子どものお話、あるもん。ひとりだと、つまんないもん！　テレビのお部屋、いかないよ」

テーブルにひし、としがみつく。

「でもねえ、パパたちは、七海にはわからない難しいお話をしなくちゃいけないんだよ。そういうときにね、子どもがいるとお話を進めにくいから……」

「フフン・フンフン、フフン・フンフン〜フフン・フンフン〜」

「七海、『鬼平犯科帳』の渋いエンディングテーマを歌って聞こえないフリしないで……ねえ、七海……七海ちゃん……七海姫、お願いだよー、いい子だから、ね？」

大和がなんとか説得を試みるも、大人たちに仲間外れにされたくない一心の七海は頑固に「NO」をいい続け、ついにはテーブルの下に潜りこんで籠城を始めた。

「こら、七海、そんなところにいないで、出ておいで」

「いやじゃー」

まだ契約が決まったわけではないのだから、あまり出しゃばったまねはせずにおこう……と遠慮し、黙ってなりゆきを見守っていた花だったが、七海の相手に苦戦する大和を見ているうちに、どうにも我慢ができなくてムズムズしてくる。

（ここは、やはり乳母（ナニー）として、大和さまに助太刀（すけだち）すべきではないかしら）

「あはは、パパ、かくれんぼ、しよ。パパがオニで、七海が子オニね」

「それ、鬼しかいないでしょ。七ちゃん。パパはやることがあるから、いまは、お遊び、しないよ。ねえ、七海……七海ぃー、お願いだから、出てきてよ」

花はすっくと立ちあがった。

「大和さま、おまかせください」

「え？」

ふり返った大和に、にっこりする。

——子どもの相手をするとき、花の中では、普段のちょっと泣き虫で気弱な自分が顔をひっこめて、背筋をぴんと伸ばして、自信にあふれた、理想の乳母（ナニー）が現れるのだ。

「ぶっぶー、ぶっぶー。こちら、こどもタクシーです、こどもタクシーです」

胸の前でエア・ハンドルを回し、タクシーの運転手さんに早変わりしながら歩き出した花を、大和がきょとんとした顔でみつめる。

「ブロロロ〜。どこかにお客さんはいないかなー？　どんな場所へもひとっ走り、元気のガソリンは満タンだよー。こどもタクシーは子どもたちを安全運転でいろんな場所に送り届けるのが大好きなのだー」

（おっ？　なんだ、なんだ）

と、好奇心を刺激された七海がテーブルの下から顔をのぞかせる。

運転している体で部屋の中を歩きながら、ひょい、とテーブル下をのぞきこむと、七海が「きゃっ！」と悲鳴をあげてひっこんだ。それから、わくわくした顔でまたちょっと顔をのぞかせては、花が自分のほうをふりむくのを見て、くすくす笑う。

小さな子どもはみんな楽しいことに敏感で、ごっこ遊びが大好きなのだ。

「ぶっぶー。お客さんはいませんかー。ウーン、おかしいなあ、ちっともお客さんがきてくれないぞ？　この街にはぜんぜん子どもがいないみたいだ。子どもたちは、いったいどこにいっちゃったんだろう？　どうしよう、子どもがいないと、こどもタクシーはみんなに元気をもらえなくて、心のエンジンがかからなくなってしまうのに……」

だんだん声に元気がなくなり、しょんぼりうなだれながら、エア・ハンドルを回す。

「シクシク……子どもたちに会いたいよう。心がへこむとタイヤもへこむし、涙でフロントガラスが曇って見えなくなるよう。ぶっぶー。こどもタクシーですよー。えーん、おねがいです、誰か乗ってくださーい。それとも、こどもタクシーはもうおしまいにしたほうがいいのかなあ。ウーバーイーツのほうが人気があるからなあ」

「こどもタクチーかわいそう！」

すぐに七海が食いつき、テーブルの下から飛び出してきた。

「パパ！　タクチー、とめたげて！」

「へっ？　う、うん。え、えーと、タクシー？」

「キキーッ。はい、いらっしゃいませー」

花は笑顔でドアを開ける動作をする。

「あっ、すみません、こどもタクシーは子どもだけの乗り物なので、おヒゲとか生える人はお乗せできないんですけれど」

「パパ、あっち、いってて！」

父親をぐい、と押しのけると、七海は花の背中に飛びついた。

「お客さん、どちらまでいきますか？」

「えっとぉ、テレビのお部屋のソファーんとこまで、おねがいします」

「かしこまりましたー」

花は七海をおんぶして、応接間の中を一周したあと、隣室への引き戸を開けた。

隣は広い和洋室で、テレビとソファがある。七海をソファにおろすと、花はＤＶＤプレイヤーの横にあった〝ぱふぱふタイガー〟のＤＶＤを見つけ、再生させた。部屋の隅に置かれたおもちゃ箱からありったけのぬいぐるみを運んできて、七海のまわりに並べる。

「では、こども映画館の始まりでーす。今日は、可愛いお客さんがいっぱいですねえ」

七海は大きなサメのぬいぐるみを抱きしめ、満足そうな表情で、オープニングの始まった〝ぱふぱふタイガー〟を見始めた。

また脱走されてはかなわないので、念のために引き戸は開けたままにしておく。

花はタイミングをはかって、そっと隣の応接間へ戻った。

「フー、おまたせしました。〝ぱふぱふタイガー〟のＤＶＤには一話二十分のエピソードが四話収録されているので、これで少しはお時間がとれると思うのですけれど……」

「お、お疲れさまでした……」

大和はむかいに座った花をまじまじとみつめた。

「七海は頑固なところがあって、一度こうする、と決めたら、なかなかそれを覆すのが難しいのですが……茨木さんのいまの手際の良さは、さすがに、プロですね」

「ありがとうございます」

「それと、あの……先ほどはすみませんでした。私が思い違いをしていたのに、茨木さんに非があるかのような、失礼ないいかたをしてしまって。茨木さんに不満があるというのではなく……想像していたシッターさんと、かなり違ったものですから」

花は神妙にうなずいた。

手元の資料には、大和のシッターへの希望は、

「年齢は四十代以上の既婚(きこん)女性、子どもと接する職歴が十年以上あり、保育士資格か幼稚園教諭(きょうゆ)資格のいずれかを有する、経験豊富なベテランシッター」

と記されている。

二十八歳の独身で、職歴は七年ほど、まだベテランと呼べるほどではない花があてはまるのは有資格の部分くらいのもの。大和が戸惑(とまど)うのも当然だった。

「茨木さんは、シッターではなくて、乳母(ナニー)でいらっしゃるんですよね」

「はい。正確な規定があるわけではないのですが、弊社では、過去にご利用いただいたお客さまからの評価、実績を元に、弊社社長の判断で、成績優秀な一〇～二〇パーセントの者をハイランクの乳母(ナニー)と呼び、一般のシッターとは区別しています」

「中野先生の奥さまも、お孫さんたちのお世話係として代々乳母(ナニー)の方にきていただいていて、本当に助かっている、と私に〈寿〉さんを紹介してくださったんです。ただ、たいてい、数か月先まで予約が埋まっているので、最初から乳母(ナニー)さんクラスにきてもらうのは難しいだろうと聞いていたのですが……。茨木さんは、タイミングよくスケジュールが空いていた、ということで、こちらにマッチングしていただいたのでしょうか？」

（うっ、そ、それは……！）

痛いところをつかれ、花は、ぐっと言葉につまった。

通常、乳母の派遣に時間がかかるのは事実だった。

乳母だけでなく、人気のある家政婦やシッターなども同様である。

そんな中で、本来ならば優先的に仕事を割りふられるはずの乳母である花のスケジュールが空いていたのは、むろん、たまたまではない。

だが、いま、ここで、その理由を説明することはできないのだ――

『――事件、事故を起こしたわけではないのだし、あの件にしても、本人事由のものではないのだから、こと細かく、過去の情報を顧客に打ち明ける必要はないわよ』

会社の永田みすずからは、そういわれている。

『報告すべき内容だと考えるものに関しては、事前に会社側からきちんと顧客に伝えているしね。第一、本当にあの件で茨木さんに非があったのなら、社長も副社長も、当分現場には出させないし、乳母の資格だってとり消しているはずだもの。あの件はあなたの責任ではない、と会社の人間はみんな考えています。だから、茨木さんも、過去を引きずらないで、そろそろきもちを切り替えてほしいんだけれどな』

「あの……わたしは現在、単発や短期契約のお仕事を中心にしていまして。乳母は、通常、長期契約を結ぶ場合が多いので、急ぎのご依頼や短期のお仕事には応えられないのです。それでも、やはり、シッターではなく乳母を……と希望されるお客さまは一定数いらっしゃいますので、わたしがそうしたご要望をお受けする形になっております」

花はなんとか答えた。

嘘ではなかった。

事実の半分でしかなかったけれど。

「そうだったんですか」

素直にうなずく大和を見て、花は良心がチクリと痛むのを感じた。

「あの……大和さま、ご納得いかないようでしたら、遠慮なく、変更希望を出していただいてかまいません。マッチングは、あくまで会社からの提案で、合わないと判断されて、変更希望をされるお客さまも、けっして少なくはありませんから。なんでしたら、わたしのほうから、永田にその旨を申し出ておきましょうか」

「うーん……そうですね……」

大和は腕を組み、しばし考えこんだあと、

「すみません。少し、まっていてもらえますか」

隣の和洋室へ入った。

にぎやかな音楽と〝ぱふぱふタイガー〟のキャラクターたちの会話のあいまに、大和と七海の話す声がとぎれとぎれに聞こえてきた。しばらくして、ＤＶＤの音声が消えた。

「おまたせしました」

応接間に戻ってきた大和は、七海を抱っこしていた。

「いろいろ考慮していただいてありがとうございました。もう一度よく考えたのですが、変更していただく必要はないようです。〈寿〉さんのお勧め通り、シッターは茨木さんにお願いします。無難にベテランの方を……と希望していたのですが、若い方のほうが、いろいろと新しい情報にも敏いでしょうから、他の保護者の方々と足並みが揃えやすいでしょうし、体力もあるので、七海のおてんばぶりにもついていけるでしょうし」

　そういって、大和は、腕に抱いた七海に微笑みかけた。

「なにより、七海が、茨木さんのことを、とても気に入ったようですから」

　花は椅子から飛びあがるように立ち、

「ありがとうございます……！」

　深々と頭をさげた。

（よかった……ご信頼をいただけて……。このおうちで乳母として働けるんだ……！）

　目尻にじんわりにじんだ涙を、花は頭をさげた姿勢のまま、すばやく拭った。

「それでは、予定通り、明日からきていただけますか？」

「はい！　がんばりますので、よろしくお願いします！」

「ねえ、カカポちゃん、明日から七海のおうちにくるの？」

「そうカポよ～」

　と花はテーブルに置いたカカポちゃんパペットをすばやく手にはめた。

「七海ちゃん、ぼくといっしょに、明日から、いっぱい遊ぶカポ〜」

「やったーっ！」

「ハッピーふわふわ〜！」

「ハッピーふわふわ〜！」

「合い鍵を渡しておく必要がありますね。家の中はこの後、案内します。それと、保育園の連絡先と、毎日の持ち物、必要事項などをお教えしておかないと」

「お願いしますカポ〜！」

と、カカポちゃんを大和にむかっておじぎさせたあと、

（まちがえた！）

花は気づいて、真っ赤になった。

「すみませんっ」

「あはははは」

大和は楽しそうに笑った。

「さっきは、やきもきさせてしまって、すみませんでした。嫌なものですよね、採用されるか、されないか、不安なきもちでまつ時間というのは」

「いえっ、それもうれしいお返事をいただいて、吹き飛んでしまいましたから！」

「本当ですか？　強いなあ……ぼくなんて、初出馬のときの、当選確実の報が出るまでの

胃を揉みたくなるような時間が、いまだトラウマになっていますよ」

笑う大和の口調が、それまでよりも、少しくだけたものになった。

七海にはもう一度「こども映画館」に戻ってもらい、花と大和は、明日からのスケジュールを具体的に話しあった。

夕食、入浴、就寝の時間、七海の食べ物の好き嫌い、アレルギーや持病の有無を再確認する。合い鍵と一緒に、保険証、医療証、母子手帳を受けとり、かかりつけの病院と近くの緊急病院の名前をメモした。

「いつもいっているこどもクリニックさんは、ここから、徒歩で、五、六分のところにあります。各病院の診察券とおくすり手帳はそのケースに入っていますので。ぼくは昼間、電話に出られないことが多いので、緊急連絡の際は、まず母に電話をしてもらえますか？　ぎっくり腰も、現在はほぼ回復して、日常生活を送れるようになっていますから」

「わかりました」

花はやや大きめの母子手帳ケースを開いた。

みひらき部分に「おたんじょう　おめでとう」とハート型の風船をもった動物たちの絵が描かれ、その下に一枚の写真が貼られていた。白の産着にくるまれた真っ赤な顔の赤ちゃんをクリーム色の病衣を着た女性が、笑顔で胸に抱いている。

女性の二重の大きな目は、七海にそっくりだった。

「七海の母親ですね。出産直後の写真です」

目を細めて写真をみつめていた大和は、ふと思い出したように、

「茨木さんは、こちらの家庭事情などは、すでに聞いていただいているんですよね」

「？　はい。おおまかに、ではありますが」

「実は、一つ、お伝えしていなかったことがありまして」

隣室の七海を憚ってか、大和は声をひそめた。

「そこまで詳細を打ち明ける必要はないか、と思い、永田さんにはいわなかったのですが……うちは父子家庭、ということになっていますが、正確には、そうではないんです」

「と、おっしゃいますと」

「まだ夫婦なんです。ぼくと妻の明日香の離婚は、現時点では成立していないんです」

花は目をみひらいた。

## 三

〈美人すぎる都議妻の仰天スキャンダル　党にも夫にも三行半？〉

クリックすると、週刊誌のアーカイブ記事がノートパソコンの画面に映った。

記事の日付は、一昨年の十二月になっている。

〈川上静香都知事ひきいる東京都議会内で、思わず目をむく不倫ゴシップが話題になっている。ゴシップの中心は〝美人すぎる都議妻〟として知られる鈴木（※旧姓）明日香議員（三十五歳・二期）と、梶健太郎議員（四十二歳・四期）の二人。

片方はれっきとした人妻、しかも、リベラル会派と保守会派という〝水と油〟の政敵がナント、ロミオとジュリエットばりの禁断の恋に落ちてしまったのだ。

明日香議員の夫は〝都議会一のイケメン〟〝下町のリベラル王子〟と呼ばれている大和一二三議員（三十四歳・二期）。元大臣の父をもつ一二三議員と、テレビ業界出身の明日香議員の結婚は「美男美女の政治家カップル」として、当時話題になったものだ。

今年、夫妻には子どもが生まれたばかり。しあわせの絶頂だったはずの大和議員は、思いもよらない妻の裏切りに、相当なダメージを受けているそうである。

しかも、明日香議員は今回の不倫をきっかけに、梶議員の所属する保守会派への鞍替えも検討しているというのだから、夫である大和議員の面目は丸潰れだ。

都議会のエースだった大和議員、ああ、〝リベラル王子〟から〝寝取られ王子〟への汚名変更は、あまりにイタイ……。〉

――花はウインドウを閉じた。

思わず、ほっと息をつく。

中高年むけ大衆誌らしく、やたらと扇情的な文章は読むだけでも疲労する。

（大和さまの離婚の件については、会社から聞いて、把握してはいたんだけど……）

しかし、それは、あくまで過去のできごととしてだった。

離婚が成立していないとなると、この記事に書かれた〝不倫スキャンダル〟はまだ大和の中では終わっておらず、娘の七海も両親の問題の渦中にあることになる。

（――この人が、七海さんのお母さんか）

「鈴木明日香」の名前を検索すると、本人の公式ブログがすぐにヒットした。

フリーアナウンサー時代から、旧姓のまま活動しているようだ。

「女性の力で、東京に新たな風を」というスローガンとともに、栗色の髪をきれいに巻き、白のスーツを着て、にこやかな笑みを浮かべた本人の写真が大きく載っている。修整やライトの効果もあるのだろうが、意志の強そうな大きな目の、華やかな美人である。

花は母子手帳のケースにあった写真を思い出した。あちらは完全に素顔で、カメラにむける笑顔にも疲れの色がにじんでいたが、それでもきれいな人だと思った。

あの笑顔から一年も経たず、彼女は夫ではない男性に心を移し、大和との結婚に終止符を打ち、七海を置いて家を出ることを決めたのか――

（明日香さんも七海さんの親権を望んでいて、その点で離婚協議が長引いている、って、大和さまはいっていたな……親権の獲得は、基本的に母親に有利にできているはずだけど、今回のケースだと、母親側の主張が通るのは、さすがに難しいような気がする）

不倫という有責事項。夫の大和に非はなく、しかも都議会議員という社会的地位も収入も高い職についており、持ち家や貯蓄などの資産もある。

近距離に育児のバックアップを頼める実母がおり、地元コミュニティとのつながりも深く、近所の手助けも請えるという、七海にとっては申し分のない生育環境である。

いっぽう、明日香は地方出身者で、両親は地元で自営業に従事しており、育児の手助けは期待できないという。

彼女も都議会議員ではあるが、次の選挙ではどうなるかわからない。

今回のスキャンダルが原因で、議席を失う可能性も十分に考えられる……。

多忙な仕事の合間を縫って、弁護士同席で話しあいをもち、一年近くも争うのはどちらにとっても大きな負担だろう。それでも、明日香は娘に関する権利を譲らないという。

ややもすればその勝手な行動を非難したくなるが、彼女には彼女のいいぶんがあるはずだった。赤の他人が、表面的な情報だけを鵜呑みにして、安易にジャッジすることはできない。当事者でなければ、家庭内の問題はわからないものだ。

（家族の数だけ、秘密がある）

もっとも、それは家族に限ったことではないかもしれない。花にだって、ささやかながら秘密はあるのだから。あの件を、花は結局、大和には告げずにいる……。

花はふと気づいた。

もしかして、大和が壮年のベテランシッターを希望したことと、離婚協議中であることには関係があるのではないだろうか？

離婚訴訟はこじれると、相手のささいな失敗や言動を針小棒大にふくらませ、時に事実を歪曲してまで、自分に利するよう、司法に訴えるパターンがままあると聞く。

大和もそれを承知しており、若い女性シッターを家に出入りさせることで、妻側から痛くもない腹を探られる事態を避けようと考えたのではないだろうか。

（だとしたら、これは、きちんと対策を考えなくちゃいけないよね）

不利な材料になるリスクを押してまで、大和は花を採用してくれたのだから、恩をあだで返すようなまねはできない。

ノートパソコンをいったん閉じ、花は明日からの仕事について、真剣に考え始めた。

「七海ちゃん、保育園の帰り？　なんだか、いつもより早いみたいねえ」

店先の花壇を手入れしていた電器店の女性が、七海に笑みをむけた。

「こんにちは」

「こんにちは。あら……保育園の先生、じゃありませんよね。ご親類の方か何か？」

「ベビーシッターです。七海さんのお世話を任されまして。今後よろしくお願いします」

「ああ、そうなのね。それは、どうもご丁寧に、こちらこそ」

花に会釈を返したあと、女性は「バイバイ、七海ちゃん」と移植ゴテをもった手をふって、見送ってくれた。

――夕方の商店街。

アーケードのついた保育園近くの商店街は、家のそばのそれよりもだいぶ長い。八百屋、肉屋、花屋、そば屋、洋品店に写真店……ほとんどが個人商店で、店主たちの多くが七海を知っており、気さくに声をかけてくる。代々、地元が輩出している政治家として、大和家と町の人々とのつながりはかなり深いようだった。

『面倒だとは思いますが、地元の方々への挨拶は欠かさないようにしてください。みなさんには、いつも本当にお世話になっているので』

と近所づきあいについては、大和からも事前にいいわたされている。

少し先には広大な都立公園付近にタワーマンションが立ち並んでいる。レトロな雰囲気や昔ながらの町並みに惹かれた層が古い建物をリノベーションし、カフェやアパレルのショップなどをあちこちにオープンしているので、若い世代の流入は多い。

が、寺院や墓地の多く点在する中心部には、こぢんまりした集合住宅や、昔ながらの木造住宅が多く残り、長年、この土地に住み暮らした人々が大半のようである。

夜には町内会の人々が、澄んだ拍子木の音をカチカチ響かせて、「火のよーうじん」と声をあげる、まだ東京の下町らしい濃密なコミュニティが生きている町なのだ。

「――花ちゃん。七海ねえ、川の道、おさんぽして、かえりたいの」

手をつないで商店街のアーケードを抜け、橋にさしかかったところで、七海がいった。

川沿いは、きれいに整備された遊歩道が東西に伸びている。

「お散歩ですか。うーん、いっぱい歩いて、疲れちゃわないかしら」

「つかれないよう。だって、今日、お外遊び、なかったもん。みんなでじゅっと、お部屋遊びだったんだもん！」

花はうなずいた。

今日は昼過ぎまで小雨が降っていた。保育園での園庭遊びができず、教室に閉じこめられていたので、元気な七海は体力があり余っているのだろう。

次の橋にぶつかるまで、七海の足にあわせて歩き、そこから帰路につくと、ゆうに三十分は食われる。だが、時間はまだ夕方の四時過ぎで、夕食には時間があった。

（まあいいか。買い物はほぼすませてあるし、一時間早いお迎えも、今日までだしね）

「いいですよ。それじゃあ、少し歩きましょうか」

「やったー！　ハッピーふわふわ〜！」

「でも、途中で寒くなったら、そこでおしまいにしましょうね。川沿いは風が強いので」

花はしゃがみ、ほどけかけていた七海の赤いマフラーをきれいに結び直した。

――花が大和家へ通うようになって、五日が経っていた。

試用期間もぶじに過ぎ、めでたく花は、大和家に本採用になった。

七海の世話も、家事も、慣れるのには時間がかかるだろう、ということで、最初の一週間は本来よりも一時間早く勤務時間をスタートし、七海のお迎えもそれに合わせて一時間早めてきた。今日がその最終日である。

いままで、保育園へのお迎えは、主に祖母の聖子が受けもってきた。雨の日は車で、それ以外は徒歩だったという。電動アシスト自転車もあるのだが、聖子は自転車が苦手だったそうで、ほとんど、使わなかったらしい。

(自転車なら五分くらいで帰宅ができて、荷物も運べて、楽ではあるんだけど)

だが、七海は歩いて帰るのが好きだった。

保育園で、七海は昼寝の時間も含めて、八、九時間を過ごしている。

起きている時間の大半を自宅以外の場所で、家族以外の世話を受けて過ごすのは、二歳十一か月の子どもにとって、なかなかたいへんなお仕事だ。

終わったあとは、できる範囲で七海の要望やわがままを聞いてあげてほしい……というのが大和の希望であり、七海もそれには賛同していた。

「花ちゃん、あのきいろいお花、なんていう?」

遊歩道を歩きながら、道の片側の花壇を指して、七海が尋ねた。

「あれは、蠟梅ですね」

「ローバイ？」

「梅によく似た黄色のお花。梅、桃、桜、の順番で、春のお花は咲いていくんですよ」

「じゃあ、あれは？」

「あれは、水仙。昔、お花になる前は、金色の髪のきれいな男の子だったんです」

「じゃあ、あれは？」

「あれは、スノードロップ。雪に自分の花の色をわけてあげた、やさしいお花」

「あれは？」

「あれは、椿の花」

ジョギングや、犬の散歩中の人たちとすれ違う。よちよち歩きの赤ちゃんを連れた母親に会釈をすると、返ってきた笑顔の中に、かすかな戸惑いが見えた。先ほどの電器店の女性と同様、花が保育士なのか、若い母親なのか、測りかねたのだろう。

（もっとシッターだとわかりやすい保育グッズを身につけたほうがいいのかな？）

花は保育士時代に使っていた、お花や果物のアップリケがいっぱいついたエプロンをして、その上からカジュアルなベージュのコートを羽織っていた。

背中まである髪は頭の上で大きめのお団子にし、顔には丸型の大きめの伊達メガネをかけている。顔の大部分がマスクで隠れてしまうので、よけいに服や髪型で気さくな雰囲気が出るよう努めていた。できる限り、若い女性らしいフェミニンさを排し、

「どこからどう見ても、子どものお世話係に雇われた人間です！」

とベビーシッターアピールをしているのは、むろん、離婚問題の渦中にある大和にあらぬ疑いがかからないように、という配慮からであった。

七海の足に合わせてのんびり進むうち、空気の色がだんだんと赤みを増していく。浚渫船がうなるようなエンジン音を立てて横を過ぎていった。

夕焼け色に染まった川面がさざ波立ち、砕けた水が船の背後でばら色の琥珀糖のようにきらめいた。

「バイバーイ」

手すりにつかまり、七海が手をふると、煙草を吸っていた船上の男性がふり返り、手をふり返してくれた。紫煙が風にちぎれて、夕間暮れの空に立ち混じる。

川と橋の多い町である。東西南北どちらへ進んでも、少し歩けば、川にぶつかる。

「七海、大きくなったらお船のりになるんだー」

手すりをつかんだ手を、花にアルコールジェルで拭かれながら、七海がいう。

「七つの海にいくんだー。七海のお名前、七つの海、って意味だからね」

「とってもすてきなお名前ですよね」

「二つの海にはね、七海、もういったことあんの。えっとね、おおあらいとあぶらつぼ」

それはたぶん七つの海には入らない、など野暮なことはもちろんいわずにおく。

「前ねえ、パパとママと海にいってねえ、プールが三つもあるホテルに泊まったの。虹色のかき氷食べてねえ。すいぞくかんにもいったの。七海、すいぞくかん、しゅきだから、おもしろかった！　また、夏に、あのすいぞくかん、いけるかなあ？」

「いけるといいですね。でも、今年は、いやな病気がいっぱい広がっているから、もしかしたら、あまり遠くへはお出かけできなくなるかもしれません。悲しいけれど」

「しょっかー。コロナめー」

七海は小石を蹴飛ばした。

「そのかわり、来月のお誕生日は、楽しく過ごしましょうね」

七海は三月の早生まれである。

ちょうど今年は誕生日が日曜日にあたるので、大和も仕事を気にせず祝ってあげられるはずだった。時期が時期なので、お友だちは呼ばない予定でいる。

七海が大きく横にそらした小石を花が蹴り返した。追いかけていった七海が再び蹴り、道を外れた小石は、カツーン、と脇の階段から下へと転がっていった。

「あっ、パパだ」

一軒の家の塀に貼ってあった選挙ポスターに七海が気づき、階段をおりようとする。

転ばないよう、花は急いで七海の手をとった。

ポスターは雨風にさらされて、少し色褪せていた。

「一も二もなく大和一二三！　これまでも、これからも、この町のために」

　という、ややセンスに欠けたスローガンとともに、スーツ姿の大和がこちらに笑顔をむけている。目元の笑いじわなどを消し、肌色を明るく修整しているので、ポスターの中の大和は、実際のその人よりも少し若く見えた。

〝都議会一のイケメン〟と書いていた例の週刊誌の記事を思い出し、花はなるほど、と思うのだった。

　ブルーグレイの上品なスーツ。ゆるいくせ毛の前髪。会話のあいまにふと笑みがこぼれた、というような、自然な笑顔。

　むろん、これとて、プロたちの手による演出や修整が施(ほどこ)されているのだろうが、少なくともこの写真は、彼のソフトな魅力をじゅうぶんにアピールできているようだった。

（でも、わたしは、修整のない、自然な顔の若先生のほうが、やさしそうで好きだなあ）

　シッターや家政婦が雇い主に使う呼称は、女性なら「奥さま」、男性が「旦那さま」が一般的である。花も当初、「旦那さま」と大和を呼んでいたのだが、

『それは、勘弁してください。ぼくのような若輩(じゃくはい)には不似合いな呼び名ですから』

と辞退されてしまった。「大和さん」でかまわない、といわれたが、それではカジュアルすぎて、こちらのほうがしっくりこない。その後、近所の人々が、「若先生」と呼んでいるのを知って、それに倣(なら)うことにしたのである。

ふと見ると、七海が、遊歩道で拾った椿の花をポスターの下に置き、父の写真に手を合わせて拝んでいる。まるでお地蔵さんのような扱いに、花は思わず笑ってしまった。

同時に、花は思うのだった。

父親の顔写真が町のあちこちに貼られ、地域の人々がみな自分を知っており、母親のスキャンダルを日本中の誰もが知りえる中で育つことが、この先、七海の成長に、どんな影響を与えることになるのだろう、と。

「暗くなってきましたね。山本ベーカリーで明日のパンを買って、帰りましょう」

「うん。七海、今日は、ドラえもんパンにしようっと」

ふたりはもう一度、遊歩道へ戻り、橋を渡って、対岸へむかった。

「ねえ、花ちゃん。あと、なんかい寝たら、七海のおたんじょうびになる?」

「えーと、あと二十回くらいかな?」

「花ちゃんも、七海のおたんじょうび会、くる?」

「いきたいなー。いってもいいですか?」

「いいよー、おいで」

「ハッピーふわふわ〜! うれしいな、どんなお洋服を着ていこうかな」

「〝ぱふぱふタイガー〟のタイガーママみたいなのがいいんじゃない?」

「全身トラ柄ですね。そういうお洋服はもっていないかな……」

「パパも、ばあばも、もうプレゼント、よういしてくれたんだって。たのしみー。七海、ドラゴンの赤ちゃんがほしい、って、パパにもママにもばあばにもいったんだー」

「ドラゴンの赤ちゃん――ですか？」

「うん。ラッキーちゃん。ドラゴンだけど、赤ちゃんで、お馬さんで、ポニーちゃんなんだよ。そんで、大きくなると男の子だけど、女の子にもなるんだよ！」

花は首をかしげた。〝ぱふぱふタイガー〟のキャラクターのことだろうか？　出てくるキャラクターの数がやたらと多いので、花もまだ全員を把握していないのである。

「ねえ、花ちゃん、ママは、おたんじょうび会、くるのかな？」

「えーと……」

花は返す言葉を考えた。

その日は大和にパーティーの手伝いを頼まれ、特別に休日出勤をする予定でいるが、母親がくるとは聞いていなかった。料理は七海のためのものの他に「大人三人ぶんの計算で」といわれている。

「パパに聞いてみましょうね。お母さまもパーティーにきてくれたら、うれしいですね」

「うーん、でも、ママ、いそがしいからねー、ときどきだもん、会えるのは」

歩道のタイルの線を踏まないよう、気をつけて進みながら、七海はいった。

「ママは、お客さんのママだからねえ」

五時近くになり、大通りには、会社帰りや買い物帰りの人々が増え始めている。

むこうから歩いてくる制服姿の少女を見て、花は、はっとした。

(――あれは……)

うつむいて携帯を操作しているので、相手は花の視線に気づいていない。

前を開いた紺色のスクールコートの下から、ブレザーの制服がのぞいている。

すれちがいざま、花は少女の胸元のエンブレムを食い入るようにみつめた。

(――ちがった。似ているけど、あの中学の制服じゃない……)

「花ちゃん、どしたー?」

立ち止まったままの花を七海がふしぎそうに見あげる。

花は笑顔を作り、七海の小さな手をきゅっと握った。

「――ごめんね、なんでもありません。さあ、パンを買いにいきましょう。競走ですよ。あそこのポストまで、どっちが早く走れるかな?」

花がスタートのポーズを見せたとたん、七海はフライングで走り出した。

四

「――森のまん中に、ふたりのぞうさんが座っていました。背中とおしりをむけっこして、なかよしのふたりなのに、おしゃべりもせず、それぞれ道のむこうをながめたまま、うごかずにいます。『何をしているの？』ミスター・ドジスンがたずねました。『あそんでいるんですよ』とぞうさんたちはこたえました。『ちっともうごかないけど、なんのあそび？』『うふふ、ぼくたち、ブックエンドごっこをしているんです』……」

花は絵本から顔をあげた。

質問の声が急になくなったなと思ったら、七海は眠っていた。

お気に入りの大きなサメのぬいぐるみに抱きついている七海の長い睫毛、すべすべの頰、三角の形の小さな唇を花は愛おしくみつめた。子どもの眠りかたときたら、まさしくスイッチが切れたように、一瞬で現実世界にバイバイすることがある。

（今日の寝かしつけは、絵本五冊ぶんかあ……うーん、なかなかてごわかった）

壁の時計は夜の八時四十分を指している。

花はそっと椅子から立ち上がり、音をたてないように気をつけながら、手にした絵本を本棚に戻した。ビーズの房飾りがたくさんついた布製のベッドサイドランプの灯りで、部屋の中は淡いオレンジ色に染まっている。

南むきの二階の八畳間が七海の部屋である。

窓にはカラフルな絵柄の躍るカーテン、天井にはミニシャンデリア、壁にはサンドローズ色の地に大きな植物の柄が描かれた、可愛らしい外国製の壁紙が貼ってある。

本棚の下部には絵本や図鑑が、上部には児童書が並んでいた。

埃をきれいに払ってあるが、色褪せた背表紙やカバーは経年を感じさせるものだった。恐竜や生物、魚の図鑑類などが多くあるので、おそらく大和の子ども時代のものなのだろう。そのうちの一つ、『アカネちゃんとお客さんのパパ』というタイトルに、花は目をとめた。手にとってパラパラと挿し絵をながめる。

(懐かしいなー……大好きな〝モモちゃんとアカネちゃん〟のシリーズだ)

花も小さなころからくり返し読んだ本だった。モモちゃんとアカネちゃんの姉妹の成長を、家族や猫のプーとの生活とともに生き生きと描いた名作である。

パパとママのところに家なし猫のプーがやってきて、まもなくモモちゃんが生まれる。その七年後には、妹のアカネちゃんが生まれ、家族は四人になる。

だが、五作めの『アカネちゃんとお客さんのパパ』で、パパとママは離婚するのだ。

『ママはお客さんのママだからねえ』

七海の言葉が花の耳によみがえった。

二歳の子に両親の婚姻の破綻を説明し、理解させるのは簡単なことではない。

大和は小さなころに愛読したこの本を七海に読んで聞かせ、母親の明日香が家を出たことと、これからは離れて暮らすことを、姉妹の物語になぞらえて説明したのだろうか？

時々、オオカミの皮をかぶってアカネちゃんに会いにくるパパの話に、七海はいなくなった母親を重ねて、幼いながらに状況を理解したのだろうか？

そのときの光景を想像すると、花の胸にはせつない痛みが走った。

花は灯りを消し、子ども部屋を出た。二か所のベビーゲートを通り、一階におりる。古い家なので、やはりすきま風などがあり、長い廊下はしんしんと冷える。

家の外観は洋風の趣（おもむき）が強かったが、中は完全に和洋折衷（せっちゅう）で、一階の大半は和室である。大和家は、まだ東京が府であり、市であったころから、代々議員を出していた家なのだそうだ。昔から、後援会その他のつきあいで人の出入りが多かったため、襖（ふすま）を開け放てば大広間に変えられる和室を多く用いた造りになっているらしい。

廊下の奥の一室へ入ると、ウィィ……ンとかすかなモーター音が響いた。

花は手探りでルームライトをつけた。窓から離れた壁側に三つの水槽が並んでいる。大和の趣味のアクアリウムだった。

十代のころから金魚などを飼っていたそうで、いまは海水魚の飼育をしているのだ。

サメのぬいぐるみに抱きついて眠る七海の姿が脳裏に浮かび、花は微笑んだ。

(七海さんの魚好きは、きっと、若先生の影響なんだろうな)

一つの水槽にはカクレクマノミ、もう一つにはエンゼルフィッシュが澄んだ水の中で色鮮やかな姿を見せている。が、三つめの水槽に、生き物の姿はなく、かわりにカラフルなプラスチックの魚たちが、モーターの回す水流にあわせてプカプカ揺れていた。

目を離したスキに、七海が踏み台を使ってお風呂用のおもちゃを投入したのである。

（油断もスキもないやんちゃさんだわ。水質に悪い影響がないといいんだけど）

花はすくい網を使って、せっせとおもちゃを回収した。

三つめのこの水槽が空（から）なのは、放置しているわけではなく、次の生き物を迎えるために水槽を立ち上げている最中なのである。

水槽を立ち上げる、というのは、生き物が暮らすのに最適な環境を準備することだ。重要なのが水質で、殺菌消毒された水道水を、バクテリアをたっぷり含んだ良質なものに変えるために、岩や水草やフィルターを通して、こなれた水に作り直さねばならない。

淡水よりも海水のほうがより難しく、迎える生き物によっては、水槽の立ち上げ期間だけで一か月近くかかる場合もある――のだそうである。

（せっかくプロにいろいろ教えてもらったんだものね。ちゃんと覚えておこう。これからエサやりなんかを任されることもあるかもしれないんだし）

アクアリウムについて教えてくれたのは、近所のアクアショップの店主だった。

夕方、保育園から戻ってまもなく、玄関のインターフォンが鳴らされた。

花がひとりで対応していたところ、奥の部屋で遊んでいた七海がひょいと顔を出し、

『あーっ⁉　悪いまほうつかいがきたーっ！』

タスケテー！　と悲鳴をあげて、一目散（いちもくさん）にキッチンへ逃げこんでしまった。

相手はそんな七海のようすをのんびりながめ、

『ハハ、嬢ちゃんは、いつも元気だな』

スニーカーを脱ぐと、勝手知ったるようすでスリッパ立てからスリッパを抜きとって履(は)き、手にしたソイルと水草の袋をアクアリウムのある部屋へとさっさと運んだ。

瘦身(そうしん)に鷲鼻(わしばな)、真っ白な長いあごひげを生やしたその人は、なるほど、魔法使いとも仙人とも見える容貌をしていたが、その正体は、といえば、郵便局を曲がった先、山本ベーカリーの裏にある、アクアショップの店主だったのである。

『——フィルターの交換と、立ち上げ中の水槽をチェックしてもらうので、今日、アクアショップの大将に、メンテナンスにきてもらうことになりました。大将を見ると、七海が悪い魔法使いがきた、と毎回大騒ぎをするので、できれば、七海には気づかれないよう、こっそり中へ入ってもらったほうがいいと思います』

事前に大和からいわれていたのだが、忠告はムダになってしまったのであった。

ちなみに、なぜ悪い魔法使いなのかというと、ハロウィーンの時季、商店街をあげての仮装をする中、アクアショップの店主の、顔に真っ白なドーランを塗り、ご丁寧(ていねい)に赤目のコンタクトまで入れた〝邪悪な魔法使い〟コスプレがあまりにも恐ろしく、泣きだす子どもが続出したらしい。

七海もそのうちのひとりで、いまも彼を悪い魔法使いだと固く信じているのである。

おもちゃを片づけ、ところどころ濡れていた床を拭き、やれやれ、と一息ついたところで、インターフォンが鳴った。モニターを見ると、大和である。花は玄関へ急いだ。

ロックを外して出迎えると、コートとマフラー姿の大和が微笑んだ。

「おかえりなさいませ」

「はい。ただいま帰りました」

小さく頭をさげ、マスクを外すと、吐く息が真っ白な煙のように夜に溶けた。

「うー。寒い。今夜は芯から冷えますね」

「お疲れさまでございました。今日は、いつもより早いですね」

「そう、世の中が時短営業、リモートワークの流れにある中で、さすがに連日の深夜帰宅はどうなのか、という話になりまして。……七海は、もう寝ましたか？」

「はい、九時前に」

「そうですか。今日は本当に寒いので、茨木さんも早めに帰ってくださいね」

花はうなずいた。

出勤時間にくらべると、退勤時間はかなりフレキシブルで、大和の帰宅が早ければ、そのぶん、花も早めに仕事をきりあげていいことになっている。

コートと背広を受けとり、ハンガーにかけているあいだに、大和は念入りにうがい、手洗い、アルコール消毒を終え、ネクタイを外した恰好でダイニングへ入ってくる。

花は準備しておいた皿を冷蔵庫から出し、あるものは温め直し、食卓に並べた。

大和は、夜に炭水化物をあまりとらない。胃にもたれるのを嫌うのと、帰宅後も仕事をするので、お腹がくちて、眠くならないようにするためである。同じ理由で、平日は晩酌も控えぎみにしている。

「いつもありがとうございます。──美味しそうだな。いただきます」

きちんと手をあわせ、食べ始めた大和へ、花は簡単に一日の報告をした。

今日はフッ素の塗布のために、七海を歯医者へ連れていったこと。

グズらずに治療を終えたご褒美に、シールとケシゴムをもらってよろこんだこと。

水槽におもちゃをぶちこんだ件と、アクアショップの店主の訪問でパニックになった七海が、彼が帰るまでのあいだ、魔除け代わりなのか祖父の位牌をもって家の中をウロウロしていたことを話すと、大和は声をあげて笑った。

「怖がりながらも大将の行動から目が離せない、といった感じで、隠れて大将の作業を見ていました。ハラハラドキドキ、きもだめしみたいな感覚なのでしょうか」

「はは、大将も、わざとそれらしくふるまうんですよね。仕事柄、子どもの相手は慣れているので、ノリがいいというか。大将にはぼくも小学生のころからお世話になっているんです。父も金魚飼いだったので、おたがい、先祖の代からのつきあいなんですよ」

「そうなんですか。じゃあ、大将のお店も古いんですね」

「古いですよ。創業は明治時代ですからね」

「えっ、明治？　じゃ、百年以上の歴史があるってことですか？」

　花は驚いた。

「アクアショップに変わったのは十年前くらいかな。それまでは、金魚の専門店だったんです。明治期、このあたりには大きな金魚の養殖池がいくつもあったんですよ」

「へえー……こんな都心に近い場所に養殖場が？　全然想像できないですね……」

「このあたりは江戸の下町ですからね。関東大震災をきっかけに、養殖場は千葉の浦安や行徳へ移ったんですが、それまでは東京で一番の繁殖地だったんです。有名なキャリコや、朱文金、秋錦などを生み出したのは、この土地生まれの金魚の養殖家でして……」

　趣味であるアクアリウムの知識と、地元の議員らしい土地への造詣の深さがあいまって、大和の舌はなめらかだった。

　おたがい百年単位での近所づきあいとなったら、身内のようなものなのかもしれない。大将の気安いふるまいも、出入りの商人というよりは、ほとんど親類のそれだった。

（そっか。だから、大将も、あんなことをいっていたのかな）

『――ねえやさん、奥さまの腰の具合は、もういいのかい。ここんとこ、ちっとも姿を見ねえけど』

　立ち上げ中の水槽の水質を、試験紙でチェックしながら、大将はいった。

シッターや乳母といった言葉は口になじまないらしく、花を古風にねえやさんと呼ぶ。見かけは魔法使いだが、大将の口調は、完全に下町のおやじさんのそれであった。

『腰は長引くと、つらいやね。どうもここんとこ、ここんちゃ、災難続きだ。お不動さんで、もっぺん、ご祈禱してもらったほうがいいんじゃないの』

『奥さま、というと、七海さんのお母さままではなく、おばあさまのことですね』

『おいおい、あったりめえだろ。頼まれたってあんな女を二度と奥さまなんて呼ぶかい』

思わずのように声を荒らげた大将は、あわててふり返り、近くに七海の姿がないことを確かめて、安堵の表情を浮かべた。

『――ねえやさんも知ってんだろ。嬢ちゃんの母親の、例の話はさ』

『ええ、まあ』

『ひでえ話だよ、ホント。大和の家に、泥塗って逃げるようなマネしやがって……おれなんて、今度、あの女見かけたら、絶対塩まいてやるって決めてっからね。もう、大鳳山の土俵入りみたいに、景気よく、ドバーッとね。海水作りだ、塩水浴だ、って魚飼いに塩は必需品だからよ、もう売るほどあんのよ、塩だけは。って実際店でも売ってんだけど、ハハハ。あっ、大鳳山っていや、あすこの部屋の親方、おれの息子の中学の同級生なのよ。ねえやさんも今度、いく？　あすこのやってるちゃんこ屋、〝ＭＯＴＩＨＡＤＡ〟』

『そ、そのうちに』

大将は、気さくでノリがいいのだが、話があちこち飛ぶのが玉に瑕だった。

『まったく、あんなことになるなんてなあ……。若先生が結婚する、って聞いたときには、近所の人間、みんな、よろこんでお祝いしたもんよ。酒屋は熨斗つけて、祝い酒贈って、菓子屋は赤飯炊いて届けてさ。奥さまなんて『今どき、嫁と姑の同居なんて地獄しか見えない』ってものわかりいいとこ見せて、由緒あるこの家、若夫婦に譲ってさ。嬢ちゃんが生まれてからは、母親代わりに、かいがいしくお世話してたってぇのに……』

大将は、カクレクマノミの水槽の水草を替えながら、話し続ける。

『夫婦のことに、他人がごちゃごちゃいうのも野暮だけどよ、おりゃあ、襁褓のころから若先生のこと、知ってっからさ。あんなやさしい若先生の面子を潰して、何より、あんな可愛い嬢ちゃんを置いて出てくって、どういう了見してんだか。てめえがお腹を痛めて産んだ子じゃねえか。若先生なんざ、子どものころから、病気の金魚一匹だって放り出したことはねえよ。それが、男ができたからって、ポイと子ども捨てるなんて、そんな母親がいてたまるかよ。おりゃあ、それだけは、どうしても許せねえのよ』

「――さん……茨木さん……」

回想に沈んでいた花は、はっと我に返った。

「あっ、はい。すみません、ボーっとして。なんでしょうか？」

「このキムチ味？　のスープ、美味しいですね。あさりの味がすごく出ている」

「あ、スンドゥブチゲですね」

　菜の花の白和(しろあ)えと一緒に出したのは、一人前の陶器の鍋に入った豆腐(スンドゥブ)のチゲだ。

「お魚屋さんで、いいあさりが出始めている、と勧(すす)められたので、砂抜きをして、濾(こ)した蒸し汁を使って、チゲにしてみました。寒いので、辛(から)いのもいいかなと思いまして」

「うん、これは美味しいですね。とても温まる」

「角のお豆腐屋さんでおぼろ豆腐を買って、豚肉と玉ねぎとしょうがを入れて……匂いが気になるかと思ったので、にらとニンニクは控えめにしてあります。あさりの半分は七海さんむけに、野菜たっぷりのクラムチャウダーにしてお出ししました」

　七海が苦手な玉ねぎもにんじんもセロリもきのこも、細かく刻んでバターで炒(いた)め、牛乳で煮込めばうまみだけを残して姿が消えるので、嫌がらずに食べてもらえるのだ。

「七海は好き嫌いが多いので、メニューを考えるのもたいへんでしょう」

「そうですね、魚や貝類はだいたい食べてくれるんですが……でも、保育園の給食はいつもがんばって完食しているそうなので、お野菜もお肉も、絶対に食べられないというわけではないみたいですし、もう少し工夫してみたいと思います」

「負けず嫌いなので、クラスのお友だちの前では残せないんじゃないかな。完食すると、壁にシールを貼れるようになっているでしょう？　あのグラフで、一番になりたいみたいです。……七海のあの性格の強いところは、ぼくよりも母親似でしょうね」

大和は真っ赤なスープをれんげですくい、湯気を吹いて、静かに飲んだ。

「あの……若先生、来月の七海さんのお誕生日のことなのですが……七海さんのお母さまはいらっしゃるのでしょうか？　もしもいらっしゃるようでしたら、お料理のメニューや量など、考慮したほうがいいかと思いまして」

大和の口から妻の話題が出たのをいいタイミングに、花は尋ねた。

「明日香ですか？　いまのところ、特に連絡はないですが……たぶん、プレゼントだけ届けるか送ってくるかして、参加はしないのではないかな。母がくることは知っているはずなので、同席は避けるだろうと思うので」

「そうですか」

大和の返事に、花はほっとした。

七海はがっかりするかもしれないが、結婚前から「同居は地獄」とまでいっていた姑と、不貞行為で家を出た嫁が、揺れるろうそくの炎を隔ててにらみあう場面を想像すると……他人事ながら、胃が痛くなってくるような光景である。

（それに、近所の人が奥さんをみつけたら、また騒ぎになりそうだものね。奥さんにとって、いまやこの地は完全にアウェーというか、甲子園での阪神戦に巨人ファンが単身やってくるみたいな……大将なんか、宣言通り、山盛りの塩もって乗りこんできそうだし……）

あれこれ考え、ひとりでうなずいている花を、大和はまじまじとみつめる。

「もしかして、大将から、七海の母親のことで、何かいわれましたか？」

「えっ⁉　いえ、あの、そのう……そ、そうですね、いわれてみれば、世間話的なアレを少々、したような……しないような？」

　へどもどする花を見て、大和は苦笑いを浮かべる。

「大丈夫です、大丈夫です。大将が彼女をどう思っているかは、よく知っていますから」

「はあ……」

「大将たちにも、ずいぶん心配をかけてしまったからなあ……」

　ミネラルウォーターの入った華奢な切り子のグラスを手に、大和はいった。

「傍から見たら、とんだおせっかい、と思われるかもしれませんね。でも、ぼくは地元の議員として、日ごろ陳情や生活の相談を受けて、個々の事情――それこそ、相続がらみの金銭問題やら、嫁姑問題やら、みなさんの家庭内のドロドロした部分に深く介入することも多い立場なので、やはり、こちらもある程度、進んで胸襟を開いてみせるといいますか、プライベートを開示せざるを得ない部分がありまして」

「そう――なんですか」

「前時代的で、泥臭い、ドブ板的な活動、ともいわれますが……そうした地道なつきあいの積み重ねで、みなさんの、今日までの大和の家への支持があるのも、事実なんです」

　花はうなずいた。

まだこの家にきて日が浅いが、深く長く土地に根付いた暮らしをしているというのは、そういうことなのかもしれない。

七海をつれて町を歩くと、いつも誰かしらに声をかけられる。親切を受けるし、好意もむけられる。だが、同時に、つねに誰かに見られているという緊張感もあった。

地域の人間同士で支え合う、昔ながらの絆が生きているコミュニティ――そういえば、聞こえはいいが、それはつまり、時にプライバシーの境界をないものにし、たがいの生活に深く干渉しあうということでもあるのだ。

「彼女にとってずいぶん煩わしいものだったろう、というのもわかるんです。彼女の選挙区はまったく別ですから、ぼくのように、地域との細々としたつながりが、イコール票に結びつくというわけでもありませんしね。大将には、ぼくと明日香の結婚は、金魚とウツボを一つ水槽に入れるようなものだった、といわれました。淡水魚の金魚と、海水魚のウツボが一緒に生きようとしたのがそもそものまちがいだと。あの結婚には、最初から、どちらかが倒れる未来しか用意されていなかった、と」

(ウツボ……って、あのまだら模様の巨大なウミヘビみたいなやつだよね……)

優雅でおとなしい金魚を大和に、「海のギャング」とも呼ばれるウツボを明日香にたとえるあたりが、大将の彼女への感情を物語っている。

「――あの、若先生、淡水でも、海水でも、どちらでも生きられる魚というのは、いないのですか？」

　花は、ふと思いついて、尋ねた。

「いますよ。汽水域の魚などがそうですね」

「キスイイキ？」

「海と川の合流地点、海水と淡水が混ざり合っている水域のことです。他にも、川で育って海で産卵するウナギや、逆に、海で育って川で産卵するサケなどもいますし。ただ、たいていは成長過程で徐々にエリアを変えていくので、川で育った魚が、いきなり海に移っても大丈夫、というわけではありませんが……中には、例外もあるかな」

「例外というと」

「たとえば、メダカとか。川の魚のイメージが強いですよね。でも、メダカは海水でも生きられるんです。祖先が海水魚だったので、高濃度の塩分への耐性が高いんですよ。あとは――そう、オオメジロザメかな。海棲のサメ類の中で、唯一、オオメジロザメだけは、淡水でも生きられて、海から川や湖へ遡上する例が見られますし……」

「オオメジロザメ――あっ！　それって、もしかして、七海さんのお気に入りのぬいぐるみの、あのサメのことですか？　以前に、それはなんていうサメなのかを七海さんに聞いて、たしか、その名前をいわれたことがある気がするんです」

　花が思わず声を高めると、大和は目をぱちくりさせた。

「ああ……そうですね。あれは、去年の夏、油壺の水族館で買ったものです。オオメジロザメの生体展示をしているのは、本州では、あそこの水族館だけなんですよ」

七海が、自分からあのオオメジロザメのぬいぐるみをほしがり、土産に選んだと聞いて、花は感心した。

「すごい。ぴったりですね。七海さんは、本当にカンがよくて、賢いお子さんですね」

「すごい……ぴったり、というのは？」

「あの——お父さまが淡水の魚で、お母さまが海水の魚だったら、子どもの七海さんは、ご両親のいいとこどりで、どちらの水でも生きられる魚になるのではないか、と思ったものですから。父親の生きる、澄んだ水の世界と、母親の生きる、広くて、少ししょっぱい世界。どちらの水にも耐えられて、ゆうゆうと、たくましく生きていける……オオメジロザメなら、その条件にあてはまるのでしょう？」

大和はかすかに目をみひらいた。

花には、大和たち夫婦のことは、わからない。水の生き物のことも、わからない。

大将のいう通り、ふたりの結婚は、はじめからムリのあるものだったのかもしれない。

あるいは、そうではないかもしれない。

ただ、その結婚によって生まれた七海が、かけがえのない存在であることはまちがいなく、そのこと一つをとっても、大和たちの結婚には、やはり意味があったのではないか、と思うのである。

現に、いまも、親権を争い続けるほど、夫婦どちらも七海を愛しているではないか？

「一二三」を足せば、六になる。それより一つ多い「七海」の名前。

親を超えて、広い世界へ泳ぎ出していけるよう、祝福された、彼女の名前。

その七海を生み出した両親の出会いを、やはり、まちがいだとは、思いたくなかった。

「わたしは、ご夫婦のことはわかりませんが、七海さんのことは、お世話させていただいたぶんだけ、わかるので。七海さんは、本当に、楽しくて、可愛らしい、すばらしいお子さんです。なので……生意気をいうようですが、わたしは、ご両親の過去のいきさつよりも、目の前にいる七海さんの、未来や可能性に目をむけていきたいと思って。七海さんが元気にこの先を歩いていけるように、できるだけ楽観的な、ポジティブな言葉を拾って、渡していきたいんです。……わたしは、乳母（ナニー）なので。七海さんの、乳母（ナニー）なので」

大和は、じっと花の話を聞いていた。

それから、うなずき、

「ありがとう」

といった。

「そうですね。まちがい、と、いうべきではなかった。そうした自虐で自分を慰（なぐさ）めるのは簡単ですが、不用意なその言葉が、いつか、七海を傷つけてしまうかもしれない」

大人にとっては、ただの冗談にすぎない言葉も、時に、子どもの心を深くえぐる凶器になる。何かの折に、口からこぼれて、子どもを傷つけないとも限らないのだ。

「失敗はしたけれど、まちがいではなかった。後悔もあるが、すべてを悔やんでいるわけではない。自虐や冷笑に逃げず、自分の中で、そうやって、きちんと整理、認識しておかなければ、いつか七海に、自分たち夫婦のことを説明することができませんよね」

「さしでがましいことをいっていたら、すみません……」

「いいえ。茨木さんは、七海の立場に寄り添ってものごとを見てくれているんですから。あの子のことを第一に考えてくれている。大事な視点です。ありがとうございます」

そういって、大和は、くすっと笑った。

「――ぼくが金魚で、明日香がウツボ、七海が、オオメジロザメか。なんともユニークなファミリーですね。まるで〝ぱふぱふファミリー〟の世界みたいだ」

〝ぱふぱふファミリー〟は、キャラクターたちが種族や性別を超えて婚姻を結べる自由な世界観なのである。

「ちなみに、オオメジロザメというのは、臆病なサメ類の中では珍しく、とても好奇心が旺盛な性格なんですよ」

「えっ、そうなんですか？　それは、ますます七海さんにそっくりですね！」

「同時に、非常に荒々しく、攻撃的で、人間を襲う例も数多く報告されているため、ホオジロザメ、イタチザメとならぶ〝三大人食いザメ〟として知られているんですよね」

「……」

花は黙った。

自分はどうやらたとえ話がヘタだ、という事実をかみしめながら。


その夜、花はいつもよりも四十分早く仕事を終えた。

「若先生、寒いので、どうぞ、お気遣いなく、そのままいらしてください。大丈夫です、わたし、タタッと大通りまで走って出ちゃいますから」

「ぼくも、大丈夫です。チゲで中からしっかり温まりましたからね」

大和は笑いながらマフラーを首に巻きつけ、先に立って玄関のドアを開けた。

──毎回、暗い夜道は危ないからと、花が明るい大通りに出るまで、大和は寒空の中、家の前に立って見送ってくれるのである。

風がだいぶ強くなっており、道路に出たふたりは同時に身を縮こませた。

「──それでは、これで、失礼いたします」

「はい、一週間、ありがとうございました。月曜日まで、三連休ですね」

「若先生も、七海さんも、よい連休をお過ごしください」

「茨木さんも。……あれ？　今日はマフラーをしていないんですか？」

顔をあげた花を見て、大和がいった。

「あ、今日は出がけにバタバタしていて、うっかり忘れてしまったんです」

「その恰好では寒いでしょう。あ、よければ、ぼくのこのマフラーを貸しましょうか」

「えっ！　いえっ、そんな、めっそうもない！」

花はあわてて手をふった。

「でも、たしか駅から自転車でしたよね。今日のそのコートは襟もないですし、髪をそんなに高くあげていると、首回りが相当スースーするのでは……」

「い、いえっ、大丈夫です。ええと、あ、そうです、髪をおろせばそれがマフラー代わりになって首の回りがたちまち温かくなりますので、ハイッ、このようにっ」

「早っ。か、歌舞伎の引き抜きを見るようだ」

スポポン、とお団子ヘアを作っていた二本のゴムを花が素早く抜くと、くせのついた長い髪がうねりながら背中に落ち、たちまち、まとめ髪スタイルからロングヘアになる。

が、突風にぶわっと髪が舞いあがり、痛いほどの冷気がうなじに突き刺さった。

「ひゃああ、寒いぃっ！」

思わず、悲鳴をあげてしまった。

はっ、と大和を見ると、目があった。

大和は声を出さずに笑い、花の首にマフラーをかけた。

「やっぱり、していってくださいね」

「すみません……ありがとうございます……」

「ぼくは、こう、グルグルッと回してバサーッとする、普通の巻き方しか知らないので、女性がよくしている、おしゃれなしめ縄みたいなやつは、自分でやってください」

　あくまで真面目な大和の言葉に、花は小さく噴き出してしまった。

（しめ縄って）

「男臭かったら申し訳ないな。クリーニングに出したので、大丈夫だとは思うのですが」

「いえ、そんな、臭いなんて、ちっとも……すばらしい着心地です。その、繊維の宝石と呼ばれるカシミヤ百パーセントのなめらかな肌触りが温かく首回りを包みまして……」

　テレビショッピングの販売員のような口上になってしまう。

（やさしい紳士だなあ、若先生は……あの口の悪い大将があれだけ若先生を贔屓するのも、わかる気がする……。もっとも、わたしなら、若先生を金魚にたとえようとは思わないけど。たとえるなら、そう……ペンギンのお父さん、とか、かなあ？　〝ぱふぱふタイガー〟ではペンギンパパのカイザーが、シングルで赤ちゃんを育てるんだよね。エサをとりに出たまま、帰ってこないママペンギンをまって、カモメやアザラシから必死に赤ちゃんを守って、一瞬のスキをついて誘拐された我が子を探して、旅に出て……うう、シーズン2のあのエピソードは、涙なくして見られない……）

連日、七海を相手に〝ぱふぱふタイガー〟の世界に浸(ひた)っているので、そこからなかなか抜け出せない花であった。

同時に、かすかな疑問も花の胸にはわくのだった。これほど、誰にもやさしく、子ども思いの大和のいったい何が不満で、妻の明日香は不倫に走ったのだろうか、と。

夫婦の問題がそう単純なものではない、ということは花も知っている。傍から見れば申し分のない夫婦の実態が完全に冷めきっている、というのはよくあることだし、当事者にならなければ見えない問題点というのはあるだろう。

だが、それなりの数の家庭と夫婦を見てきた花の目から見ても、大和は模範的な父親としての、あるいは夫としての資質に欠けた男性にはどうしても見えないのだった。

立派な夫。すてきな家。可愛い娘。誰もがうらやむだろう幸福な結婚を、妻はどうして破壊し、なげうってしまえたのだろうか——

「茨木さんは、髪をおろしていると、ずいぶん雰囲気が変わりますね」

大和がいった。

「大人っぽい、といいますか……いや、大人にそういうのもおかしいか。だいぶ印象がちがうので、ふしぎな感じがしますね。いつものお団子みたいな髪も似合っていますが、あれは、やっぱり、仕事の邪魔にならないようにしているんですか？」

「えっ。それは……あの」

大和との仲を誤解されないよう、努めて色気のない恰好をしているのだ、とは、さすがに本人にはいいにくい。花が言葉につまって大和をみつめたときだった。

「――わざわざこの寒い中、路上でいちゃいちゃしなくてもいいんじゃないの？」

ふいに背後から女性の声がした。

ふり返ると、オフホワイトのハーフコートに身を包んだ小柄な女性が立っている。マスクで顔の下半分が隠れていても、印象的な大きな目で、すぐにわかった。

鈴木明日香――七海の母親だった。

「明日香？」

大和が目をみひらいた。たちまち、その顔から笑みが消える。

「どうしたんだ。こんな時間に、急に」

「七海の寝顔を見にきたの。もう二週間以上、あの子の顔を見ていないから」

コツコツ、と小気味よいヒールの音を響かせて、明日香が近づいてくる。

「本会議前にこんなに早上がりになること、めったにないでしょ。だから、きちゃった」

「きちゃった……って。それなら、事前に連絡くらいくれないと」

「事前に知らせたら、あれこれ理由をつけて断られそうだと思って。ただでさえ高いこの家の敷居は、新型コロナのせいで、ますます高くなってしまったわけだしね」

明日香はまぶしそうに、室内の灯りで輝く玄関上部のステンドグラスをみつめる。

彼女の視線が、ちらと自分にむけられたのを見て、花はあわてて頭をさげた。

「こんばんは、初めてお目にかかります。あの、わたくし、七海さんのお世話をさせていただいているベビーシッターの……」

「〈人材派遣会社・寿〉からきている茨木花さん、でしょ。いいのよ、知っているから」

花は驚いて顔をあげた。

大和も戸惑った顔で明日香をみつめた。

「誰から聞いたんだ?」

「あら、それはいえませんよ、大和先生。情報源の秘匿は、最低限のルールですから」

顔をしかめる大和を見て、明日香はふっ、と笑った。

「……悪評にまみれたいまのわたしにだって、それでもまだ、味方をしてくれる人がいないわけじゃないのよ。まあ、この町にはひとりもいないし、というかいまやここはわたしにとって完全に敵地だし、見つかったら後援会の人間に節分の豆まきみたいに塩を叩きつけられて追い出されそうだから、こうして人目を忍んで夜にきたわけだけど」

自分の置かれている立場をよくわかっている。

「どんな人が娘のシッターになったのか、気になって調べるくらい、母親なら当然でしょう? 一二三さんは人がいいから、身元を探るなんて思いもしないんでしょうけどね」

「身元を探るって……」

「茨木花さん」

　大和を無視し、明日香は花に正面からむき直った。

「は、はい」

「乳母としては、あなた、若いけれど、とても優秀なんですってね。老舗の〈寿〉で乳母になれるのは一握りなんでしょう？　そういう人が七海の乳母だなんて、心強いわ」

「あ、ありがとうございます」

「でも、この家では、例の悪いクセは出さないでちょうだいね」

　大きな目で正面から花を見据え、明日香はいった。

「一二三さんはシングルだから問題ないと思った？　でも、この人、法律的にはまだ既婚者なのよね。それとも、妻のいる男のほうが、魔性の女の本領を発揮できる？　前の家で、やったみたいに？　あなた、人の家庭をめちゃくちゃにするのが趣味なの？」

　花は固まった。

　明日香の強い口調に、以前受けた罵倒の数々がフラッシュバックする。

　息苦しさに、喉がつまるような感覚に襲われ、気づくと花はその場を逃げ出していた。

「茨木さん!?」

（どうしよう――どうしよう……）

　驚く大和の声を背中に聞きながら、花は暗い夜道を、駅にむかって一心に走った。

その夜からの三連休を、花はほとんど家に籠って過ごした。

もっとも、それはおそらく花に限ったことではなかったろう。新型コロナウイルスの感染拡大を食い止めるべく、都市部での自粛ムードは日ごとに高まっていたからだ。花の住む町でも、商店街や駅の周辺からは明らかに人の姿が減りつつあった。

振替休日の月曜日の朝。

洗濯乾燥機を回しながら、花はワンルームマンションのリビングで料理サイトとレシピ本を参照しながら、七海の誕生日会のメニューを考えていた。

（――ケーキの予約はもうすんでいるし……七海さんの大好きなアナゴのお寿司は、近所のお寿司屋さんに特別に一桶を頼んであるし、一緒に注文しておいたハマグリですまし汁を作って……あとはチキンを焼いて……それで……ええと……）

作業はちっとも進まなかった。七海の顔を思い浮かべているうちに、それは母親の明日香になり、先日の夜の記憶になって、花を落ちこませた。

何十回めかのため息をつき、しばしテーブルにつっぷしたあと、花は顔をあげた。

部屋の隅のハンガーラックには、大和のマフラーがかけてある。

丁寧（ていねい）にブラッシングをしたので、カシミヤ特有のなめらかなつやが出ていた。

「おしゃれなしめ縄」

といった大和の言葉が思い出され、花は小さく笑った。

――突然の明日香の登場と、花の異変で、あのとき、大和もずいぶん混乱しただろう。

明日香の態度からして、いまごろ、あの件も、だいぶ悪意ある誇張をされて大和に伝えられているだろうことは、花にも想像がついた。

そもそも、まるで無関係な明日香の耳に入った時点で、それは事実とはかけ離れたものになっていた可能性が高いのだから……そうだ、その誤解ゆえに、彼女も初対面の花に、あんな威嚇的（いかくてき）な態度をとったのかもしれない。

だとしたら、花が今後するべきことは、一つしかないではないか。

（若先生に、きちんと、自分の口で説明するんだ。ゴシップじゃない、本当のことを）

腹を決めると、ようやくきもちが少し落ち着いた。

永田（ながた）みすずが保証してくれたように、あの件に関して、花にやましいところは何もなかった。ただ、大きな心残りがいまもわだかまっていて、その罪悪感が次へ進もうとする花の足をすくませ、ひっぱり、乳母（ナニー）としての自信を奪っていたのだ。だが、もうケジメをつけるべき時期だ、と花は七海と大和の顔を思い浮かべながら、思うのだった。

（過去にとらわれて、いまの大切な居場所を失うなんて、ばかみたいじゃない）

乳母(ナニー)として、つねに子どもの未来に目をむけているように、自分も前をむかねばどうするのだ、と花は自分を叱咤(しった)する。気弱でネガティブな茨木(いばらき)花はお呼びでない、冷静で、おだやかで、自信にあふれ、スキルに長(た)けた優秀な乳母(ナニー)を自分の中から引っ張り出すのだ。

(前むきに――そうよ、前むきに。ぐじぐじ考えるのは、もうおしまい。よし! とりあえずは、きたるべき七海さんの誕生日会を成功させるために、がんばろうっ)

乳母(ナニー)モードが覚醒すれば、よけいなことは考えずにすむ。

ようやく花は集中し、テキパキと料理のメニューを決めていった。

レシピをまとめ、食材の調達先を決め、部屋の飾りつけや、当日の七海の服を考える。

と、ふと気づいた。

(――そうだ。肝心のプレゼントの用意を忘れていたな……)

お手伝い係として要請を受けているが、七海からは正式に「招待」を受けているゲストでもあるのだから、プレゼントは必須だ。何を贈ればよろこんでもらえるだろう?

たしか、七海は祖母にも両親にも同じものをリクエストしたといっていた。

『ドラゴンだけど、赤ちゃんで、お馬さんで、ポニーちゃんなんだよ。そんで、大きくなると男の子だけど、女の子にもなるんだよ』

(お気に入りらしいその子、ラッキーちゃん、っていっていたよね。やっぱり〝ぱふぱふタイガー〟の新しいキャラクターかなあ……DVDは3までだけど、放送中のシリーズは

シーズン4までいっているから、そっちに新登場した子なのかもしれない）
的外れなものを贈ってがっかりさせたくはない。シーズン4の内容を検索してみよう、とノートパソコンで新しいウインドウを開いたとき、携帯電話が鳴った。

　表示されている名前に、どきりとする。

（若先生からだ……！）

躊躇し、一瞬、怖じ気づいた自分を叱りつけ、花はえいやっと通話ボタンをタップした。

「ハ、ハイッ、こちらの番号は茨木花の携帯電話となっておりますっ」

　緊張のあまり、おかしな挨拶になってしまう。

「ご、ごきげんようっ、若先生、いつもご愛顧いただきましてありがとうございます！　い、いい休日ですね、春だというのに梅が咲いて……え？　あ……い、いえ、それは大丈夫です、家にいますので、特に用は……え？　緊急事態？　七海さんに何かありましたか⁉　……あ、ちがいますね、元気な叫びが背後に聞こえていますので……では、緊急事態というのは……え？　……えっ？」

　花は思わず立ちあがった。

「新型コロナの感染者が出て、保育園が明日から臨時休園？」

「――正確には、園児の家族に陽性者と濃厚接触した人がいて、現在、園児を含めた家族全員が検査を受けている最中だそうです」

大和はいった。

「とりあえず、まだ検査結果が出ていないので、園としては、今日と明日、休園措置をとることに決めたそうで。該当の園児は六歳児クラスの男の子なので、七海も直接的な接触はしていないと思うのですが……子どものことなので、なんともいえないでしょうね」

「そうですね。外遊びの際などは、どう触れあっているかわかりませんから……」

「そういうわけなので、今日からしばらくは、自宅保育でお願いします」

大和は長身を折って、丁寧に頭をさげた。

「明日からは本会議が始まり、帰りの時間が見えなくなるので、長時間のシッターになってしまうと思います。何もかも急で申し訳ないですが、七海をよろしくお願いします」

「かしこまりました。おうちのことはお任せください」

——連休明け、火曜日の朝。

花は七時過ぎに大和の家に駆けつけていた。

大和はすでに出勤の準備を終えたスーツ姿だったが、七海はまだ二階で眠っている。

八時までにきてもらえれば、と大和にはいわれたが、それを一時間早めてもらったのは、七海が起きてくる前に、例の件をきちんと説明しようと思ったからである。

朝日のあふれる明るい食堂には、淹れたてのコーヒーの香りが漂っていた。

「茨木さん」

テーブルにむかいあって座り、変更になった保育スケジュールのもろもろを決めたあと、花が会社への報告用のメモをせっせとまとめていると、大和がいった。

「先日は、七海の母親が失礼な態度をとって、すみませんでした」

「えっ」

ふいをつかれた花は驚き、顔をあげた。

「ぼくが謝るのもおかしいですが、一応まだ身内なので、彼女に代わっておわびを、と」

「は、はい。いえ、それは……」

「ぼくがシッターさんを雇ったことを人づてに聞き、いろいろと自分で調べて、結果的にああいうふうに先走ってしまったようです。どうやら誰かによけいなことを吹き込まれたようで、茨木さんをトラブルメーカーか疫病神(やくびょうがみ)のように思いこんでいまして。彼女いわく『そういう相手には、出会いがしらに一発カマして牽制(けんせい)をしておかないと、ナメられる、攻撃は最大の防御』などと物騒な理論をもち出しており……」

（一発カマす……さ、さすがは海のギャングにたとえられるほどの奥さまだわ……）

明日香をウツボに見立てた大将は意外と的を射ていたのかもしれない。

「彼女なりに七海のことを心配したのだとは思うのですが。特にいまは新型コロナのせいで、気がかりに思っていても、なかなか七海に会えない状況なので」

花はうなずいた。

そう説明されれば、明日香のあの挑戦的な態度も、納得できないわけではない。

「あの……若先生、わたしからも、いいでしょうか。奥さんから、いろいろとお聞きになったと思いますが……わたしなりに、それらのお話には、反論の用意があるんです」

花は声に力をこめた。

「早めにお話ししておけばよかったのですが、なかなかいい出せず……すみません、その点に関してはおわびしますが、噂の大部分は、真実とはかけ離れたものなんです。わたしは、乳母の仕事に誇りをもっていますし、家政と保育を預かるプロとして、誓って、お客さまを騙したり、裏切るマネをしたことはありません。奥さんが心配するようなことは何もないんです。どうか、それだけは信じてください。お願いします！」

「わかりました」

あまりにあっさりうなずかれ、意気込んでいた花は肩透かしを食う恰好になった。

「もろもろの話は、すべて、デマ、ということなんですよね」

「は、はい」

「了解しました。そうだろうと思って、初めからあまり真に受けてはいませんでしたが。なにせ、明日香の語り口が愛憎渦巻く韓流ドラマのナレーションみたいでしたので」

大和は微笑んだ。

「でも、茨木さん本人から、きちんと否定してもらえたのは、よかったです」

花はまじまじと大和を見た。

「あの……若先生……どうしてそんなに簡単に、わたしの言葉を信じてくださるんですか……？」

「うーん、それは、まあ……ぼくもこういう家に生まれて、こういう仕事をしていますからね。なんとなく、わかるんです。こいつを騙してやろう、利用してやろう、と思って近づいてくる、下心のある相手というのは」

いいながら、大和はマグカップを口に運び、冷めていたのか、ちょっと眉を寄せる。

「詐欺師、山師、政治ゴロ……祖父の代から、この家に群がるその種の人間を、それこそ佃煮(つくだに)にできるほど見てきましたからね」

「そう……なんですか」

「そういう人々には共通点があるんですよ。こちらに対して、一見下手(したて)に出ながらも、さりげなく主導権を握ろうとするんですね。彼らは支配したがり、コントロールしたがる。でも、ぼくは、茨木さんにそうしたものを感じたことは、一度もありませんから……茨木さんはいつも、七海の意志を第一に尊重して、保育をしてくれているでしょう？」

大和は立ちあがり、コーヒーメーカーからサーバーをとると、テーブルに置かれた花と自分のマグカップに熱い中身を注ぎ足した。

「どうぞ。少し濃くなっていますが」

「あ、ありがとうございます」

「ミルクを入れたほうがいいかもしれませんね。砂糖も使いますか？」

「はい……いただきます」

「これでいいかな。――茨木さんは、この連休中、どこかに出かけましたか？」

「いえ……どこにも。ほとんど、家で過ごしていました」

「そうですか。ぼくと七海も、遠出もできないので、ずっと近所を散歩していたんです。川べりの遊歩道や、公園なんかを。天気もよかったので、毎日が散歩日和(びより)でしたね」

椅子に座り直し、大和はいった。

本当に、ごく短い範囲の散歩だったという。だが、大人の足なら七、八分の道も、七海と一緒に歩くと、三十分はかかるのが普通である。川にクラゲをみつけては、七海は手すりにつかまって、いつまでも飽きずにながめているし、可愛い犬の後を追いかけて、いまきたばかりの道を戻ったりするため、なかなか前に進まなかったという。

「いきはまだいいのですが、帰りは同じ道を戻るだけですから、正直いって、退屈ですし、だんだん、夕飯の支度や、お風呂の時間のことなども気になり始めて、帰りを急ぎたくなってくるんです。七海が立ち止まるたびに、ぼくは、声をかけて、早くいこう、先へいこう、とうながしていたのですが……何度目かに『早く』と声をかけたとき、七海が、こういったんです。『花ちゃんはそんなこといわないよ』と」

　慎重にコーヒーをすすっていた花は、顔をあげ、湯気のむこうの大和をみつめた。

「その言葉で、はっとして……気づかされたんですよね。目的のない、休日の散歩でさえ、大人の都合で急かしてしまっていた、自分の余裕のなさに。ぼくは、七海と遊んだり散歩につきあったりすることを、子どものために自分の時間を割いている、というふうに考えていましたが……よく考えたら、それは彼女に対して、とても失礼なことだった。七海にとっては、それはまぎれもなく、七海じしんの時間なんですから」

　大和はゆっくりとコーヒーを口に運んだ。

「川べりの遊歩道をふたりで並んで歩きながら、ぼくはぼくの時間を、七海は七海の時間を生きていて、それは、完全に対等なものであるはずなのに、ぼくは、一方的にあの子の時間や意思を、自分に都合よくコントロールしようとしていたんです。傲慢ですよね。あの子の主体性を無視して、自分の視点でしか、ものごとを見ていなかった。子どもにだって、大人の付属物でない、子どもじしんの時間を生きる権利があるはずなのに」

　花はうなずいた。

　——シッターになってから、花がもっとも努力し、スキルをあげたのは、家事に関する技能だった。花が徹底的に家事の効率化を図るようになったのは、ルーティンワークの時間を削れば、そのぶん、子どもに濃やかに手をかけられるからである。

急かされず、拒まれず、否定されず、適切な愛情をそそがれて育つ。

それが保育や育児の理想だが、大人側に余裕がなければ、実行は難しい。

余裕とは、時に経済的な余裕であり、精神的な余裕であり、時間的な余裕である。

乳母である花は金銭や時間の心配に心を煩わせることなく、担当の子どもと関わることができる。だからこそ、子どもじしんの意志やペースをできる限り尊重し、任された時間を最大限、子どもとむきあえるよう、心がけてきた。

散歩のあいだ、七海はずっとしゃべりっぱなしだったという。あの花の名前は何、あの木の名前は何、と大和も知らない植物の名前を、得意げに教えてくれた。どうしてそんなによく知っているのかと尋ねると、『花ちゃんに教えてもらった』と答えたという。

「それで、七海が普段、あなたとどんなふうに過ごしているかが、ぼくにもわかったんです。茨木さんは、きっと七海を急がせないんだろう。七海の歩く速さ、食べる速さに、合わせてくれるんだろう。七海に寄り添いながら、あの子の視線にあわせながら、同時に大人としての目で周囲を見回し、あの子の安全を守ってくれているんだろう、と」

大和は微笑んで、花をみつめる。

「それがわかって、ぼくは、とてもうれしかった。自分以外の大人が、あの子を同じように大事に思って、愛情をむけて、真面目に、誠実に育ててくれている。それは、子どもを預けて働く親にとって、本当にありがたいことですから……。七海が何気なく話す言葉からも、茨木さんが、言葉ややさしさを惜しまず、あの子の毎日を満ち足りたものにしてあげよう、と努めてくれているのがわかりました。だから、ぼくは、無責任な噂は、信じません。悪意ある噂の中のその人よりも、七海に花の名前や草笛の吹き方を教えてくれた、目の前のやさしいあなたを信じます。茨木花さんは、優秀で、誠実なシッターさんです。七海の乳母は、良い乳母です」

大和の言葉は、手の中で湯気をあげているコーヒーよりも温かく、花の心にしみた。

気がつくと、花の両目からは、ぽろぽろと涙がこぼれていた。

「大丈夫ですか？」

「だ、大丈夫です。すみません。あの……普段、親御さんに、そういうストレートな褒め言葉をいただくことは、あまりないので……とても……とても、うれしくて」

「おおげさでしたか？　すみません、ぼくは、職業柄、つい長々とした演説調になってしまうんですよね。実は、明後日の本会議で代表質問をすることになっているので、すでにそのモードに入っているかもしれなくて」

「あははは……」

笑った拍子に再びこぼれた涙の粒を、花は指で拭った。

――政治家とベビーシッター。

ある意味、対極の立場にあるふたりだ。

〝自分〟を全面に押し出し、リーダーシップを発揮し、声の大きさと剛腕さで評価や支持を集めねばならない大和の仕事に対して、花の仕事は、子どもを主役に、自分はあくまで裏方に徹し、目立つふるまいは求められない。

だが、弱いもの、助けを必要としているもの、一番小さなものの声に耳を傾けなければいけないという点では、二つの仕事は、あんがい、似ているのかもしれない。

「若先生の言葉を聞いて、信頼をいただけていると知って、ほっとしました。これまで、誤解されるのが怖くて、あの件について、うまく話せなかったんです。でも、もう、大丈夫です。信じていただけるとわかって、その恐怖も薄らぎましたから……」

大和はうなずいた。

「明日香は、茨木さんが、以前の契約先でトラブルを起こしたといっていましたが」

「はい。恥ずかしながら、トラブルになったのは本当です。ですが、それは噂になっているようなスキャンダラスな内容ではないんです。あれは、恋愛や男女関係のトラブルではなくて……そう、あれは、事件、だったんです」

## 六

花(はな)が〈寿(ことぶき)〉で乳母(ナニー)の称号を得たのは、二年ほど前である。

もともと、児童養護施設と幼稚園での勤務経験があり、花の保育スキルは高かった。〈寿〉の場合、長期契約のベビーシッターは料理や掃除などの家事代行も同時に頼まれるパターンが多いため、ハウスキーピングの能力もシッターとしての評価に含まれる。

料理が趣味で、整理収納なども得意だった花は、その才能を現場で惜しみなく発揮し、派遣先の評判はつねに上々。乳母になってからも、クレームやトラブルとは無縁の順風満帆なシッター人生を送っていた。

そう――あの家にいくまでは。

「個人情報に関わるので、あまり詳しくはお話しできませんが……そのお宅は、ご主人がIT企業の創業者、奥さまが美容系サロンの経営者、一族には、代議士、弁護士、大企業の幹部などが数えきれないほどいる、という、錚々たるお宅でした。ビジネスを成功させていた奥さまがたいへんに多忙で、海外出張なども多いことから、わたしは住み込みで、ふたりのお子さまのお世話を任されていたんです」

熱いマグカップを両手で包むようにして、花はいった。

「上のお嬢さんが小学六年生、下のお嬢さんが五歳で、それぞれ、中学受験と小学校受験を控えていました。まだ小さい下のお嬢さんはのんびりしていましたが、名門女子校を受験するお姉さんのほうは、ストレスから体調を崩すことがたびたびあり、学校を休みがちでした。喘息の持病などもあって……。さいわい、わたしに心を開いてくれて、学校の悩みなども打ち明けてくれたので、わたしも心をこめてお世話をしていたんです。そんな感じで、お子さまたちとは、とてもいい関係を築けていたのですが……」

問題は、子どもたちの父親にあった。

ＩＴ企業の創業者として成功をおさめた父親は、裕福な生まれのお坊ちゃんらしく、「そろそろ時間に余裕のある生活がしたい」とある日、突然、その地位を身内に譲り、自分は名誉顧問の地位におさまると、悠々自適な隠居生活に入った。

隠居、といってもまだ五十代そこそこである。まして、金も地位も時間もあり、学生時代から各種の遊びに通じている男が、家でおとなしくしているわけもない。

本人はうまく隠しているつもりでも、交際範囲の広い妻の耳には、夫のけしからぬ夜の行状が入ってくる。花は、深夜、夫婦がいい争う声を何度も聞くようになった。

その男が、花に目をつけたのである。

妻の監視の目が厳しくなり、夜遊びを控えざるを得なくなったので、身近な若い女に目をつけたのか、いままでの遊び相手とはちがう素朴なタイプの花に興味をひかれたのか、妻へのあてつけに、彼女の住む家の中で他の女とことに及ぶスリリングさに興を覚えたのか――おそらく、そのすべてだったのだろう。

派遣当初はほとんど家にいなかった父親が、終日、在宅で過ごすようになり、なにかと自分に接近してくるようになったことに、花は戸惑い、警戒心を覚えた。

すぐに〈寿〉へ報告したが、その時点では、具体的な加害行為におよんでいたわけではなく、あくまで仕事にかこつけた接触というグレーゾーンの事例がほとんどだったので、会社としても、警告を出すべきか否(いな)かの難しい判断を迫られた。

そのあいだに、父親の行動はだんだんとエスカレートしていった。

子どもたちへのプレゼント選びにつきあってほしい、と頼まれ、車に乗ったら、そのまま郊外へのドライブにつきあわされる。子どもたちに同行したヨット遊びの最中、操縦を教える体(てい)で身体を近づけられる。毎晩、晩酌(ばんしゃく)に誘ってきたり、ベッドに高価なプレゼントが置かれていたり、深夜に部屋のドアをノックされたこともあった。

「いや、それは明確にセクシャルハラスメントですよ」

大和(やまと)が珍しく厳しい表情になる。

「まして、相手が同じ家で暮らしているとなると、深刻な被害につながる危険性が高い。会社側は、それ以上の対応をしてくれなかったのですか？」

「いえ、してくれました。すべての手配は引き受けるので、すぐその家をひきあげるよう勧(すす)めてくれたんです。本人に注意をしても事態が改善するとは思えないし、奥さまへ報告すれば、ことが大きくなり、どのみちわたしはこの家で働けなくなるだろう、と。会社としても、できるだけしこりを残さない形で、早めに事態をおさめようとしたのだと思います。でも……悩んだ末に、わたしは、結局、その提案を斥(しりぞ)けてしまったんです」

「なぜですか？」

「それは……お子さんたちの受験があったからです」

次女の小学校の考査日は三週間後、長女の受験日は四か月後に迫っていた。

特に、長女は追いこみ期に入るころで、成績が伸び悩んでいたこともあり、精神的にも、肉体的にも、かなり不安定な状態になっていた。

花は週に五日間ある塾への送迎をはじめ、塾用の弁当作りや、家庭教師への対応などをこなし、長女の健康管理に努めていた。睡眠時間の確保、栄養のある食事の提供、少しでもリラックスできるように、とマッサージやアロマテラピーの勉強もしたほどだ。

過酷な中学受験は親と子の二人三脚でなければ乗り越えられない。家庭に無関心な父親と、多忙な母親に代わり、花はその保護者の役を半分担ってきたのである。

（そのわたしが受験前の一番大事な時期に突然いなくなったら、彼女はどれだけショックを受けるだろう。まして、辞職の理由が父親のセクハラにあると知ったら？）

花はふたりの受験が終わるまで、仕事を続けようと決心した。

が、その後の四か月は花にとって、心身ともにハードな仕事となった。

さいわい、次女の受験は成功した。が、その後も、父親の在宅時はふたりきりにならぬよう、スキを見せぬよう、花は家の中でつねに緊張を強いられていた。

母親にも変化があった。花に対する夫のようす、以前から一転して家に居つくようになった行動の変化から、事情を敏感に察したのである。家にいるあいだ、彼女の花に対する態度は時にそっけなく、時に刺々しくなり、それもまた花を精神的に苛んだ。

そして、事件は、最悪の形で訪れた。

余裕をもって試験に臨むため、受験前日、長女は第一志望校近くのホテルに泊まった。さすがにこの時は母親が仕事を休んで付き添い、花は自宅で次女の面倒を見ながら、結果の報をまつことになった。併願校を二つ受験するので、早ければ二日目の午前中まで、不合格が続いた場合は、最長でまるまる四日間、入試は続く。

翌日まで不在のはずだった父親が帰宅したのは、二日目の夜だった。五歳の次女は自分の部屋でいつもより早く就寝していた。

家の中に実質的にふたりきりという、避けるべき状況だったが、さすがに洗い物も部屋の片づけも終えていない状態で自室にひっこむわけにもいかない。

花は父親にいわれた通り、晩酌の用意をしたが、皿が空になるとまた次の肴を、ビールを飲み終えると今度はウイスキーを……と次々仕事を命じられるので、その場を去るタイミングをつかみそこねてしまった。酔いが回るにつれ、父親の態度はなれなれしくなり、口説き文句もロコツになっていく。

完全に酩酊した父親が抱きついてきたとき、花は高価なバカラのデキャンターとグラスを載せたトレイを手にしていたため、とっさに抵抗ができなかった。

なんとかトレイをダイニングテーブルに置き、もたれかかってくる男の身体をリビングのソファへ戻したものの、相手は酔っ払い特有のしつこさで花の腕をつかみ、離してくれない。それでも、花は必死で抗った。同時に、二階で寝ている五歳の次女にこんな場面は見せられない、と思い、声はあげられなかった。

ソファの上での無言の格闘が数分続くうち、父親の身体からはだんだん力が抜けていき、ついに相手はいびきをかいて眠ってしまった。

花は震えながら、自分に覆いかぶさっていた父親の身体を押し戻し、ソファを離れた。

「そのとき、ふと、顔をあげると、奥さんがリビングの入り口に立って、こちらを見ていたんです。うしろには、上のお嬢さんがいて……」

――後から知ったことだが、宿泊していたホテルの同じ階に騒がしい観光客の団体が泊まっており、神経質な長女は安眠できないまま朝を迎え、睡眠不足で一回目の試験に臨むことになってしまった。各校、二回まで受験ができるため、最初の二日間で三校すべての一回目の試験が終わる。

初日に受けた第一志望の判定は、すでに出ており、結果は不合格だった。翌日の午前中に受ける二回目の試験にむけて、やはりリラックスできる家で休んだほうがいいだろうということになり、二人は急きょホテルを引きあげ、自宅へ帰ってきたのである。

混乱と動揺で、花はいまだにそのときのことを細かく思い出すことができない。

ただ、娘にすぐ自室へいくよう命じた母親のやけに冷静な声と、怒りに青ざめた表情、長女のぼうぜんとした顔だけは覚えている。

母親とふたりになり、花は状況を必死に説明した。だが、肝心の父親は眠りこけていて話を聞ける状態ではなかったし、花の抗弁に耳を傾けるより、母親も自分と娘のために、翌日の受験にむけてきもちを整え直す時間を必要としていた。

二時間後、花は荷物をまとめてその家を出た。

その夜の事件について、会社の人間の差配で話し合いの場がもうけられたのは、三日後、長女の受験がすべて終わった翌日だった。長女は二つの学校から合格通知を受けとっていたが、その中に第一志望の学校は入っていなかった。

長女の受験の結果が違っていたら、母親の態度もまた変わっていたかもしれない。事件の夜に抑えていた怒りが爆発したように、母親は人目を憚(はばか)らず、花を罵(ののし)った。

「それで、結局、どうなったのですか?」

尋(たず)ねる大和の眉間(みけん)には、先ほどから皺(しわ)が寄ったままである。

「わたしたちが不倫関係にあった、というのは明確に否定できました。わたしが彼の言動に悩まされていることを会社に相談していた記録がありましたから。それに、わたしは知らなかったんですが、奥さんが自宅の各所に隠しカメラを設置していたんです。そのカメラに、その夜の一部始終が映っていたので……」

皮肉なことにふたりの関係を疑った母親の行動が、結果的に花の無実を証明することになったのだった。

母親も、ことここにいたり、逆に、父親のセクシャルハラスメントを花から告発されかねない事態にあることを理解し、ようやく怒りをおさめた。

事件はそうして決着したが、花が失ったものは大きかった。

「茨木(いばらき)花という乳母(ナニー)が派遣先の家でたびたび男女関係のトラブルを起こしている」という根も葉もない噂(うわさ)が出回るようになったのは、まもなくのことだった。

意図的に流布(るふ)されたのか、そうでないかはわからなかったが、口コミで仕事を募(つの)っている〈寿〉で、この種の噂を流されたことのダメージは大きかった。

立て続けに予約がとり消され、それまでの顧客に敬遠されるようになり、仕方なく花は新規や短期の客を中心に仕事を受けるようになったが、それらは長期契約の仕事に比べると、スケジュールが不安定で、大きな収入減に見舞われた。

何より、花の心を痛ませたのは、第一志望校に合格できなかった長女のことだった。

あこがれの学校に入れなかったショックを、十三歳の彼女は乗り越えられているのか？

事件について、母親からどう聞かされているのか？

信頼していた花に裏切られたと、いまも傷ついたままなのではないか？

事情を説明したくとも、母親からは以後、家族への接近禁止をいい渡されており、電話やＬＩＮＥの番号も変えられたらしく、連絡ができず、あちらからもこない。

　いまでも、花は、彼女と同年代の少女を街で見かけると、つい、目で追ってしまう。

　彼女が受験した学校の制服を見るたび、

「もっとうまく行動できたのではないか」

「自分以外の乳母（ナニー）が派遣されていたら、彼女も受験に失敗しなかったのではないか」

という後悔と罪悪感で胸が苦しくなってしまうのだ。

　話し終えた花は、カラカラに渇（かわ）いた喉（のど）に、冷めたコーヒーを流しこんだ。

「そういう事情があったので、うちからの急な要請にも応じてもらえたのですね」

「はい。すみません、いままで隠していて」

　いや、と大和は首をふった。

「そんな事情まで話す必要はありませんよ。過去に窃盗（せっとう）や虐待などの問題を起こしていたというのなら、話は別ですが。茨木さんはハラスメント……いや、暴行未遂（みすい）の被害者なんですから。告知義務などないですし、会社の判断は正しいと思います」

　きっぱりといった。

　あれ以来、花は派遣先の家の父親を必要以上に警戒するようになってしまった。

　男性の気配に敏感になり、酔った男に恐怖を感じ、母親の視線が気がかりになり、以前と同じようにシッターとしての能力を十分に発揮できていないと感じている。

この家での仕事をあっせんされたときも、大和がシングルファーザーであることに花は最初、少なからぬ不安を抱いていた。

だが、大和に会い、七海と接する彼の姿を見ているうちに、その不安は驚くほどきれいに消えていった。

大和が花に、自分を騙そうとする気配を感じなかったように、花もどれだけ厳しい目で見ても、彼に娘想いの父親以外の顔を見出さなかったからだ。

「しかし、デマの問題は深刻ですね。名誉を棄損しているだけでなく、実際に収入が減っている以上、茨木さんの業務を妨害しているわけでもありますから」

「法的手段に訴えてはどうか、と勧めてくれる友人もいました。ですが、そうするとマスコミなどにとりあげられる可能性が高いので……ご夫妻とも、メディアにたびたび登場している著名人なんです。そうなったら、お子さんたちの耳にも入るでしょう」

これ以上、幼い彼女たちを傷つけたくはなかった。

「たしかに……マスコミが嗅ぎつけた場合、つらい思いをするのは茨木さんかもしれませんから、それは難しい判断ではありますね」

大和の重々しい口調に、花は、はっとした。

（そうか……若先生も奥さんのスキャンダルで、同じ経験をしているんだ……）

「あの……だから、もう、そのことは、いいんです。友だちはみなわたしの言葉を信じて怒ってくれましたし、さいわい、会社もわたしを信用してくれていますから」

花は急いでいった。

「それに、もしも噂の出所が奥さんだったとしても、わたしには、憎みきれないきもちがあるんです。安らぎの場所であるべき自宅で、夫がベビーシッターに手を出し、そのショッキングな光景を見たせいで、大事な娘が受験に失敗したら……？　傷つけられたのは奥さんも同じで、自分の心や体面を守るために、そういう話を、つい周囲に話してしまったのかもしれない、それが思いがけず噂になって広まってしまったのかもしれない……そう思うんです。友人たちには、お人よしの願望だといわれましたが」

だが、加害者はあくまで父親で、母親ではないのだ。

同じ男に傷つけられた女ふたりが、なぜ対立しなければならないのか。

花は憎む相手をまちがえたくはなかった。

「ぼくは茨木さんに、できるだけ長くうちで働いてもらいたいと思っています。この家で働いているぶんには、デマの影響はないでしょう。時間が経つにつれ、噂は自然と消えていくかもしれない。もしかしたら、いまはそれが一番いい方法なのかもしれませんね」

「はい。わたしもそう思います。終わったことを必要以上に引きずらず、きもちを切り替えて、目の前の仕事を精一杯こなしていきたいと、いまは、そう思っています」

いいながら、その言葉は永田みすずにいわれたものだったことに花は気がついた。

これまで、その通りだと納得はしながらも、実行できずにいた。

けれど、いまはそれを自分の本当のきもちとして、自然に口にできるようになったのだ。

自分の傷は、たしかに癒え始めている。花はそれをはっきりと感じた。

「――若先生、ご多忙の中、お時間を割いていただいて、説明の機会を与えてくださって
ありがとうございました。お話ししていなかった事情は、これですべてです」

花は立ちあがり、頭をさげた。

「こちらこそ、いいにくい話を打ち明けてくれてありがとうございました。明日香にも、
いまの話をきちんと伝えて、誤解を解くようにしておきますので、心配しないでください。

今後とも、どうか、七海の世話をお願いします」

「はい。精一杯つとめさせていただきます。こちらこそ、これからも、どうぞ、よろしく
お願いします！」

心の重荷をおろした気分だった。もう一度深く頭をさげてから顔をあげた花の目に、朝
日のさしこむ食堂は、先ほどよりもずっと明るいものに映った。

「パ～パ～」

廊下の奥から七海の声がした。

「あ、起きましたね」

大和が立ちあがる。

「いつもは、七時過ぎには起きるんですが。今朝はずいぶんとお寝坊でした」

花と大和は廊下へむかった。ベビーゲートをあけて階段をのぼると、髪をくしゃくしゃにした寝起きの七海が二階のベビーゲートのむこうに立っている。

「あれー、花ちゃん、どしたー？」

七海は大きな目をさらに大きくして花を見る。

ふかふかしたひよこ柄のパジャマ姿がとても可愛かった。

「おはようございます、七海さん」

「なんで、花ちゃんいんの？　ええー、だって、いま、朝なのにー！」

「七海、昨日の夜、園長先生から、お電話があったでしょう」

大和がいった。

「それで、やっぱり、今日と明日、保育園はナシになったんだ。だから、七海、今日は花ちゃんと、ゆっくりおうちで遊んでいてね」

「あー、しょっかー、保育園つぶれたかー」

「つ、つぶれてないから。お休みになっただけだから」

花は笑った。

「今日は、朝から夜までずーっと一緒ですよ。七海さんの好きな公園にいって遊んだり、お昼にホットケーキを焼いたりして、楽しく過ごしましょう」

「やったー！　ハッピーふわふわ～！」

動物園の子ゴリラよろしく、ゲートの柵をガチャガチャ揺らして七海はよろこんだ。

（わたし、やっぱり、ベビーシッターの仕事が好きだ）

子どもの笑顔。差し出される小さな手。ぬくもり。時に、傷つけられることがあっても、それ以上のよろこびを与えてくれるのも、また、この仕事なのだから。

いつもより少し早めに出勤することになった大和を、花は七海と一緒に玄関に立って、手をふって見送った。

「――さて、七海さん、朝ごはんにしましょうか。今朝は何がいいですか？　おいしい、すてきな、朝ごはん。花ちゃんの朝ごはん屋さんが始まりますよ～」

「あのねえ、トースト！　めだまやきののってるやつ！　あとねえ、レモネード！」

花はさっそくリクエストに応じて、キッチンに立った。

半分に切ったレモンを搾り、皮をすりおろし、ミカンの花のはちみつをたっぷりと入れて、熱湯をそそげば、甘いレモネードの完成だ。ふうふうと湯気を吹く七海を見ながら、花はトースターにやや厚めに切ったパンを入れ、薄く油をひいたフライパンに、慎重に卵を割り入れた。

カリッとした食感の目玉焼きを作るには、途中でもう一度油を回し入れ、周縁を揚げ焼きにするのがコツである。白身のふちがコルク色のフリルのようにチリチリ、カリカリになるまで焼き、少量の水を加え、すきまを開けて蓋をかぶせ、薄い膜がかかるようにふんわりと白身を仕上げる。

こんがりきつね色に焼きあがったトーストにそれを載せれば、黄身がとろりとあふれる半熟サニーサイドアップの厚焼きトーストである。

「はい、おまたせいたしました。お日様のエッグトーストですよ」

目の前でトーストを半分に切ってやると、七海がさっそくその一つにかぶりついた。

「たまご、トロトロでおいしいねえ。花ちゃんのおりょうり、おいしいねえ」

七海の笑顔と、あたりに漂うレモンの香りが、花の胸を温かく満たした。

――人生があなたにレモンを与えたら、それでレモネードを作りなさい、ということわざが思い出される。

人生の酸いも、苦みも、自分しだいで、甘く、やさしいものに変えられるのだ……。

誤解は解け、秘密を抱える罪悪感もなくなった。これからは心置きなく七海の保育に力をそそげる。花の胸にむくむくと勤労意欲がわいてきた。

(味方をしてもらえるのがこんなに心強いことだなんて、知らなかった。こうなったら、何がなんでも若先生の信頼にお応えするだけの働きをしなくちゃ。さしあたっては――そう、七海さんの誕生日会を成功させることだわ。年に一度の大事なイベント、それこそ、得意な料理の腕の見せどころだもの!)

さっそく、頭の中に、いくつものパーティープランが浮かんでくる。

しかし、花のやる気とはうらはらに、状況はその後、急激な変化を見せたのである。


翌日の夕方。

七海とふたりの夕食を終え、ラジオを聞きながら洗い物をしていた花の耳に、

「政府が来月頭からの全国一斉休校を決定した」

というニュースが飛びこんできた。

急ぎテレビをつけると、臨時ニュースの報が入り、すぐに総理大臣の会見が始まった。

三月二日から、全国の小中高校、特別支援学校の休校を要請する、という内容だった。

花は食い入るようにして会見を最後まで見た。が、幼稚園、保育園に関しての言及はなかった。未就学児の扱いに関しては、各園の判断に任されるということのようである。

学童保育はどうなる？　働く親たちへの対応は？　突然の発表に、各教育・保育現場の人々が大混乱に陥（おちい）っているだろうことは、花にも容易に想像がついた。

その夜、大和はだいぶ早くに帰宅した。

都議会の本会議中だが、新型コロナ対策と、都庁の働き方改革促進の動きがあいまって、例年にない早い時間の閉会になったという。一斉休校は、議員たちにとっても寝耳に水の話で、散会直前に飛びこんできたニュースに、その場は騒然となったそうだ。

まもなく、保育園からの連絡が入った。

さいわい、くだんの園児も、家族も、検査の結果は陰性だったそうである。なので、明日から園は、予定通り再開する。政府による一斉休校の要請に保育所は含まれないので、いまのところ、休園措置をとる予定はない。だが、状況によってはそれも変わるかもしれない。すべてがその時々の状況に応じて、対応策をとることになるので、保護者側もその心構えでいてほしい――というのが園からの説明だった。

「たいへんなことになりましたね」

花の言葉に、大和はうなずいた。

「うちのように、シッターさんを雇える恵まれた家庭は一握りでしょう。特に、低所得の母子家庭などの場合、学校、学童、保育所の閉鎖により、就労時間を削らざるを得なくなり、困窮に陥るケースが多発するはずです」

職業柄、そうした状況に置かれた人々の声を普段から聞いているのだろう。大和の表情は厳しかった。

「自治体がどこまでそうした家庭に援助の手を差し伸べられるか……議会でも対応を問わねばなりません。でなければ、ウイルスではなく、行政の不備が市民を殺すことになる」

損害の補塡も保証も約束されていない状況で、自己責任という言葉に脅かされながら、親たちは苦渋の判断を迫られることになったのだった。

花の勤務スケジュールも大きく変わった。

大和の判断で、七海はさしあたり登園日を減らすことになった。登園する日も延長保育はせず、普段より早めに花が迎えにいく。花が大和家で過ごす時間は大幅に増えた。

激動の二月はあっというまに終わり、三月に入った。

川沿いの桜並木のつぼみがふくらみ始めたころ、七海の三歳の誕生日がやってきた。

そして、それはコロナ禍の時代のものらしい、かなり風変りなパーティーとなった。

七

「本当に、こんなことになって、誰に怒ればいいのやら。腹が立って仕方ないわ。せっかくスープの冷めない距離に住んでいるっていうのに、七海ちゃんのお誕生日を直接会ってお祝いしてあげることもできないなんてねえ……！」

七海の祖母の聖子は、声が大きい。

下町育ちらしく、やや早口に、ハキハキしゃべる。

社交的で、エネルギッシュ、明るい栗色に染めたベリーショートの髪がよく似合う細身の容姿は、六十二歳という実年齢よりもだいぶ若く見えた。

政治家の妻らしい、というよりは、本人もかなり政治家むきの資質をもった女性のようである。

「でも、まあ、世界じゅうがこんな状況なんだものね、愚痴ったところで仕方がないわ。ニューノーマルだか、アブノーマルだか知りませんけど、とりあえずは従いますよ。はいはい、ステイ・ホーム！　わたしもね、一二三（ひふみ）さん、最近は、できるだけ家にいるようにしているのよ。ホラ、ギックリ腰ね、例のアレが再発したってことにして、面倒なおつきあいの会やら何やらは断っていますから。それでも、さすがに先日の中野（なかの）先生の政治資金パーティーにはね、いきましたよ。ええ、そこまで不義理はできないものね。でも、ねえ、場所はいつものニューオータニだったんだけど、ブッフェのたぐいがいっさいなくて、フリードリンクのみになっていたのよ！　感染予防って名目だったけど、あれはうまいわね〜。これまでゲストにかかっていた食事代、ウン百万円、丸ごと浮かせて政治資金にプールできるんですもんね〜。うちも次回はあれでいきましょ、一二三さん。来年は選挙だし、そろそろ後援会の人たちとそのへんのことを考える必要があるわ。場所は帝国あたりがいいけど、そうねオークラでも……って、ちょっと、さっきから貝のように押し黙っているけれど、そこにいるんでしょうね、一二三さん。わたしの話、聞いているの？」

「聞いていますよ、お母さん。ちゃんと、目の前に姿が映っているでしょう」

「だって、こんな画面越しじゃ、本物だかどうだかわからないじゃないの〜。一二三さんがいると見せかけて、実は３Ｄホログラムかもしれないじゃないの？」

「わざわざそんなアリバイトリックみたいなことをする必要がないんですが……」

母親の饒舌とパワフルさに、息子は完全に圧倒されている。

応接室の隣の和洋室。

壁には「Happy Birthday」の文字が躍るカラフルなガーランドや、フラワーリース、折り紙で作った輪飾り、ハートや星形のバルーンがたくさん飾り付けられている。

カラフルなクロスを敷いたテーブルには、カカポちゃんの形の特製マスカットケーキ、アナゴを中心に置いた江戸前寿司の桶、ハマグリのお吸い物、七海の好きな冷やしうどんや、はちみつ焼きのチキン、ミニハンバーグ、フルーツ類、ポテトサラダ、ホットケーキ、ピッチャーに入れた自家製レモネードなどが並んでいる。

誕生日パーティーにふさわしいしつらえだが、普通とちがうのは、ゲストである祖母の聖子がその場におらず、六〇インチのテレビ画面にその姿が映っていることだった。

そう、オンライン飲み会ならぬ、オンライン誕生会なのである。

三月に入ってからも、感染拡大は全国的に収まらず、東京で緊急事態宣言が発令される日も近いのではないか、という噂が頻繁にささやかれている。高齢者への感染リスクの高さも周知され始めてきたため、大事をとって、聖子は家に招かず、代わりにリモート会議用のアプリを使って、誕生会に参加してもらうことにしたのであった。

「ばあば～、七海、おきがえしたよ～」

花の手で、チュールのスカートの上に小さな星がたくさんついたブルーのドレスに着替え、大きなリボンのついたカチューシャをつけた七海が現れると、

「きゃあああーっ！　七海ちゃん、可愛いっっっ!!」

もともと高い聖子のテンションが、さらにあがった。

「まあっ、なんてブルーが似合うのかしら、七海ちゃんは！　なあに、いったいどこの国のプリンセスなの!?　七海星の七海王女？　プリンセス・セブンオーシャンですか!?」

「えへへ」

「すてきだわ～。花(はな)さんが選んだドレスなの？　いいじゃない、七海ちゃんにぴったりよ～！　バレリーナみたいにクルッと回ってばあばに見せてくれる？　そうそう、あらー、どの角度から見ても最高に可愛いわあ！　地球上の可愛さをひとり占めね～！　パンパカパーン、今年の可愛い・オブ・ザ・イヤーは、大和(やまと)七海ちゃんに決定で～す!!」

「お、お母さん……も、もう、そのくらいでいいですか」

顔から髪から服からホクロから福耳までもをほめ倒す。ひとり孫である七海への聖子の溺愛(できあい)ぶりはすさまじく、どれだけ褒(ほ)めても言葉のストックはつきないようであった。

「それじゃ、七海、ケーキのろうそくを吹き消そうか」

「あい」

大和が三本のろうそくに火をつけ、花が室内の照明を消す。

大人たちが声を揃えてハッピーバースデーを歌い、大きく頬をふくらませた七海が、ふうーっと息を吹きかけると、三本のろうそくの火はみごとに消えた。

灯りがつくと同時、クラッカーが盛大に鳴らされた。もちろん聖子も鳴らしている。

「七海ちゃん、お誕生日、おめでとう〜！」

「おなかすいたよ〜。早くたべたい！」

「うん。それじゃ、食べようか。すごいごちそうだね」

花に可愛いお食事エプロンをつけてもらうと、七海はとりわけてもらった寿司やチキンやポテトサラダをせっせと食べ始めた。大和に勧められ、花も七海の隣に腰をおろす。

「チキン、おいしいよ。やわらかい」

「気に入りましたか？　よかった。味がよくしみるよう、一晩漬けこんでおいたんです」

「花さん、このポテトサラダ、いいお味ねえ。カリカリっとした食感が面白いけれど、何が入っているの、これ。ピクルスか何か？」

「あ、それは、いぶりがっこです。たくわんの燻製ですね。七海さん用のポテトサラダはおいもと半熟卵をマヨネーズであえた甘めのものにしたんですが、こちらは少し変えて、カリカリに焼いたベーコンと、クリームチーズと、マスカルポーネチーズと、黒コショウで、大人用の味つけにしてみました」

「ホント、お酒のあてにいい感じよ。ポテトサラダって、モソモソするあの感じがあまり好きじゃないんだけど、これは美味しいわ〜。後で作り方を教えてちょうだいね」

画面のむこうで、聖子は白ワインの入ったグラスを片手に、健啖に箸を動かしている。

同席できない聖子にも誕生日会に参加しているライブ感（？）を味わってもらおうと考え、花は今朝早くに、作り終えた料理を重箱や容器に詰め、雨の降る中、徒歩で十五分ほどの場所にある聖子のマンションへと届けておいたのだった。

「ちょっと、一二三さん、むしゃむしゃ食べてばかりいないで、七海ちゃんがごちそうを食べる微笑ましいお写真をきちんと撮っておいてちょうだいよ」

「わかっていますよ。お母さんも飲みすぎて酔っ払わないようにしてください」

「ばあば、七海がケーキをあげましょ、ハイ、あーん」

「ありがとう〜。パクッ。んーっ、美味しいっ。可愛い七海ちゃんの味がするわ〜！」

「七海のあじはしないでしょー」

ノリのいい聖子の受け答えに、七海は声をあげて笑っている。

（――よかった。オンライン誕生会なんてちょっと不安だったけど……思っていたよりもずっといい感じに過ごせているみたい）

感染予防に、距離をとったり、おしゃべりを控えたり、厳密に料理をわけたり、と気を遣わなくていいので、ストレスなく飲食が楽しめるのだ。自宅にいる聖子のほうもくつろいだようすで、ワインを飲んだり、花の料理をつまんだりしている。

「七海ちゃん、ばあばは、おうちにいけないけど、七海ちゃんへのプレゼントは、ちゃーんと花さんに渡しておきましたからね。開けるの、楽しみにしてちょうだいね」

昼酒は回りが速いらしい。早くも目元をうっすら染め、聖子は上機嫌にいった。

届けた料理と交換する形で、花がプレゼントを預かってきたのだ。

「プレゼント？」

と七海の顔がパッと輝く。

「パパー、七海、ばあばのプレゼント、見たいんだけど！」

「プレゼントは、ごはんを食べてからにしようか。まだお食事の途中でしょう」

「いやじゃっ！　プレゼント、あけたいもん。しゅぐ、見たいもん。プレゼントッ」

「うーん、じゃあ、そのお皿の上のものだけは食べちゃいなさい。お皿をピッカリしたら、プレゼントを開けてもいいからね……」

言葉の途中で、大和の携帯電話が鳴った。

隣室に移動しながら「もしもし」と応答するその声には、ビジネス的な慇懃(いんぎん)さはないが、妙に平坦な響きがあった。

五分ほどして、戻ってきた彼の顔には、なにやら複雑な表情が浮かんでいる。

「どうしたの、一二三さん。お仕事の電話？」

「いえ、そうではないんですが……。その、明日香(あすか)からの電話でした」

「明日香さんからの？」

　大和は七海を見た。

「ママ、パーティー、くんの？」

「うーん……これからね、ママは七海にプレゼントを届けにきたい、っていってるんだ。いまは新型コロナのせいで、配達が遅れることが多くなっているから、郵便屋さんには頼まなかったんだって。だから、自分でもっていきたいって。七海の顔も見たいから」

「やったー。プレゼント～」

　七海は無邪気によろこんでいる。が、花には大和の複雑な心情がわかった。

　七海への感染リスクを考え、このところ外出を控えているという聖子でさえ、慎重を期して、家には招かなかったのだ。ましてて、いまは都議会の会期中である。

　毎日、電車で都庁へ通い、会議場その他で大勢の人間と接している明日香を招き入れることには、大和としては、躊躇（ちゅうちょ）するものがあるのだろう。

　むろん、その条件は彼とて同じだったが、家族の枠の中で考慮されるリスクと、それ以外の人間とでは、やはり意味合いがちがってくる。

「だったら、明日香さんにも、オンラインで参加してもらえばいいじゃないの」

　ワイングラスを傾け、聖子がいった。

「えっ。オンラインで、ですか？」

「そうですよ。プレゼントは玄関にでも置いていってもらってね。だって、ねえ、さすがに、その家の敷居をまたいでもらうのは、ねえ、どうかと思うものね。近所に住んでいるこのわたしだって、時勢を踏まえ、七海ちゃんに会いたいきもちをグッ！　とこらえて、こうして自宅に留まっているんですから。まして、明日香さんは、いろいろ忙しくしてらっしゃるし、どこで誰と濃厚な接触をしているか、わからないものね～」

正論に包みながらも、聖子の言葉には、チクチク刺すようなイヤミが含まれている。

「それは、わたしもね、あの人に、いろいろ思うところはありますよ。それは！　もう！　いろいろと！　でも、今日の主役は七海ちゃんなんですから。大人の事情は脇に置いて、七海ちゃんがよろこぶ、楽しい会にしてあげないと。ねえ、七海ちゃん、ママにもお誕生会に参加してほしいわよね～？」

「あひ」

七海は口いっぱいのポテトサラダをモグモグしながら、うなずいた。

「明日香とお母さんが参加する誕生会、ですか……」

「あら、何よ、一二三さん、ライバル候補に当選確実が出ちゃったみたいな暗い顔をして。大丈夫よ～。オンラインじゃつかみあいの喧嘩はしたくたってできないでしょう。十分かそこら、同じ電波に乗ってにこやかに会話を交わすくらい、できますよ！」

「はあ……」

ほろ酔い気分の母親に「さあ、さあ、早く電話なさいな」と強引に勧められ、大和は気の進まないようすながら、再び携帯電話をとりあげた。


「あー、ママが映ったー」

「七海ちゃん、見える？」

画面の中の明日香がにっこり微笑み、こちらにむかって手をふる。

「お誕生日、おめでとう。すてきなドレスね。とっても可愛いわ。似合っている」

画面がやや暗いのは車内だからだろう。ダッシュボードに携帯電話かノートパソコンを置いて、明日香はカメラを起動させているようだ。

いっぽう、花たちの見ているテレビ画面には、明日香と聖子の上半身が大きく二分割されて映っている。

「――ごぶさたしております、お義母さま」

「お久しぶりね、明日香さん」

「お義母さまも、お元気そうで、何よりです」

「そちらこそ、雨の日にもかかわらず、相変わらず、気合いの入った巻き髪ね。そういうクルクル巻き髪は平成までの流行だと思っていたわ～。いかにも保守派のおじいさまたちに気に入られそうなコンサバ女子アナスタイルですこと～」

「お義母さまも人を食ったような真っ赤な口紅が本当によくお似合いですねー」

（なんだか似ているところがあるおふたりだ……）

聖子と明日香。年齢こそ倍ほどもちがうが、美人で、華やかで、自信に満ちあふれた態度に共通点のあるふたりである。

「本日は足元のお悪い中、わざわざみなさまにはお集まりいただきまして……あ、集まっていないか、オンラインですし。ええと、その、本日はたいへん、お日柄もよく……」

「何をいってるの、一二三さん。今日は仏滅よ」

大和も動揺しているらしい。とんちんかんな司会ぶりを見せている。

「茨木（いばらき）花さん」

いきなり明日香に名前を呼ばれ、花はどきりとした。

「は、はいっ」

「美味しそうなお料理がたくさん並んでいるわね」

画面をのぞきこむようにして、明日香はいった。

「チキンには一つ一つリボンが巻いてあるし、ハンバーグは可愛いハートの形だし。ケータリングのお料理みたいに豪華ね。そのごちそう、全部、あなたが用意したの？」

「はい……そ、そう、です。ケーキとお寿司以外は、わたしが作りました」

「花ちゃんのおりょうり、すごくおいしいんだよ、ママ！」

「そうなのね、よかったね。……ママ、あんまり、お料理、上手じゃなかったしね」

明日香は苦笑いを浮かべた。

「茨木さん、このあいだは、失礼なことをいって、ごめんなさい。一二三さんから詳しい話を聞きました。わたし、裏もとらずに、いい加減な話を鵜呑みにしてしまったみたい」

「は……い」

「いきなり、侮辱するようなことをいって、悪かったわ。謝罪します」

素直に頭をさげる明日香を、花は戸惑いながらみつめた。

「七海のベビーシッターさんがどんな人かわからなくて、個人的に調べたら、そういう、ショッキングな話をいきなり聞かされたものだから、つい、信じて、かっとなってしまって。わたし、くだんの家のご主人とは、前の仕事の関係で、面識があったものだから」

「そう……なんですか……」

「ええ。だから、今回の情報も、直接、本人からではないけれど、彼の仕事関係のごく近い筋の人から得たの。その人は、本気でその話を信じて、怒っていて。小悪魔的でタチの悪いシッターの誘惑にうっかりのってしまったせいで、彼の家庭はめちゃくちゃになってしまったっていっていたわ。その女は、他の家庭でも同じようなことをしていた前科があるって。それで、わたしも、すっかりあなたを魔性の女のように思ってしまったの」

（え……）

花は明日香の言葉に驚いた。

――父親の仕事関係の人間から噂を聞いた？

だとすると、例のデマの流布に、母親は関係ないことになる。

父親と近しい立場にある人間が本気で噂を信じていたとしたら、それは父親本人から話を聞いた可能性が高い。だとすると、噂の大本は、父親だったのではないか。

（そういうことだったの……？　不倫容疑に怒った奥さんじゃなくて、あのご主人が自分の立場を擁護するために、そんなでたらめをいいふらしていたの……？　自分の加害行為にはいっさい口をつぐんで、わたしひとりを悪者にして……？）

花は、しばしのあいだ、ぼうぜんとなった。

「花ちゃん、ましょうのオンナ、って何？」

七海がのんびりいった。

「えっ」

花は、ぎょっとなって我に返った。

「いま、ママが、ゆったでしょ。ましょうのオンナ、って。なんのこと？」

「え、えーと、それは、ですね……」

花はあせった。さすがに、三歳の子に本当の意味は教えられない。

「ま、魔法的な力をもっている女の人のこと、かな？」

「えーっ！　花ちゃん、まほうの力もってんの!?　じゃ、花ちゃん、まじょってこと!?」

「いや、ちがうよ、七海」

大和があわてて助け船を出す。

「そうじゃなくて、ママが勘違いしただけなんだ。花ちゃんのことを、てっきり、ましょ……い、いや、魔女だと思ってしまって」

「なんで、ママはそう思ったのよう？　ママ、花ちゃんのこと、しらないでしょー!?」

「そ、それは、えーと」

「花さんの作るお料理は魔法みたいに美味しいでしょ～、七海ちゃん？」

聖子がフォローに入ってきた。

「七海ちゃん、前は、にんじんも、お肉も、キライで食べなかったのに、花さんが美味しく作ってくれるから、パクパク食べられるようになってきたものねえ。だから、それを聞いて、ママはびっくりして、花さんを魔女かもしれない、と思っちゃったのよ」

「あー、しょっかー」

「というか、本当に花さんは魔法が使えるんじゃない？　だって、病みつきになるような美味しいお料理を作るものね～。このポテトサラダなんて、もうお腹がいっぱいなのに、さっきから箸が止まらなくて、止まらなくて。勝手にまた手が……タ、タスケテー」

「アハハハハ」

高速で箸を動かす祖母のコミカルな演技を見て、七海はケタケタ笑った。

「じゃあ、七海ちゃん、そろそろ、みんなからのプレゼントを開けてみたらどう？」

「あい」

にっこり笑った七海は父の手を引いて、プレゼントを置いた隣室へと移動した。

「――ありがとうございました。大奥さま。絶妙なフォローで、助かりました」

「いいのよ、花さん。これくらいのアドリブがこなせなくちゃ、長年、政治家の妻はやっていられないわよ～。ホホホ、そういう意味では、一二三さんはまだまだね～」

にこやかにいった聖子だったが、

「ちょっと、明日香さん」

急に表情を引きしめた。

「花さんに話していたこと、なんの話だか、わたしにはさっぱりわからなかったけれど、とにかく、この場でする必要はないでしょう？　なんだかプライバシーに関わる話みたいだったし。もう少し、場所と状況を考えなさいな。何より、七海ちゃんがいるんですよ。小悪魔だの、魔性の女だの……三歳の子どもに聞かせる言葉じゃないでしょう」

明日香はむっとした表情で眉を寄せた。反論の口を開きかけ、思い直したように閉じる。

「……すみませんでした」

「とにかく、あなたは、思慮が足りなすぎますよ。いつでも、自分、自分、の自己中心的な行動ばかり。もう少し、大人として、母親としての視点をもったらどうなんです」

「さっきのことはたしかにわたしのミスでしたが、そこまでいわれたくはありません」

「あら、わたしはいいたいわ～。胸に書き溜めているデスノート、じゃなかった、〝嫁にいいたいことノート〟について話したら、ワインが何本あっても足りないくらいよ～」

ドバドバとグラスにワインをそそぎながら、聖子はいった。

明日香の口元にふっ、と笑みが浮かぶ。

「お義母さまは最初からわたしのことを嫌っていましたものね」

「いまだからハッキリいいますけれど、ええ、そうよ。嫌いだわね。息子の下半身を管理するような気味の悪い母親にはなりたくなかったから、ふたりのきもちを尊重して、結婚を受け入れましたけれどね。正直、一二三さんは本当に女性を見る目がないと思ったわ。やさしい性格だから、相手も自分と同じ善人だと思ってしまったんでしょうね～」

「わたしも、あんなにやさしい人のお母さまがこういうタイプだというのはふしぎだと思いましたわ」

「そのやさしい夫を裏切ったくせによくもいえたものね～。驚くような面（つら）の厚さと化粧の厚さだわ。ついでにいうとそのファンデーション、若干（じゃっかん）、白浮きしているわよ」

「お義母さまもイエローベースタイプのお肌にその青みピンクのワンピースを着るのって自殺行為じゃありません？」

（オンラインで嫁姑戦争をしている……あ、新しい……）

ふたりは花の存在を完全に忘れたようにイヤミの礫を投げつけ合っている。

酔いにまかせた聖子の挑発に明日香も乗り、口論はエスカレートするいっぽうだった。

「だいたいねえ、あなたには、思いやりとかやさしさというものが足りないのよっ」

「あら、お義母さまがやさしさや思いやりについて説教かまされるなんて、ちゃんちゃらおかしいですわ。『母乳で育てなきゃ免疫がつかない』『まだ小さいのに保育園に入れるなんて七海ちゃんが可哀想』とネチネチいってきた方のどこに思いやりがあるんです？」

明日香も負けてはいない。

「育児疲れでボロボロのメンタルだったわたしに『産んで三か月経てば、もはや産後ではない』とお義母さまがおっしゃったこと、わたし、死ぬまで忘れませんから」

「それは昭和の流行語、『もはや戦後ではない』を踏まえた政治ギャグでしょ⁉　本当にそう思っていたら、あなたに代わって七海ちゃんのお世話を引き受けないわよっ。それをいうなら、あなただって、正月早々『老兵は死なず、ただ消え去るのみ』って書き初めを玄関に貼り出してわたしを出迎えるとか、いやがらせにもほどがあるでしょっ！」

「あら、あれは単なるわたしの座右の銘ですわ」

いっこうにおさまらない口論を花はハラハラしながら聞いていたが、

「あっ、七海さんが戻ってきたみたいです！」

とたん、ふたりはピタリと口を閉じた。

さすがに、子どもに諍いを見せないというだけの理性は保たれているようである。

「プレゼント、もってきたー」

七海は赤と金のリボンがついた箱を抱えてソファへ座った。大和の腕には、凝ったリボン飾りのついた大きな箱と、カラフルなラッピングバッグが抱えられている。

大和の抱えた箱は明日香からの、ラッピングバッグは花からのプレゼントだ。

（――そういえば、七海さんは、たしか、若先生にも、大奥さまにも、明日香さんにも、同じリクエストをしているのよね）

例の「ドラゴンだけど、赤ちゃんで、お馬さんで、ポニーちゃん。大きくなると男の子だけど、女の子にもなるラッキーちゃん」のことだ。

花はそのキャラクターを調べて、手作りのプレゼントにしたのだが、おそらく聖子と明日香は既製品を用意しているだろう。もしもプレゼントがかぶっていたら、またふたりのあいだが険悪な空気になるのでは……と新たな不安が花の胸に萌した。

「あっ、それはばあばのプレゼントよ、七海ちゃん。さっ、開けてみてちょうだい！」

「あい」

金と赤のリボンを外すのを大和が手伝ってやると、七海はビリビリと豪快に包み紙を破って箱の蓋を開けた。大きな箱の中に、さらに二つの箱が入っている。

「あっ、カカポちゃん⁉」

透明フィルム越しに二つの箱の中身は見えるようになっている。

一つはグリーンとイエローが混じったコロンとした体形のオウムのおもちゃ。もう一つはピンク地にブルーのドット模様が入った可愛いベビードラゴンのおもちゃだった。

「ばあば、七海ちゃんのいっていた、ラッキーちゃん、というのがよくわからなかったから、七海ちゃんの大好きなカカポちゃんとドラゴンの赤ちゃんのおもちゃにしたわ。それはね、二つとも、動くのよ！　一二三さん、さっそく動かしてあげてちょうだい」

大和が急いで説明書を広げる。

どうやら、本体とコントローラーに電池をセットするだけの簡単な造りのようだった。

まずはドラゴンのコントローラーのスイッチを入れると、水玉模様のドラゴンはのし、のし、と可愛い動きで歩き出した。時おり、「キャー」という声とともに、口からプシュッ！　と空気を吐くしかけになっている。

「アハハ、おもしろいねー」

「じゃあ、今度は、七海がカカポちゃんを動かしてみようか」

大和に教えられ、七海がオウムのコントローラーを手にもち、操作する。低くうなるような機械音が響き、卵型のオウムの体が真ん中あたりで上下にわかれ、そこから、内部に畳まれていたプロペラがパッと大きく広がり、旋回しだしたので、花は驚いた。

「あーっ、とんだ⁉」

コントローラーで飛ぶ方向を操作できるようだったが、慣れない七海の手には負えない。

オウムのおもちゃは壁に飾ったバルーンにぶつかり、はね返されて下に落ちた。

「あらあ、すごく飛んだわねえ！　思っていたよりずっと性能がいいわ〜！」

聖子がはしゃいだ声をあげる。

「愉快なおもちゃねえ。どう、七海ちゃん、これならお外でも遊べるでしょう？」

が、七海の表情は晴れなかった。大和に渡されたオウムのおもちゃを手に、

「これ、カカポちゃんじゃないよ」

不満そうにいう。

「えっ」

「ばあば、まちがったでしょ。カカポちゃん、とばないもん。カカポちゃんは、とべない鳥さんでしょ。カカポちゃんがとべたら、おかしいでしょ！」

聖子が目を丸くする。

「あの……お母さん」

大和がいいにくそうに口を開いた。

「カカポちゃんというのは、実在する鳥なんですよ」

「えっ？　だって、アニメの話でしょう？　〝ぱふぱふタイガー〟の……」

「そうなんですが……〝ぱふぱふタイガー〟に出てくるキャラクターたちの半分は、現在、絶滅の危機に瀕している、本物の動物たちなんです。それ以外に、すでに絶滅したモアや、ドードー、ドラゴンや、ユニコーンなども〝失われた種族〟として出てきますが……。主人公のぱふぱふタイガーも、現在インドに二千頭あまりしかいないといわれているベンガルトラですし、カカポちゃんはニュージーランド固有種のオウムで、天敵がいなかったためにに飛行能力を失ったといわれている鳥、カカポのことなんです」

大和がスラスラ答える。

七海につきあわされて何十回と〝ぱふぱふタイガー〟を見たから、というだけでなく、自分でも娘の大好きなアニメについていろいろ調べたのだろう。

「カカポという鳥は、飛べないために、肉食動物に捕食され、絶滅の危機に瀕した鳥なんです。なので、これがカカポちゃんなら、絶対に、飛ぶおもちゃにはならないんですよ」

「あらー。そうだったの～。ごめんなさいね、七海ちゃん。ばあば、アニメのこと、よくわからなくて、そっくりだから、てっきりカカポちゃんかと思っちゃって……」

聖子は目に見えてしょんぼりしている。

七海本人も最初はカカポちゃんだと思ったほどなので、よく似たデザインではあった。高齢の聖子に、幼児番組への深い知識を望むのは難しいだろう。とはいえ、気に入らない品に対して「ＮＯ」と心のままに拒絶できるのが子どもの特権というものでもある。

「七海さん」

花は、頬をふくらませている七海にむきあった。

「がっかりしちゃったかもしれないですね。おばあちゃま、わざとじゃなくて、まちがえちゃったみたいです。これも、楽しいおもちゃだから、一緒に遊んだら、きっと面白いんじゃないかしら。このドラゴンの赤ちゃんも、とっても可愛いですもの」

「ウーン」

「おもちゃ屋さんの棚に返されちゃったら、このオウムちゃんも、ベビードラゴンちゃんも、『あーあ、やっと七海ちゃんちのおもちゃになれると思ったのに、お戻しかあ』ってかなしくなっちゃうかもしれないから、七海さんのおうちに置いてあげませんか。……七海ちゃーん、ぼくたち、ここんちの子にしてよう。もう、おもちゃ屋さんには帰りたくないんだよう。お願い、ぼくなんて、こーんなこともできるんだからっ」

声色を使いながら、片手でベビードラゴンを七海の肩に乗せ、花はもう片方の手でコントローラーのボタンを押した。プシュッ！　と耳に空気を吹きかけられた七海は「きゃっ！」と飛びあがり、足をバタバタさせて笑った。

「じゃあ、いいよ。七海のおうちに、おいたげるよ」

「よかった！　じゃあ、そうしましょうね。それと、どうでしょうか、七海さん、おもちゃをもらったお礼を、おばあちゃまにいえそうですか？　いまはいいたくないなら、それでも、いいんですよ。また、楽しいきもちになれたら、そのとき、いいましょうね」

花が穏やかにいい聞かせると、七海も、やがてうなずいた。

「ばあば、ありがとう」

「いいのよ〜。ばあばこそ、まちがえちゃって、ごめんなさいねえ、七海ちゃん」

「七海、次は、ママのプレゼントを開けてみて」

明日香が急いでいった。

「大丈夫よ、ママのは、正真正銘、〝ぱふぱふタイガー〟の公式ライセンス商品だから！アメリカのお友だちに頼んで、日本ではまだ売っていないおもちゃを送ってもらったの。もちろん、カカポちゃんも、ヘンなニセモノなんかじゃなく、本物よ」

と、さりげなく聖子にイヤミをかますのも忘れない。

七海に笑顔が戻り、すごい勢いで包み紙を破る。中身を見て、わっ、と声をあげた。

「しゅごい！　パッフィー島の動物たちが、いっぱい、いる！」

箱にはカラフルな文字で〝ＰＵＦＦＹ　ＩＳＬＡＮＤ〟と原題が書かれ、パッフィー島のジオラマのおもちゃと、小さな動物の人形が配された写真がプリントされていた。

中身を引き出すと、大きなプラスチック製のジオラマと、ぱふぱふタイガーやカカポちゃんなど、ビニールに入った主要なプラスチック製のキャラクターが五体入っていた。付属品らしいそれらの他に、もう一つ、小さめの箱がある。

「最初についてくる五体以外のキャラクターたちは別売りになっていて、好きなキャラクターをどんどん増やしていけるようになっているのよ」

　明日香がいった。

「だから、七海のリクエストのラッキーちゃんを入れておいたからね。レアなキャラだから、なかなか見つからなかった、ってアメリカのお友だちがいっていたわ。ママ、ムリをいって、探してもらったの」

　七海は箱を開けた。中から出てきたのは、翼のある馬の人形だった。

　一見、ペガサスに見えるが、鹿のように枝分かれした角をもっており、翼も鋭角的である。クリッとした大きな目。男の子とも女の子とも見える中性的なデザインだ。

「ほら、まちがいないでしょ。ママがドラゴンで、パパがユニコーンの女の子、ラッキーちゃんよ！　この子、最新シーズンに出てくるキャラクターなんですってね。それにしても、〝ぱふぱふタイガー〟って、本当にたくさん、キャラクターがいるのね」

　得意げな明日香の笑顔に、ふと、けげんそうな表情が浮かんだ。

「どうしたの、七海。そんな顔して。うれしくないの？　あっ、もしかしてラッキーちゃん、どこか壊れていた？　いやだ、アメリカから急いで送ってもらったから」

　花は七海が手にした人形を見た。

　ビニールに包まれた人形のどこにも、欠損や、おかしなところは見えなかった。

「——ママは、わすれちゃうんでしょ」

七海がぽつりといった。

「えっ？」

「なんでも、わすれちゃうんでしょ、ママは。七海がお話ししたこと、みーんな、わすれちゃうんでしょ」

「七海？」

「いっつも、きいてないんだもん、ママは。おしごと、いそがしい、いそがしいって。いそがしい、のようかいなんだ、ママは。わすれんぼうの、ようかいママだようっ」

怒ったように、人形を放り投げる。

明日香も、聖子も、びっくりしたようにこちらを見ている。

「このラッキーちゃんじゃないでしょっ。ママは、七海といっしょに、ラッキーちゃん、見たでしょっ！　なんでわすれるんだっ。おとななのに。だいじなのに。もう、七海は、いやんなっちゃったっ！　ハッピーがにげてっちゃったようっ」

七海はソファからぴょん、と飛びおりると、走って部屋を出ていった。

「七海⁉」

大和があわてて後を追いかける。

後には、ぼうぜんとする祖母と母親の映るテレビ画面と、花の、女三人が残された。

「――ちょっと、どういうことなの、明日香さん?」

聖子の声には、あからさまな非難の響きがあった。

「あなた、いったい、七海ちゃんに何をいったんです?」

「そういわれましても、わたしにも、さっぱり……」

「さっぱり、って、現に七海ちゃんがあんなに怒っていたんだから、あなたに原因があるに決まってるでしょ!　胸にグイグイ手を当てて心当たりを考えなさいなっ」

「そんなことをおっしゃられても、わからないものはわからないんですっ。だって、〝ぱふぱふタイガー〟のラッキーちゃんは絶対にそのキャラクターのはずなんですから!　わたしはお義母さんとちがって、ちゃんと調べたんです!　ドラゴンとユニコーンのミックスの、ラッキードラコーン。馬でポニーで女の子で男の子の……なのに、これじゃないって……七海……どうして……」

「あの……明日香さん」

放り出された人形を拾いあげ、花はいった。

「〝ぱふぱふタイガー〟のラッキーちゃんは、このキャラクターでまちがいないです」

「そうでしょう?　他に、ラッキーちゃんなんて子はいなかったわ!」

「ただ、七海さんのいっているラッキーちゃんは、他の子なんだと思います」

「他の子?　どういうこと?　てっきり七海の大好きな〝ぱふぱふタイガー〟のキャラク

ターだと思って……七海と一緒に見たって……あ……？」

明日香は眉を寄せた。

日本では、ラッキーちゃんが登場する〝ぱふぱふタイガー〟のシーズン4は、いま現在、アニメチャンネルで放送中である。去年のうちに家を出ていた明日香が七海と一緒に観る機会はなかったはずだった。明日香もそのことに気づいたようだ。

「――茨木さん、あなたと一二三さんも、七海から同じリクエストを受けていたのよね」

明日香がいった。

「あなたは、何を……？　七海に、どんなプレゼントを用意したの？」

「わたしは、子ども用のマスクと、おうちでお絵描き遊びをするとき用のスモックを作りました。それに、ラッキーちゃんのモチーフを刺繍とアップリケでつけて」

花はまだ開けられていないままのラッピングバッグへ視線をむけた。

「これは七海さんに開けてもらいたいので、中はお見せできないのですが……若先生の用意されたプレゼントをご覧になりますか？　それが、本物のラッキーちゃんなので」

「本物の、ラッキーちゃん……？」

「はい。……少し、おまちいただけますか？」

花は、いったんカメラを起動させているタブレット端末とテレビとの接続を外すと、画面を切り替えたタブレットを手に、部屋を移動した。

廊下の奥、アクアリウムのある部屋へ入る。

カーテンを開けてあるので、部屋の中は明るい。

コポコポとかすかな音を立て、真珠のような泡が水槽の中に散っている。

水草のあいだを元気に泳ぐカクレクマノミたち。色あざやかなエンゼルフィッシュ。

そして、三つめの水槽には――

タブレットの画面の中で、明日香が目をみひらいた。

「それが……ラッキーちゃん?」

新しい水槽の中では、一匹のタツノオトシゴがゆったりと水流にまかせて泳いでいた。

八

ノックのあと、花(はな)は七海(ななみ)の部屋のドアを静かに開けた。

レースのカーテンを引いた部屋の中は薄暗い。ベッドの脇に座っていた大和(やまと)がふりむいた。七海は身体を縮こめるようなポーズで眠っている。

「――癇癪(かんしゃく)を起こして泣いたりわめいたりしていたんですが、そのうち目をこすり始めて……今日は朝からはしゃいでいましたし、お腹(なか)もふくれた後でしたから、抱っこをしたらすぐに眠ってしまいました」

部屋を出て、ともに階段をおりながら、大和はいった。

「ちょうど、お昼寝の時間でしたものね。ひと眠りして、すっきりしたら、七海さんのご機嫌も直っているかもしれませんね」

「そうですね。……母たちはどうしていますか？」

「はい。いったん、解散ということにして、アプリは終了しました。大奥さまも少しお酒を過ごされたようで、休まれたほうがいいようでしたし。奥さん……明日香（あすか）さんは……」

花はちょっと言葉を探した。

「いろいろ、思うところがあったようで、反省の言葉を口にされていました」

花の話を大和はうなずいて聞いていた。

どちらともなく、アクアリウムのある部屋へと進む。

人工サンゴに体を巻きつけているタツノオトシゴを花はまじまじとみつめた。

小さなころに水族館で見た気がするが、あらためて見ると、実にふしぎな形をした魚である。チェスのナイト（ナイト）馬の駒に、ウミヘビの下半身をつなげたような姿。竜（ドラゴン）の落とし子、という和名よりも、海の馬（シーホース）、という英語名のほうがしっくりくる。

（この子はタスマニアンポニーという種類なのね……ドラゴンの赤ちゃんで、馬で、ポニー。そして、大人のタツノオトシゴは、オスがメスから卵を受けとり、出産する。だから、男の子だけど女の子、と七海さんはいったんだ）

「花さんは、〝ラッキーちゃん〟がタツノオトシゴのことだと、すぐ気づきましたか?」

「いいえ、わたしも最初は〝ぱふぱふタイガー〟のキャラクターだと思っていました。でも、調べたら、そちらのラッキーちゃんは、ある一話に出たきりの、それこそレアなキャラクターだったので、そこまで七海さんが好きになるだろうか、と疑問に思ったんです。そこから、若先生は、プレゼントに何を用意されるんだろう? と考えて」

多忙な大和が平日にプレゼントを買いにいくヒマはないだろう。七海に秘密で用意するとしたら週末もムリだ。通信販売を利用したのか、と考えたが、平日の留守を預かっている花がそれらしい荷物を受けとったことはなかった。

大和が平日に手配していたものといえば、この水槽と中身の水のメンテナンスである。そこで、花は七海と初めて会った日のことを思い出した。

あのときも七海は「ドラゴンの赤ちゃんをすくいにいく」といっていたのだ。

さっそく大将のアクアショップへいった花は、多くの水槽の中にタツノオトシゴたちを見つけ、「ドラゴンの赤ちゃんで馬でポニー」の謎を解くことができたのである。

「大将によると、タツノオトシゴは、幸運（ラッキー）のシンボルなんだそうですね」

竜の化身（けしん）ということで、長寿や健康を司（つかさど）るといわれ、また、オスが出産をすることや、オスとメスがむかいあった姿がハートの形に見えることなどから、夫婦円満や安産祈願のシンボルとされているのだそうだ。

「去年の夏、七海は、旅先の水族館で、タツノオトシゴを初めて見たんです」

大和はいった。

「プールが三つもあるホテルに泊まって、虹色のかき氷を食べたときですね。とても楽しかった、と七海さんがいっていました」

「そうですか。七海がそう思ってくれているのはさいわいです。ぼくには、あの旅行は、暗い、苦い思い出しかなかったので」

大和は目を細めた。

「……ぼくと明日香の関係が最悪のころでした。すでに別居はしていましたが、離婚の話しあいがまったく進まず、会えば、たがいの欠点や過失をあげつらうばかりで……それでも、まだ何もわからない七海に、両親の不仲を悟らせてはいけないと、それだけは意見が一致していたので、車で、近場に二泊の旅行に出かけたんです」

運転をしていれば、会話をしなくてすむ。水族館や遊園地にいけば、展示物や遊具に意識をむけられるので、相手の存在を無視できる。不快な時間やきもちを少しは紛らわせられる……そんな大人の都合ばかりで決めた旅行だったという。

水族館で、大和はたびたびふたりと離れがちになった。魚に詳しいだけに、つい鑑賞に熱中してしまい、歩みが遅くなったのだ。明日香たちに追いついたのは、途中の部屋で、ちょうど水族館のツアーガイドが解説をしているときだった。

ガイドはタツノオトシゴの水槽の前で、この奇妙な魚の生態について話していた。

七海は初めて見るタツノオトシゴに興味をひかれたようで、ガイドと大勢の客たちが次の部屋へと移動したあとも、水槽の前から動かなかった。

歩き疲れた大和は部屋の後方に置かれたベンチに腰をおろし、七海が、いま聞いた解説のわからない言葉などを隣の明日香に尋ねるのをぼんやりと聞いていた。

『──ママ、タツノオトシゴって、どうゆうイミ？』

『ドラゴンの赤ちゃん、ってことよ』

『なんで、いっぱい、お名前、あんの？』

『お姉さんがいっていた、シーホース、っていうのは、外国でのお名前。タスマニアンポニー、っていうのは、この水槽にいる子たちの名前。ワンちゃんにも、猫ちゃんにも、似ているようで、いろいろな子がいるでしょう？　タツノオトシゴにもね、いくつか、種類があるんだって……』

娘の質問に答える明日香は、ごく普通の、やさしい、子ども想いの母親と、大和の目にも映った。娘の小さな手を握り、微笑んでいるこの美しい母親が、夫を裏切り、娘を置いて家を出ていくような人間だと、いったい、誰が想像できるだろうか……。

『この子、男の子なのに、赤ちゃん、うむの？』

『うん、そうだって。面白いね』

『にんげんとは、ちがう？』

『ちがう。人間は、お母さんだけが赤ちゃんを産むの。痛いのも、苦しいのも、お母さんだけ。赤ちゃんを産んで、身体がボロボロになるのも、夜も寝ないで赤ちゃんを育てるのも、お仕事ができなくなるのも、いろんなことが上手にできなくて、かなしくなって、心や頭がへんてこりんになるのも、お母さんだけ。人間のお父さんは、何もしない』

　大和がそのときの会話を詳細に覚えているのは、なぜ子どもにそんなイヤミたらしい愚痴を聞かせるのか、と腹が立ったからだったという。夫である自分にいうのならともかく、子どもに、出産の不安や、母親への罪悪感を抱かせるような話をするべきではない、と。

実際、ホテルに戻り、七海が寝たあと、ふたりはその件で激しい口論になり、翌日、険悪な雰囲気で、ほとんど口もきかないまま、帰路についたという。

「でも、そのときの明日香の言葉は、ずっとぼくの心にひっかかっていたんです。ぼくが彼女にぶつけたのは、大人の常識であり、教科書通りの正論でした。でも、あのとき、彼女が口にしたのは、本音の、むきだしの、叫びだった」

『人間も、タツノオトシゴみたいならいいのにね』

　水槽をながめ、明日香はいった。

『人間も、お父さんが、赤ちゃんを産んでみればいい。そうすれば、きっと、わかるでしょう。どんなふうに世界が変わるか、自分を変えなくちゃいけなくなるか、自分だけじゃどうしようもできないことが世の中にあるか、きっと、わかるでしょう』

タツノオトシゴのつがいは、メスがオスの腹部にある育児嚢と呼ばれる袋の中に卵を産みつけ、オスの体内で受精させる。繁殖におけるメスの役目はこれだけで、受精卵が稚魚となるまで、子どもたちを体内で守り、出産するのはオスの仕事である。

二匹のタツノオトシゴがむかいあい、ハートの形を作るように求愛のダンスを始めた。

『ママ、ハートトちゃんだよ』

『わあ、珍しい。いいもの、見たね。七海。ラッキーね』

『ラッキーちゃん！』

『タツノオトシゴは幸運や幸福を運んできてくれるんだって。本当にしあわせを運んでくれるなら、いいわねえ。パパも、おうちで飼えばいいのにね』

それが、水族館で母娘が交わした会話のすべてだった。

「先月、七海が大将の店でタツノオトシゴを見つけたとき、興奮して、水族館でのことを話し出して、それで、ぼくも、当時の会話を思い出したんです。ラッキーちゃんをおうちにつれて帰る、と七海は熱心にいっていて……初めは、悪い魔法使いからドラゴンの赤ちゃんを助け出す、ごっこ遊びがしたいのかな、と思っていました。でも、七海は、明香との会話を細かく、よく、覚えていた。母親の吐き出した本音が、あの子のやわらかい心に、刻まれていた。あの子も、何かを感じとっていたのだと、気づきました」

十分にとりつくろえていると思っていた。平凡な、それなりにしあわせそうな家族を装えていたと。会話はせずとも、争う姿は見せなかったし、ふたりとも、七海には笑顔をむけ、やさしく接していたから。幼い七海が気づくことはないだろうと思っていた。見くびっていた。だが、子どもにとっては、その小さな、幼い世界がすべてなのだ。

大好きなパパとママと自分。

どうして、気づかないことがあるだろう？　ナナちゃんはママのもの、いいや、パパのもの、と、ふざけて七海をひっぱりっこする、大好きな遊びをふたりがしなくなったことに。三人でいても、お腹が痛くなるほど笑う時間がなくなったことに。前のように、三人のあいだに、ハッピーが生まれないことに。少しずつ、やさしい色が失われていくような、小さな花が枯れていくような、世界が翳（かげ）り、黄昏（たそがれ）にむかうときのような、あのさみしさや、心細さや、不安を、七海も小さな心で確かに感じていたはずなのだ。

（幸運（ラッキー）と幸福（ハッピー）を運んできてくれるのよ、とうらやむように水槽をながめていたという明日香さん）

タツノオトシゴがきたら、この家にハッピーがよみがえる、と七海は考えたのだろうか。お客さんのママが、前のママに戻ると考えたのだろうか。

だとしたら、ラッキーちゃんは、七海への誕生日プレゼントではない。

七海から、ふたりへの、壊れかけている家族への、プレゼントだったのだ。

「このタツノオトシゴはオスなんです」

大和はいった。

「いずれは、つがいにさせるつもりですが、しばらくはこの一匹だけを育てます。今度はきちんと心の準備ができてから、子どもを迎えなくては、と思うので」

花は大和をみつめた。

「――立ち入ったことをいって、すみません。でも、わたし、ずっとふしぎに思っていて。若先生のように、やさしくて、思いやりのある、理想的な夫であり、父親である人のどこに明日香さんが不満をもったのか、どうしても、わからなかったんです」

花は言葉を選びながら、いった。

「もちろん、相手に非がなくとも、男女のことですから、パートナーを裏切ることはあるでしょうし、愛情が冷めることもあるだろう、と理解はしていましたが……若先生に過失がない以上、破綻（はたん）の原因は、やっぱり明日香さんの心変わりにあったんだろう、と思っていました。明日香さんの変節や、自己中心的な行動がすべての原因で、若先生と七海さんは、それにふり回されただけの被害者だったんだろう、と。でも――たぶん、そうではないんですね。若先生にも、思い当たる何かは、あったんですね……」

「いま、ここにいるのは、いったん、壊れたぼくなんです」

大和は静かにいった。

「壊れたものをツギハギして立っている、嵐のあとのぼくです。痛みを知ったので、臆病になり、慎重になり、考え深くなり、以前よりは、子どもにも、他人にも、やさしくなれているかもしれません……でも、以前のぼくは、ちがいました。自己満足的で、独りよがりで、頭でっかちな人間だった、と、ふり返って思います。二年前のぼくを茨木さんが見ていたら、たぶん、理想的な夫だとは思わなかったでしょう」

傷一つない、それが、以前の自分のよりどころの一つだった、と大和はいう。

地元の誰もが知る家に生まれ、成績優秀で、友人にも恵まれ、ほとんど挫折(ざせつ)を知らず、いまの地位に就(つ)いた。人一倍努力もしたが、そのぶんの成果を必ず手にしていた彼にとって、世界は、大声で呼びかければそれだけのこだまを返してくれる、明瞭(めいりょう)で、快適な、居心地のいい場所だった。

だが、明日香との結婚生活が徐々に破綻にむかい、決定的な破局を迎え、シングルファーザーになる中で、それまでの単純な世界は粉々に壊された、という。

父子家庭となり、初めてマイノリティの立場に身を置いて、それまで自分が享受(きょうじゅ)していたものが、どれだけ特権的な立場に付随(ふずい)するものなのかを知らされた。七海との生活を維持するために、あちこちに頭をさげ、自分の時間を削り、仕事を制限しなければならない日々。時に心ない言葉を投げられ、心を削られることも少なくない。あきらめること、自分を変えることを余儀なくされたとき、いつかの明日香の、

『どんなふうに世界が変わるか、自分を変えなくちゃいけなくなるか、自分だけじゃどうしようもできないことが世の中にあるか、きっと、わかるでしょう』

といった言葉が、初めて彼の胸に生々しい実感をともなって届いたのだった。

環境どころか、妻は妊娠によって、肉体そのものさえも変えさせられ、苦しんでいたのではなかったか？　それなのに、自分は元のポジションから一歩も動かず、手にした特権を手放そうとしないまま、できる範囲で妻を手伝うことしかしなかったのではなかったか？　〝親切〟な夫ではあっても、育児に主体的な夫ではなかった。妻のぶつけてくる不満や怒りにも、借りてきた正論をふりかざして、自分を守るばかりだった――

「……明日香を責めるべき点はたくさんあるでしょう。でも、それなら、夫としての自分はどうだったのか。不貞を働かなかった、というだけで、無辜（むこ）の被害者でいられるのか？　彼女の行動のすべてを許せたわけでも、理解できたわけでもありません。いまも、明日香に対する拭（ぬぐ）いがたい嫌悪や怒りは残っています。でも、産後の彼女のきもちに寄り添えなかった、パートナーとしての罪が、ぼくにも、確かにあると思うのです」

花は大和の横顔をみつめた。

笑いじわを刻んだ目元。穏やかな表情。だが、それは、彼の中の、ほんの一面でしかない。政治家としての顔や、父親としての顔があるように、彼にも、明日香にしか見せていない、夫としての顔があったはずだった。

家族というのは、たいてい、一度の失敗、一打の衝撃だけで壊れるものではない。小さなひびが重なり合って、ある日、ついにバラバラになる。

そのひびを作る一打を、大和も、無意識にふりおろしていたのかもしれない――

静かな部屋の中に、ふいに携帯電話の着信音が鳴り響いた。

「――はい。……ああ……うん。うん……聞いたよ。……はい……え？」

大和の口調から、電話の相手は明日香だ、と察せられた。

席を外そう、とそっと立ち去りかけた花に「茨木さん」と大和が声をかけた。

「少し、いいですか？　明日香が、茨木さんと、話をしたいといっていて」

「七海は大丈夫？」

というのが、明日香の第一声だった。

「はい。お昼寝をしています。いまは、若先生がつき添っていらっしゃいますので」

「そう。よかった。あの子、お昼寝から起きたとき、誰もいないと、泣くから」

「そうですね」

それきり、シン、となる。

花は次の言葉に困り、頭の中で話題を探した。

先ほどの謝罪の言葉を受け、明日香を怖がるきもちはだいぶ薄れていたが、一対一で話をしたいといわれると、やはり戸惑った。わざわざ、電話をかけてきてまで、自分にどんな話があるのだろうか。

「茨木さん、熱海(あたみ)にいったこと、ある?」

唐突に、明日香がいった。

「熱海、ですか? はい、ありますが……」
二、三年前の夏に、友人たちと二泊で遊びにいったことがある。
「わたし、熱海の出身なの。実家は、温泉旅館だったのよ」

「あ、そうなんですか」

意外だった。都会的なイメージの明日香とその観光地がうまく結びつかない。

「いいところですよね、熱海。東京から近いですし……海産物が美味(おい)しくて、温泉があって、お店や宿もたくさんあって、活気があって」

「いまは、そうね。駅ビルや周辺がきれいになって、新しいホテルや施設もできて、にぎわってるから。でも、わたしの子ども時代は、雰囲気も、町並みも、全然ちがったのよ」

「そうなんですか」

「そう。年々、右肩下がりに観光客が減って、どこもかしこも寂(さび)れていてね……大通りに面した大型ホテルでさえ、潰(つぶ)れたままの、廃墟になっていて。町全体が、なんだか、灰色がかって見えたわ。中学のとき、わたしの両親が経営していた旅館も潰れて、父と母は、近くにある企業の保養所の管理人になったの。子どもはつれていけないから、わたしは、高校から、ひとり暮らし。だから、わたしの実家って、もう、どこにもないのよ」

明日香の口調は淡々としている。

故郷の閉塞感にうんざりしていた明日香は、東京の大学に入学し、アルバイトをかけもちしながら、アナウンサーを目指したという。だが、局アナには採用されず、事務所に所属のフリーアナウンサーになった。主な仕事は、企業の講演や、結婚式の司会で、そうした仕事の一つがきっかけで、ある議員と知り合いになり、選挙事務所の手伝いに誘われた。

最初の仕事は、ウグイス嬢、それから、電話かけ、ビラ貼り、チラシの投函。だんだんと議員の信頼を得るようになり、そこから、自らも政治の世界に入ったという。

「つまり、わたしは叩きあげなの。世襲の一二三さんとは正反対にね」

花は黙って聞いていた。

明日香が自分に何を話そうとしているのか、まだわからない。

「結婚の話が出て、一二三さんにつれられて、大和の家を初めて訪ねたとき、夢のように思えたわ。代々、この土地に根ざしている地元の名士の、窓にステンドグラスがはまっているような、すてきなおうちに住んでいる王子さま。帰る実家もない、保養所の雇われ管理人の娘が、こんな立派な家の一員になれるなんて。一二三さんはやさしくて、スマートで、申し分のない恋人だった。絶対にこの人と結婚する、と心に決めたわ。当選することを確信して選挙に出たときみたいにね。……同時に、心のどこかでわかっていたの。わたしは、たぶん、この人をしあわせにはできないだろう、って。わたしの野心は、このやさしい人を、いつか手ひどく傷つけることになるだろう……って」

わかっていて、なお、目の前に置かれたしあわせをつかみとることをためらわなかった。いままでも、そうやって、貪欲に、がむしゃらに、自分勝手に生きてきたから。

やがて、子どもができた。華やかな容姿で注目を集め、支部長にも推薦され、何もかもが順調だった。

それがおかしくなったのは、つわりが始まってからだったという。

つわりは安定期に入ってもおさまらず、眠気と吐き気に悩まされる日々が半年以上も続いた。まるで睡眠薬を飲まされ、揺れる船の上に一日じゅう立たされているようだった。

当然、頭はまともに働かず、髪や化粧も最低限しか手をかけられなくなる。

それまで、華やかな容姿を誇っていた彼女が、雑な薄化粧で、髪をひっつめにして、エチケット袋を片手にえずく姿を見て、同僚の男性議員たちはあからさまに顔をしかめ、あるいは苦笑いを浮かべていたという。勉強会にも出られなくなり、時間をかけて調べていた雇用の場における女性差別の実態に関する資料も、同僚に渡し、議会での質問権を譲るしかなくなった。支部長就任の話もいつしかとりさげられていた。

「出産は、予定日の二週間前。安産だった。でも、分娩台にあがってからも、まだつわりで吐いていたし、子宮口の開きが早すぎて、予定していた無痛分娩もできなかった。あまりの痛みに絶叫して、喉（のど）が切れたわ。ぶじ七海が生まれると、立ち合いをしていた一二三さんは、泣いていた。ありがとう、ありがとう、とわたしの手をとって、何度もいってくれた。でも、わたしは、涙のひとかけらも出なかった。声も、体力も、水分も根こそぎ搾（しぼ）りとられて、カラカラで。赤ちゃんを産んだあとは、安堵（あんど）と感動に包まれるものだと妊娠中は想像していたの。温かい、やさしいきもちになるものだと思っていた。でも、あのとき、赤ちゃんを送り出したあとの、わたしのからっぽのお腹に残っていたのは、よろこびでも、感動でもない――怒り、だった」

　分娩台に横たわり、あちこち裂けた身体で、血と吐瀉物（としゃぶつ）と排泄物（はいせつぶつ）にまみれて。どうして母親だけがこんなに痛い、怖い、恥ずかしい、みじめな思いをしなくてはいけないのか。父親は、髪の毛一筋の傷さえ負わず、同じ親という資格を得られるのに。

　赤ちゃんは恐ろしいほど頼りなく、しわくちゃで、何もかもが小さく、可愛かった。だが、昼夜を問わない、二、三時間ごとの授乳は、出産で疲れきった身体には、拷問（ごうもん）のようだった。二日後、静岡から実母がやってきて、孫の誕生を祝ってくれたが、保養所の仕事を父親ひとりには任せられないからと、その夜には帰っていった。

　退院し、大和の家での産後の日々が始まった。聖子（せいこ）がほぼ毎日やってきて、食事の用意や掃除、赤ちゃんの沐浴（もくよく）を手伝ってくれる。だが、やはり、実母ではないので、遠慮が先に立ち、ストレスがたまる。出のよくない母乳をあきらめ、ミルク育児に切り替えたことを非難されたのも、悔しかった。

聖子の反対を押し切り、五か月で、仕事に復帰した。妊娠から一年弱のあいだに手放したものをとり戻そうと躍起（やっき）になったが、寝不足続きで、身体は疲れやすく、以前のようには働けない。まだまだ育児に手のかかる時期で、ムリはさせられないからと、首脳部からは重要な仕事を外され、遠ざけられる。あせるきもちばかりが空回りした。

明日香と反対に、大和には、党内の重要なポストが与えられた。

『お父さんになったんだから、今後はいっそうバリバリ働いてもらわないとなあ』

と、お母さんになった明日香の前で彼らはいうのだった。妻の活躍の場を減らしても、夫にそのぶんを与えれば、帳尻があう、と考えているようだった。それでいて、妻と夫に与える配分を逆にしようとは、彼らは思いもしないのだ——。

リベラルを標榜（ひょうぼう）していてもこれか、と党のありかたに失望していた明日香は、ある問題に関する超党派の会で、保守派の議員たちと近づきになった。

その中のひとりが、梶健太郎（かじけんたろう）だった。以前から明日香の有能な仕事ぶりに注目していたという梶は、彼女に離党を勧めた。同時に、女としての明日香の魅力を熱心に語った。

梶は離婚歴があったが、現在は独身で、子どもはない。実家は都内の大きな総合病院で、医師会との太いパイプがあり、近々国政への進出も考えているという。

梶に煽られ、しぼんでいた明日香の心に、野心と自信が、少しずつよみがえり始めた。彼の引き立てがあれば、いずれ自分にも国政への道が開かれるかもしれない――。

「……その後のことは、たぶんあなたも知っているでしょう。わたしは梶とそういう仲になり、スキャンダルをすっぱ抜かれ、最後は大和の家を出た。後悔はあるわ。たくさんね。七海と一二三さんに申し訳ないことをしたと思っている。それでも、時間を戻すことができたとしても、やっぱり、わたしは、同じことをするでしょう。だって、わたしは、そういう女だから。こんなふうに、化粧や服装で女っぽく擬態しているけど、中身は、まるで

ちがうの。わたしの中身は、上昇志向と野心と打算にまみれた、男なのよ」

自嘲の笑みがもれた。

「お義母さんがいっていたことは本当よ。わたしは、いつも、自分、自分、自分のことばかり。妻よりも、母よりも、自分を、鈴木明日香を優先させて生きている。そのためには、夫も子どもも捨ててしまえる。……あなたも、軽蔑するでしょう、茨木さん？」

「……いいえ、しないです」

「いいのよ、本当のことをいって。わたしもあなたにずいぶんひどいことをいったもの」

「本当のことを、いっていますよ」

花には政治の世界はわからない。だが、そこも世間同様、男性優位の原理が働いている場所なのだろうということはわかる。身一つでその世界に飛びこみ、男性たちのふりかざ

す倫理や常識に揉まれて、食らいついて。彼らへの憧憬と苛立ちと怒りに引き裂かれながら、明日香が必死で這いあがろうとしていたことはわかるのだ。

　わたしの中身は男、と明日香はいった。同じ言葉を、花は以前にも聞いたことがある。例の事件の、あの家の母親の口からだった。美容業界で成功をおさめ、輝かしい実績をあげていた母親は、しばしば、花にそういった。明日香と同じ、自嘲的な口調で。

　上昇志向や野心や打算を、彼女たちほど成功した女性たちでさえ、なぜ「男」のカテゴリーに入れずにはいられないのか。それは同時に、献身ややさしさや無償の愛といったものを「女」のカテゴリーに入れることになるのではないのか。

　その幻想を求められ、男なら負わない負荷を与えられ、仕事と家族のあいだで引き裂かれ、誰よりも苦しんできた彼女たちなのに――

「……明日香さん。わたしが以前、保育士として働いていたことを、ご存じですか？」

　花はいった。

「保育士として……？　いいえ。資格をもっていることは聞いていたけれど……」

「わたし、児童養護施設で働いていたんです。親のない子どもたちや、親と一緒に暮らせない子どもたちが、一時的に生活する場所です。短い期間でしたが、わたしはそこで、軽蔑、という言葉ではいいあらわせないほど、残酷な仕打ちを我が子にしてきた親たちを見てきました。子どもの心や、身体に、むごたらしい傷を与えた親たちを、何人も」

明日香は黙った。

「議員さんですから、ご存じだと思いますが……施設に子どもを預ける親御さんたちは、子どもを捨てたわけではありません。その多くは、経済的、身体的、もろもろの問題を抱えて、一時的に子どもを手放す選択を余儀なくされた人たちです。それは社会にあるべきセーフティーネットであり、それに頼ることは、恥ずべきことでも、後ろめたいことでもありません。でも……中には、そうした例にあてはまらない親たちがいます。捕食者のように、子どもを食いものにする、愛も倫理も知らないモンスターのような親たちが。子どもから、奪うばかりで、与えることを知らない親たちが。わたしにとって、軽蔑する親、というのは、そういうときに使う言葉なんです」

夜間に、七海の寝顔を見にきた明日香。七海のシッターが問題のない人物なのかどうかを心配し、人脈を駆使して調べた明日香。七海の誕生日のために、アメリカからのプレゼントを手配し、敷居の高いこの家まで届けにきた明日香。

彼女の七海への愛情は、言葉ではなく、行動からわかる。

どうして、簡単に、軽蔑などできるだろう。

「明日香さんが、他の男性とそうした関係を結んだことについて、わたしに意見はありません……。それは、あの、夫婦の問題だと思うので。ただ、ベビーシッターの立場から、いまのお話を聞いて、思ったんです。時間を戻すことができたとしても、やっぱり同じ選択をする、と、さっき、明日香さんはおっしゃいましたよね。でも——もし、明日香さんに、安心して里帰りできる場所があったら。実のお母さまに、産後の一番つらい時期に助けてもらえていたら。同じ役目をベビーシッターが担えていたら。それでも、明日香さんは、やっぱり、同じ道を選んだだろうか——と」

「……」

「若先生は、産後の明日香さんのきもちに寄り添えていなかった、とおっしゃっていて。新生児のお世話、とても、つらいですよね。赤ちゃんは可愛い。でも、つらい。自分の指に小さな指を一生懸命からめてくる赤ちゃんのすべてが愛おしい。でも、つらくてたまらない。そういうふうに、子育てに傷つくお母さんたちって、たくさん、いるんです」

下半身はまだ血を流し続け、縫われた傷はズキズキ痛む。

身体は泥の中に沈んだように重く、でも、神経は冴えきっていて、眠れない。

眠れば、あの声が、自分を必要としている小さないのちの泣き声が、朦朧とした頭に響き、眠りの沼から引きずり出される。

社会から遠ざかる孤独な数か月の巣ごもり。何もかもが赤ちゃんしだいで、朝と夜の境が消え、生活のコントロールを失い、心も身体も思う通りにならない。努力をしても母乳育児はなかなか軌道に乗らず、とうとうあきらめたことで、また傷ついて。小さな挫折を重ね、身体はだんだんと回復しても、見えない心の傷は増えていくばかり。

こんな日々は、いつ、終わるのか？　いつになったら、元の世界に、夫がいまも属している、あの明るい、秩序ある世界へ戻れるのか？　自分の顔も洗わずに、哺乳瓶を洗い、吐いたミルクで汚れたシーツを洗う日々。わたしは、もっと大きな、社会を変える、重要な仕事ができる人間なのに。でも、赤ちゃんは可愛い。だから、投げ出せない。赤ちゃんを愛している。だから、誰にも託せない。赤ちゃんは泣く。だから、逃げられない。

まるで、赤ちゃんとふたりきり、止まらない列車に乗ってしまったよう。

「砂に水が吸いこまれるように、育児のつらさや、日々の努力は、日常の中に簡単に埋没してしまい、見えなくなりますよね。外から見えるのは、『子どもはスクスク育っている』というわかりやすい成果だけ……でも、七海さんが、いま、元気に育っているのは、たしかに、明日香さんがそのとき、睡眠を削って、泣きながらも、ボロボロになりながらも、懸命にお世話をしてくれたからなんです」

「……」

「七海さんの母子手帳には、そういう日々の記録が、たしかに残っていました。乾燥しやすい七海さんのお肌が、しっとりして、掻き壊しもなく、きれいなのは、明日香さんが毎日、ちっちゃな七海さんの手足にクリームを塗ってくれたから。七海さんの歯がミルクのように真っ白で、虫歯もないのは、明日香さんが、朝晩きちんと磨いて、検診やお医者さんに連れていってくれたから。他の誰も覚えていない、誰も拍手を贈ってくれない、そういう小さなお仕事や、一日一日の延長上に、いまの七海さんの、明るい、健やかな笑顔があるんです。それは、明日香さんがしてくれたことです。たとえ、明日香さんに、母親としての後悔や、失敗や、懺悔の思いがあったとしても、それは、十分に称えられるべきことだと、わたしは、そう思います」

電話のむこうで、長く沈黙を続けていた明日香が、大きく息を吸いこみ、やがて、かすかなすすり泣きの声をあげ始めた。

「明日香さん、七海さんはママのことが大好きですよ……パパと同じくらいに。そして、子どもって、いつでも、いまを生きています。だから、過去にとらわれて、必要以上に自虐的になったり、未来を先回りして、自分は憎まれるべき母親だ、と悲観するのは、健全なことではないと思います」

それより、いまの七海をそのままにみつめ、愛情をそそぐことだ。

後悔にとらわれず、ためらわず、愛していると伝えることだ。

いまの七海の笑顔が、彼女の明るい未来へとつながる。そして、それが変えられない過去へのつぐないにも、きっと、なるだろう。

明日香は長く答えなかった。しゃくりあげ、すすり泣く声だけが花の耳に響いてくる。

「……捨てていったんじゃ、ないわ」

やがて、明日香はいった。

「七海を捨てたんじゃないわ。本当は、つれていきたかった。だけど、こんな自分勝手なわたしに育てられるより、立派な大和の家で、あの子を第一に考えてくれる父親と祖母に守られて、育てられるほうが、あの子はしあわせになれる。そうわかっていたから、置いていったのよ。一二三さんと結婚するときには、自分の欲望のために、あの人を利用することもためらわなかった。他人のしあわせより、自分の成功が大事だった。だけど、七海に、同じことはできない！　だから、あの子の手を離したの。離したのに……」

やっぱり、あの子が恋しいの。明日香は叫ぶようにいった。

「成功したいわ。仕事がしたい。誰にも邪魔されずに働きたい。だけど、子どももほしい。そう思って、何がいけないの？　男性たちが当たり前にかなえている現実を母親が望むと、なぜ、非難されるの？　あの子は、わたしが産んだ子どもよ。わたしの赤ちゃんよ。ベビーベッドに置いたら必ず泣きだすあの子を自分のお腹に乗せて、一日じゅう過ごしたのは、このわたしよ。一二三さんじゃない、お義母さんじゃない！」

花は黙って明日香の声を聞いている。

彼女がその強さゆえに、誰にも明かせなかった叫びを。悲鳴を。

母と子。愛とエゴ。愛着と執着。

線を引くのは誰か？

自らその境界を見極めることはできるのか？

ふたつの境はいつも曖昧(あいまい)で、溶けあって、一方的な浸食を許せば、どちらかがどちらかの犠牲になるのだ――

涙ながらに話すうちに、明日香の声はだんだんと落ち着きをとり戻していった。花が何かをアドバイスしたわけではない。吐き出しながら、自分で自分の感情を整理し、その置き場を探し、まとめている。彼女はそうした賢さを備えている女性なのだった。

明日香の話に耳を傾けながら、花は時おりふしぎなきもちを覚えた。家族ではないのに、時に、血のつながった家族よりも家庭の深部に触れることになる自分の立場に。

子どもの幸福のために、ベビーシッターは母親に寄り添う。時に家具の一部になったように、自己(エゴ)を消し、母親たちの悲鳴を聞く。ＳＯＳのサインを見極める。彼女たちの眠れない長い夜を引き継ぐ。涙とともに。そして、安らかな眠りを祈るのだ。すべての子どもたちのために。母親たちのために。

「――茨木さん」

涙にかすれた、だが、ようやく少し平静さをとり戻した声で、明日香はいった。

「わたし、あなたを恨みたいわ」

「えっ？」

花は思わず聞き返した。

「恨む……ですか？」

「そうよ。七海が生まれてすぐ、あなたが、わたしのところへきてくれたらよかったのに。そうしたら、わたしも、救われたわ。こんなふうに、みっともなく人生に迷走しなかったでしょう。だから、恨みたいわ。あなた、いったい、どこにいたのよ」

「あはは……」

明日香らしいいいように、花は笑った。が、実際にそうなったかはわからない、とも思うのだった。

本当に弱っているとき、人は、自分を守るために心を閉ざし、殻に閉じ籠り、差し伸べられた手を拒むものだ。明日香のように強く、プライドの高い人間ならば、特に。

嵐の過ぎたいまだから、わかりあえる。心を許せる。涙を見せられる。

(人には、出会うのに時がある。そして、たぶん、別れるにも)

「でも、いいわ。あなたは、七海のところへきてくれた……わたしにはまにあわなかったけれど、あの子には、まにあった。あの子のこれからには、あなたがいてくれるんだから……安心できるわね。そのことだけでも、感謝しなくては」

ありがとう、と明日香はつぶやくようにいった。

「あなたが、七海の乳母になってくれて、よかった。茨木さん。七海を、よろしくね」

「はい」

「それからね、あなたに、もう一つ、お願いがあるんだけれど……」

# 九

　それから四十分ほどが経ち、キッチンの片づけをしていた花は、二階から聞こえてくる七海の笑い声に気がついた。

　階段をのぼり、七海の部屋のドアをあけると、大和とケンカごっこをしながら、七海がベッドの上で足をバタつかせて笑っていた。チュールのスカートはくしゃくしゃで、カチューシャはどこかへいき、髪はあちこちはねて、もつれている。

「あっ、花ちゃん」

　起きあがり、花にむけた笑顔は、いつもの七海のそれだった。

「おねむりは、もういいんですか、七海さん？」

「うん。七海、おなか、すいた。下いって、ケーキ、食べたいっ」

　ベッドの上で飛び跳ねながら、屈託なく答える。

　眠る前のことなど、すっかり忘れてしまったような明るさである。

「あのね、七海さん。少し、いいですか」

　目線をさげるため、花はベッドの端に腰をおろした。

「お母さまが、さっき、お電話をくれて、七海さんとお話ししたいといっていたんです」

「ママ？」

「ラッキーちゃんのことを忘れて、プレゼントをまちがえてしまったこと、七海さんに、きちんと謝りたいんですって。七海さんは、いま、お母さまとお話、できますか」

「ふーん。いいよ」

あっさりいった。

花はもつれた七海の髪を指で梳いた。子どもは忘れっぽく、単純で、寛容だ。その寛容さに、大人はどれほど救われていることだろう。

大和を見ると、うなずいている。花は立ちあがり、窓を開けた。

小雨の降る寒い日曜日の午後。通りに人の姿はない。

家の斜めむかいに、小さな駐車場があり、白のプリウスがとまっている。

電話をしようかと花が考えたのと同時、運転席のドアが開き、明日香が姿を見せた。車中から、ずっと、この子ども部屋の窓をみつめていたのだろう。

傘もささず、コートも着ずに、明日香は車を離れ、この家を見あげた。

モノトーンのシャネルのスーツがよく似合っている。赤い唇から、吐く息が煙のように、白くあがった。

「あーっ、ママだー」

大和に抱っこされ、背丈よりも高い位置にある窓の外をのぞいた七海は、小さなサプライズによろこんだ。母親がふる手に応え、元気よく手をふり返す。

「ママー」

「七ちゃん！　お誕生日、おめでとう！」

　明日香がいった。

「ママ、ラッキーちゃんのこと、忘れてて、ごめんね！　プレゼント、まちがえて、ごめんね！」

「うん、いいよー」

「いろんなことを、まちがえてばっかりのママで、ごめんね！　ママ、ママを上手にできなくて、ごめんね！　でも、七ちゃんのこと、大好きだからね！　世界で一番、七海ちゃんが好きだからね！　大好きだよ！」

　さすがに、街頭演説に慣れた政治家である。滑舌のよい声は、よく通った。近くの家で窓が開き、けげんそうな表情の女性が、明日香を見て、目を丸くした。

「いつも、いそがしい、会えないママでごめんね！　でも、ママ、自分のお仕事、がんばるから！　世の中のお母さんたちが、子どもたちと、健康に、楽しく、安心して暮らせるように、そういう東京を作るために、お仕事、がんばるから！　毎日は、会えないけど、まってててね！　七海も、ママのこと、応援してくれる？」

「わかったー」

「ありがとう！　七海は、楽しく、毎日を過ごしてね！　パパと、花ちゃんのいうこと、よく聞いてね！　ばあばのいうことは、まあ、半分くらい聞けばいいからね！」

花の隣で、大和が苦笑した。

「大好きよ、七海。世界で一番。二番も、三番も、四番もなく――七海が、好きよ」

雨ではないものが、明日香の頬をつたい落ちる。大きく息を吐き、明日香は、深々と、髪が地面につくほど深く、頭をさげた。長く、長く。大和と、花にむかって。

他に誰もいない通りに、しばらく、雨のふる音だけが静かに響いた。

――と、うなるようなエンジン音がどこかから近づいてきて、急にとまった。

「あー、やっぱり。どこかで聞いた声だと思ったらっ」

突然の大声に、明日香が驚いたように顔をあげ、ふり返る。

半透明のレインコートを着た大将が、明日香を見て目をひんむいていた。

アクアショップの配達の途中らしい、バイクの後部座席には、ビニール梱包(こんぽう)された商品らしきものが括(くく)りつけられている。

「あっ、悪いまほうつかいだっ」

七海が身を乗り出した。

「ははあ、よくもノコノコ顔を出せたもんだなァ。鈴木(すずき)明日香センセイ」

バイクをおり、大将は、あきれたようにいって、明日香をジロジロ見る。

「アンタ、心臓に金魚藻みてえな毛がワッサワサ生えてんじゃねえのかい」

「何か問題が？　どこの町へいこうが、どこの家へいこうが、わたしの自由でしょう」

すばやく目元を拭い、明日香がいった。

大将への対抗意識がわいたせいか、強気ないつもの彼女に戻っている。

「江戸時代の木戸番じゃあるまいし、ここから先は通行禁止、なんてとめる権利があなたにあるとでも？」

「おっ、なかなかいうね。さすが、腐っても議員センセイ」

「わたしが何をしようが、あなたには関係ないことですから」

「関係ないこと、あるかい。デモ隊みたいにひとんちの前でワーワーわめいて、なんの嫌がらせだよ。大丈夫ですか、若先生っ、この人、ストーカーですか⁉　通報しますか⁉」

「いや、ちがいます、大将。大丈夫ですから」

大和があわてていった。

「彼女は、七海の誕生日に、プレゼントをもってきてくれただけですから！」

「ハハーン、贈りもんで嬢ちゃんの歓心を買おうってんだな。そうは問屋がおろしませんよ。仮にも政治家の端くれがワイロを使おうなんざ、あきれたもんだ。おうおう、角栄に金つかませてトライスター買わせたロッキード社か、アンタはっ」

「は？　たとえが古すぎてさっぱりわからないんですけど」

「やかましいっ。いいから、とっとと、帰れ、帰れっ」

「きゃーっ」

（ホ、ホントに塩を投げた……）

大将はビニールの梱包をひきちぎり、商品らしき塩を明日香に投げつけた。短い悲鳴をあげ、明日香があわてて車に逃げる。

「あーっ！　ヤメローッ、悪いまほうつかいめーっ」

七海が興奮して暴れだした。

「ママをいじめるなっ、あっち、いけーっ」

「な、七海、あんまり、暴れると、危ないから。手すりを乗り越えるから」

「ママーッ、にげてーっ、ママーッ」

「ステイ・ホーム！　ゴー・ホーム！」と意外と英語に強いところを見せながら、大将が車に塩を投げつけるが、明日香も負けてはいない。すばやく車を発進させ、開いた窓の隙（すき）間（ま）から、ボックスティッシュを大将の頭に投げつけた。

「イテッ！　コノヤローッ」

「ママーッ、まけるなーっ、がんばれーッ」

七海が一生懸命声をあげる。

みごとなハンドルさばきで駐車場を出て、車は大通りへむかった。

「ママー、がんばれーっ、がんばれーっ、ママーッ！」

プリウスがカーブを曲がり、見えなくなるまで、七海は声をあげ続けた。

「がんばれーっ！」

——その声を、明日香はきっと、いつまでも覚えているだろう、と花は思った。

スキャンダルにまみれた彼女の前途は平坦なものではない。これからも罵（ののし）られ、揶揄（やゆ）され、非難の礫（つぶて）を投げられ続けるだろう。でも、その声が、その言葉が、挫（くじ）けそうになったとき、彼女に力を与えてくれるだろう。しぶとく、したたかに、たくましく、何度でも立ちあがる明日香の姿が花の目に浮かぶ。自分のために、七海との約束のために、かつての自分だった母親たちのために、闘う明日香の姿が。

『ママ、がんばれ』

そして、砂地に水をそそぐように思えた日々の実りを、彼女はたしかに受けとるのだ。百日の苦労も、一度の笑顔、一つの言葉でかき消してしまう、子ども、という愛の花を。


七海の誕生日から十日後。

定例の都議会が閉会した。

新型コロナの感染者数は日に日に増え続けている。四月の上旬には緊急事態宣言が発令されることになりそうだ、という話をあちこちから聞くようになった三月の終わり、花はいつもより少し早めに帰宅した大和から、一通の茶封筒を差し出された。

「――え？　明日香さんから、わたしに……ですか？」

大和はうなずいた。今日、議員控え室のある議事堂の廊下で明日香に呼び止められ、「これ、花さんに渡してください」といわれたそうである。

花は配膳の手をとめ、封筒を受けとった。七海は廊下でお人形遊びをしている。

Ａ４サイズの茶封筒だった。裏にも表にも表記はない。

テープをはがし、封筒を傾けると、中から出てきたのも、また、封筒だった。

普通の手紙サイズの封筒で、淡いミントグリーンに野ばらの模様が散った、可愛らしいデザインである。「茨木花さま」という宛名の字を花は息を呑んでみつめた。

やや丸い、幼さの残る字の書き手が誰なのか、すぐにわかった。

震える手で、きちんと角を揃えて折られた三枚の便箋を開く。

二枚目をめくる前に、花の目には涙があふれた。びっしりと書かれた便箋の上にぽたぽたと涙の粒が落ちる。涙はとまらず、最後の一枚を読む前にしゃくりあげるのをとめることができなくなった。花は力なくそばの椅子に腰をおろした。

「茨木さん」

大和がびっくりしたようにいった。

「どうしたんですか？　なんの手紙ですか。もしかして、明日香が、何か」

「――いえ……ちがいます……若先生……」

　エプロンで両目を拭いながら、花はつかえつかえ、答えた。

「ちがうんです。彼女から……手紙が……わ、わたしに」

「彼女？」

「わたしが、傷つけてしまった……あの子、です。あの子が……わたしに、手紙、を」

　大和は目をみひらいた。

『――花ちゃん、お久しぶりです、お元気ですか？』

　という一文で始まる文章を、花は何度も何度も読み直した。

『新型コロナの影響が花ちゃんにないか、とっても心配しています。わたしは元気だよ。妹も、お母さんも、元気だよ。お父さんだけは、ちょっとわかりません。お父さんは、今年の始めに家を出て、今、わたしたちとは別の場所で暮らしています。……』

　手紙には、花が彼女のそばを離れ、連絡が途切れてからのことが詳しく書かれていた。

中学入学を機に、携帯電話を変え、それに付随（ふずい）する番号などもすべて変えたため、花からの連絡が届かなくなっていたらしい。番号を変えた理由は、不登校ぎみだった小学校時代までの人間関係をリセットさせたかったからだという。

『花ちゃんにはお世話になったのに、お礼もいわないままで、ごめんなさい』

　別れて以来、ずっと花のことが気になっていたが、両親のゴタゴタ、第一志望校に落ちた挫折感を拭えないままの中学入学、新生活への不安などで、自分から連絡をとる余裕がもてなかった、とあった。別居や離婚調停などで憔悴している母親に、花と連絡をとっていることが知られたら、怒られそうで怖かった、ということもあったという。

(そうだよね、当然だよ。まだ、十三歳なんだもの――子どもなんだもの)

学校は、とても楽しいです、という一文を見て、花は安堵した。

入学当初は、まだ立ち直れておらず、鬱屈したきもちで通学していたが、だんだんと仲良くなった子たちが、みな同じような受験体験をしており、第一志望校に落ちて、その学校にきたパターンの子が多いことがわかり、急速に距離が縮まったという。

「家で第一志望校の不合格を知らされた瞬間、ワーッ！　と大声で泣きだしたら、びっくりした飼い猫のお産が急に始まって、あわてた父親が階段から転がり落ちて額を割り、ついでに母親のお気に入りのリヤドロの人形も割ったので、母親が激怒しながら父親と母猫の看病を始めて、もうそこからわたしの不合格どころじゃなくなった」

という同級生のエピソードには、クラスのみんなが、泣くほど笑った、と達者な文章で綴っている。

彼女が作文や長文読解がとても得意だったことを花は思い出した。

『小学校のクラスの子たちとうまくいかなくて、悩んでいたとき、花ちゃんが、外にはもっと楽しくて、あなたの居心地がいい場所がきっとあるよ、受験するってそういう場所を探しにいくことでもあるんだよ、といってくれたこと、思い出しました。本当にそうだったし、だから、あのとき、やっぱり、受験勉強、がんばってよかったな、って思います。クラスで一番、仲良くなった子は、親が二度、離婚していて、いまはおばあちゃんとふたり暮らしなんだけど、ああ、そういうことも、わたしの家だけに起こっていたんじゃないんだな、と思ったら、わたしだけ不幸、みたいに自分を可哀想がるのが、ちょっと子どもっぽいっていうか、恥ずかしい感じがして。その子は、平日はほとんど自分で晩ごはんを作って、おばあちゃんを助けているそうです。わたしも、そうしよう、って思いました。花ちゃんに、お料理も、教えてもらえばよかったな』

中学生活にも慣れて、夏休みに入って少し経ったころ、母親は、自分たち夫婦の現在の状況——離婚にむかって話しあいを進めることになったこと、まずはその前提として父親が家を出て別居することになったことなどを——彼女に伝えたという。

そこで、花との件は、酔った父親が一方的にしでかしたことで、一つのきっかけにはなったけれど、別居の直接の原因ではない、一方的に誤解をして、花には悪いことをしたと思っている、と母親が口にしたことで、彼女も、あれ以来胸に抱えていた花への複雑な思いを、ようやく解消することができたのだった。

『——花ちゃんも、身体に気をつけて、元気でね。新型コロナがおさまったら、また、花ちゃんに会いたいです』

という一文と、新しい携帯番号と、友人たちと撮ったプリクラのシールで、手紙は締めくくられていた。

写真の中の彼女は、ややすました笑顔で、髪も伸び、ずいぶん大人っぽくなったように見えた。青のリボンを結んだブレザーの制服が、とてもよく似合っている。

「――そうでしたか。よかったですね。彼女が、いま、充実した毎日を過ごせていて」

花に渡され、手紙を読んだ大和が、微笑んでいった。

手紙には「鈴木明日香さんという議員の人から連絡をもらって……」とこの文章を書くにいたった経緯（いきさつ）も書かれていた。明日香が知人を通して彼女にコンタクトをとり、花はいま、自分の家族のところで働いているが、以前にお世話をした彼女のその後をずっと心配している、よければ連絡してあげてほしい、と知らせたらしい。

明日香なりの、花への礼なのだろう。彼女のスピーディーな行動力に、いまは感謝しかなかった。この先も、長く抱えていくだろうと覚悟していた心残りと罪悪感の重荷を、思いがけない相手によって外してもらえたのだ。人と人のあいだには、本当に、何が起こるかわからない。

（よかった……本当に、よかった……）

「花ちゃーん。七海、おなか、すいたー」

花が作った遊び着のスモックを着て、オウムとベビードラゴンの人形を小脇に抱えた七海が、とことこキッチンへ入ってきた。

なんだかんだで聖子のプレゼントが気に入った七海なのだった。

「いまねえ、おなかのはらぺこ虫が、グーッ、ってなったんだよ。……あれー、花ちゃん、どしたー？　泣いちゃったの？」

目を真っ赤にしている花に気づき、駆け寄ってくる。

「どした？　おなか、いたいの？　パパ、わるい？　いじめた？」

「いえ、いえ、ちがいます」

花はあわててエプロンの裾で涙を拭い、笑った。

「玉ねぎを刻んでいたからかな、えへへ、ちょっと、涙が」

「玉ねぎちゃんのせいで泣いちゃったの？　あっ、じゃあ、玉ねぎちゃん、ハンバーグにいれなければいいんじゃない⁉　お肉だけのハンバーグにすればいいんじゃない⁉」

目を輝かせる。

今夜は七海のリクエストで、ハンバーグなのだ。

「だめですよ。玉ねぎちゃんも、にんじんちゃんも、ピーマンちゃんも、もう全部ちっちゃく変身して、ハンバーグに飛びこんじゃいましたからね。……七海ちゃーん、もうすぐ、わたしたち、おやさいたちが、七海ちゃんのお腹におじゃましますよー」

「ちぇーっ、おやさいぐんだんめー」

七海がポケットに入れたコントローラーのボタンを押すと、テーブルに置かれたベビードラゴンが「キャーッ」と叫びながら、プシュッ！　と空気を吐き出した。

花と大和は顔を見あわせて笑った。

食堂に満ちる温かい空気、笑い声、夕餉（ゆうげ）の香り。

「さあ、ご飯にしましょうね」

花は七海の手をとり、脚の長いベビーチェアへ導いた。

――ベビーシッターは、親たちのように、子どもたちの人生に最後まで寄り添うことはできない。ある時期、小さなその手をつなぎ、守り、時がくれば、また手を離す。

だが、時おり、昔、海に流した小瓶が、思いがけず、返事をもって戻ってくるように、懐（なつ）かしい子どもたちの便りを知るときがある。そこに、彼らの幸福な日々が綴られていることを祈りながら、ベビーシッターは、今日も目の前の子どもを、心をこめて世話するのだ。離れていても、血のつながりはなくとも、愛や信頼を差し出しあい、結びあい、つながることはできる。目に見えない、ふしぎな、奇跡のような縁（えにし）で。

四月。

満開の桜を愛（め）でる人の姿も少ない、さみしい、奇妙な春である。

川に散る桜の花びら。花筏（はないかだ）。花は今日も七海と手をつなぎ、町を歩く。目には見えない病を恐れ、慎重に行動しながらも、いつにも似ていない今年の春を、三歳の七海とともに穏やかに過ごす。

「――おっ、ねえやさん。こんな早い時間に嬢ちゃんつれてるのは、珍しいね」

山本ベーカリーでパンを買った帰り、アクアショップの前で水槽を洗っていた大将が、花たちに気づいて、笑顔をむけた。

すでに、このエリアに入ってから警戒ぎみにきょろきょろしていた七海が、サッ、と花のうしろに隠れる。明日香とのバトルを目撃し、七海の中で「悪い魔法使い」の邪悪度はますますいや増しているのだった。

「保育園、今月いっぱい、休園になっちゃったんですよ」

「あらら。そりゃ、ねえやさんも、嬢ちゃんも、ご苦労さんだね」

「なので、しばらく、朝から晩まで大和家にいますので、よろしくお願いします」

「そうかい。うちも完全休業はしねえけど、休み増やすことにしたよ。ちっとも客がこねえもんな。ま、いまは、ネット販売もあるし、常連さんのとこには、電話で配達その他、応対するから、なんかあったらいつでも声かけて、って、若先生に伝えといてよ」

「はい」

「新入りの、ラッキーちゃんは元気かい」

「とっても。今朝も七海さんが冷凍シュリンプをあげたんですよ。ね、七海さん？」

と話をふるが、七海はかたくなに大将から目をそらしている。

「はは、まあ、飼い手が若先生なら、まずまちがいはねえやな。で、ねえやさんのほうは、どうよ」

「わたし、ですか?」

「家やら、町やら、人やら、慣れたかい。新しい水に慣れるのに、時間がいるのは、魚に限った話じゃないやね」

花はうなずいた。

「この町の水が、わたしには、とってもあっている気がします」

「おう、そうかい。そいつは、よかった。——おっ、と」

拾いあげたホースの先から出た水が思いがけない距離まで飛び、花と七海の足元ではねた。「ギャーッ!」と大げさな声をあげ、七海が逃げる。笑う大将に目礼し、花は七海の後を追った。プリプリ怒っている七海に、声をかける。

「七海さん、川沿いの道をお散歩して、人のいない公園かベンチで、いま買ったパンで、お昼ごはんにしましょうか。お花の咲いている場所で、ピクニックみたいに」

「ピクニック」の言葉に、七海の顔がほころんだ。

「いこう、いこう、ピクニック!　やったー。ハッピーふわふわ～!」

少し湿った、温かい、小さな手が、花の手をぎゅっと握る。

「今日も、いいお天気ですねえ」

歩道に敷かれた白と臙脂のタイルを、七海は白だけを選んで歩き出した。まるでちがうタイルをうっかり踏んだら、足元が爆発するかのような慎重さで。

「おひしゃまピカピカ、うみのうえ～、おへそはかゆいじょ、ゴマとるな～」

七海は、でたらめなテーマソングを勇ましく歌う。

身長八十五センチの目線から見る世界は、たくさんのふしぎと、怖さと、わくわくするようなファンタジーに満ちているだろう。魚が歌い、猫が笑い、花が泣き、アリたちが闘い、角のとれたガラスのかけらが魔法の宝石のように輝く世界に、三歳の七海は生きている。開かれるのをまっているプレゼントのような、謎だらけの世界を。

いつまで一緒にいられるか、誰にもわからない。さよならの時は必ずくる。

それまでの春を、夏を、秋を、冬を、歌いながら、笑いながら、花は急がずに歩き続ける。時に盾になり、剣になり、庇になり、小さな冒険者に寄り添って歩くのだ。

晴れの日も、雨の日も、雪の日も、風の日も。

この小さな、温かい、やわらかい手を握って。

第二話
迷い子たちはお菓子の家の
夢を見るか？

子ども時代を生きるというのは、地図ももたずに冒険の旅へ出るようなものだ。

職業柄、多くの子どもたちと接してきたベビーシッターの茨木花(いばらきはな)は思う。

無邪気に笑い、駆け出す子どもたちの道の先には、彼らを容赦なく傷つけ、痛めつけるさまざまなできごとがまちかまえている。冒険は落とし穴だらけの迷い道。やわらかな心をチクチクと刺すいばら道。失敗。挫折(ざせつ)。混乱。羞恥(しゅうち)。不安と期待と自己嫌悪。どうにかこうにかサバイブして大人になったいま、さまざまな傷と痛みの代償にささやかな「知恵」という褒美(ほうび)を獲得する、あの無謀な旅にもう一度出たいとはとうてい思えない。

それでも、ほんの時たま、

「自分がいま、子どもだったら、どんなにうれしく、楽しいだろう？」

と花にも思うことはある。

たとえば、生まれて初めて空から降る雪を見て、目をまんまるにしている子どもを見たとき。ほしがっていた子犬をペットに与えられ、胸がいっぱいになって泣きだしてしまった子どもを見たとき。次のお誕生日にはディズニーランドへ連れていってあげるといわれ、まちきれず、靴を履(は)いてそわそわと玄関に座りこむ子どもの笑顔を見たとき。

ささやかなよろこびやかなしみで、子どもたちの小さな心ははちきれそうになる。花の心のアルバムには、季節ごとのそんな彼らの姿が焼きついている。

たとえば、新しい出会いと別れに揺れるけなげな春先の瞳。炭酸水のように弾ける夏の笑い。落ち葉と木の実をかけがえのないプレゼントのように受けとる秋のもみじの手。

それから、冬の子どもたち。

真っ赤な頰と鼻をして、雪のような息を吐く子どもたち。

彼らの目を満天の星のようにきらきらと輝かせる、よろこびにあふれた冬の祭典。


「うわあああ～ん！」

元気いっぱいの泣き声に、花はふり返った。

かぼちゃ型の小さなバケツを手に、七海が泣きながら歩いてくる。

ツバの広いとんがり帽子をちょこんとかぶり、背中にコウモリの羽根をつけ、ふんわり裾の広がった黒のワンピースには、小さなドクロ模様が散っている。

誰もが笑みを誘われる、小さな可愛い魔女っ子姿だったが、大きな目をぐるりと囲んだグレーのシャドウも、花が黒のアイライナーでほっぺに描いてあげた蜘蛛の巣のフェイスペイントも、いまや大量の涙と鼻水で、すっかりドロドロになっていた。

「ふえええーん、花ちゃーん、どこよォー！」

「ここですよ、七海さん」

泣きながらキョロキョロしている七海に、花は笑いながら駆け寄った。

商店街の途中、〈アクアショップ・秋田〉の前。

ふだん店前に並べられている金魚の水槽類は片づけられ、空いたスペースには、怪物やおばけに仮装した子どもたちと、その保護者が集まっている。

商店街恒例の〝ハロウィーン・スタンプラリー〟のイベントだ。

とはいえ、今年は例年にない感染症対策下での開催である。規模をぐっと縮小し、参加している店舗は通常の半数ほどだという。どの店も店頭に消毒用アルコールを備え、マスク着用を呼びかけ、子どもたちが密集しないよう、短時間での移動を呼びかけていた。

「おかえりなさい、七海さん。悪い魔法使いさんから、ぶじお菓子はもらえましたか?」

花は、涙で灰色まだらになった七海の顔を、ハンカチタオルで拭いてやった。

七海は、ヒック、ヒック、としゃくりあげながら、お菓子の小袋がたくさん入ったかぼちゃ型のバケツを花の前に差し出した。

「マシュマロと、あめと、チョコと、グミ、もらっ、た。ヒック」

「わあ、がんばったんですね。いっぱいお菓子がもらえて、よかったですねえ」

「でも、のろわれたッ!」

いうと同時、どっ、と七海の目と鼻から、盛大に透明な液体が噴き出した。

「呪われた？」

「花ちゃん、あいちゅ、ホントに、わるいんだようっ」

怒りをこめて、ダン、ダン、と小さな足で地面を踏み鳴らす。

「おかしもらって、にげようとしたら、急におっきい、こわい声で、じゅもんとなえて、七海に、のろいかけたんだもんッ。サイテーだっ」

「ええー、それはたいへん。どんな呪いをかけられちゃいましたか」

ぐぐっ、と七海が唇をかんで黙りこむ。

誰かにトントン、と肩を叩かれ、ふり返ると顔見知りのアクアショップの店員だった。

「花ちゃんも、見る？　毎年おもしろいから、動画を撮ることにしてるんだよねー」

と差し出された携帯電話の画面には、痩身を黒衣に包み、赤目のコンタクトを入れて、すっかり悪い魔法使いになりきっている「大将」ことアクアショップの店長が、涙目で固まっている七海を前に、「ワハハハ……！」と邪悪な高笑いをしていた。

「よく聞けエ！　野菜を残す子どもには、おチビになる呪いをかけてやるぞォォォ！　お菓子を食べたあとに歯を磨かない子どもは、ボロボロ歯が抜けてしまう呪いだァァァ！　コラっ、そこのちび魔女、おまえには、遅い時間にユーチューブでおもちゃのチャンネルばかり見ていたら、ドロドロに目玉が溶ける呪いをかけてやったからなァ！　これから、ユーチューブを見るたびに、覚悟するがいいっ、ワハハハッ！」

「うわあああーんっ、こあいーっ、ばかーっ！」

（これは、どちらかといえばよい魔法使いだな……）

話しぶりこそ恐ろしいが、「バランスのとれた食事」「歯磨き」「規則正しい生活」という幼児の健康維持に必要な三大要素をきっちり推奨してくれている。

大将は、七海の家、大和家とは長いつきあいで、七海の父の一二三とも趣味のアクアリウムを通じて親しくしている間柄である。一二三から、七海の生活態度や、食べ物の好き嫌いなどについて聞き、昔馴染みの気安さで、お節介を焼いてくれたのだろう。

「七海が四しゃいになったら、あんな悪いやちゅ、ぐっちゃぐちゃに、やっちゅけてやるんだからっ！　ふんじゅけて、まるめて、ギッタギタの、おだんごにしてやるっ」

いざ、大将を前にしたときには大泣きをしていた七海も、花の前では、小さなこぶしをブンブンとふり回して、勇ましい。

二歳、三歳、と泣かされ続けている悪い魔法使いは、七海の宿敵なのであった。

「怖いのに、よくがんばりましたねえ、七海さん。逃げないで、悪い魔法使いさんに立ちむかいましたもんね。とっても勇気がありますよ」

「七海、つぎのハロウィンは、魔女になんか、ならないんだから。『さんまいのおふだ』のやまんばになって、あいちゅをめちゃめちゃにこわがらせてやるんだっ」

「本気の仮装ですね。気合いが入っていて、とてもいいと思います。——さ、それじゃ、そろそろ、賞品をひきかえにいきましょうか。七海さんがとってもがんばったので、いまので、スタンプカードがいっぱいになったんですよ」

「賞品」の言葉を聞いて、ひたすら憤っていた七海の興奮がようやく少し冷める。

商店街の裏手に設営された町内会の本部へいき、空欄をすべて埋めたカードを出すと、ビニールに入った文房具セットを渡された。カラフルなノートや、折り紙、シール、ペンなどが入っており、「あっ、カカポちゃんだっ」と大好きなアニメ〝ぱふぱふタイガー〟のキャラクターを見つけた七海は、たちまち上機嫌になった。

土曜日。暖かな秋晴れである。途中のカフェで時計を見ると、十一時少し前だった。帰ったら昼食をとり、そのあとは、七海に少しお昼寝か休憩をさせて、三時半のスイミングスクールに間に合うよう、支度をして……と七海と手をつないで帰路につきながら、花は頭の中で午後のスケジュールを確認する。

「——ただいま帰りましたー。……おっとっと、七海さん、そうはいきませんよ」

大和家に帰り、靴を脱いで玄関にあがった七海がそのまま廊下を走っていこうとするのを花はすばやく背中からつかまえた。きゃっきゃっとはしゃぐ七海を抱きあげて洗面所へいき、一緒に手洗い、うがい、アルコール消毒を念入りにすませる。

「あー、ハロウィーンって、けっこうつかれるよねえ。も、あしがぼぉのようだよ」

どこで覚えたいいまわしなのか、七海はいっぱしの口をきいていたが、

「そうだ。パパに、もらったお菓子とぶんぐセット、みせたげようっと」

うれしそうにいって廊下を走り、父の一二三の寝室がある二階へとあがっていった。

そのあいだに、花は派手に滴（しずく）の飛び散った洗面台と鏡を拭きあげた。

数年前にリフォームされた洗面所は、まだ新しくて明るい場所である。陽（ひ）が射すと床に虹色の影を落とすステンドガラスの小窓、アンティーク調のマリンランプ、レトロな幾何（きか）学（がく）模様のタイルなど、全体的に可愛らしい、女性好みのデザインだ。

和洋折衷（せっちゅう）、古さと新しさがパッチワークのように同居する大和家は、地元のランドマークともいえる、歴史のある家だった。それだけに、太い床柱（とこばしら）をどんと据えた家長的な大広間の和室や、レトロモダンな応接室など、部屋ごとにそれぞれの時代の流行と、長い年月に裏打ちされた、はっきりとした個性がある。

毎日、各部屋の埃（ほこり）を払い、柱を磨き、床を掃除しながら、花は過去、この家に暮らしていた顔も知らない人々と、声なき交流をしているようなきもちになるのだった。

しばらくすると、七海が戻ってきた。

「ねー、花ちゃん。パパ、いないんだけど。花ちゃんもいっしょに、パパ、さがして」

「あれ、そういえば、さっきも、若先生のお顔が見えませんでしたね」

いわれてみれば、いつもはにこにこ顔で「おかえり」「お疲れさま」の出迎えをしてくれる一二三が玄関に現れなかった。

（若先生、まだ寝ているのかな？　今朝も、ちょっと倦怠感があったっていってたし……それで、わたしが代わりに七海さんとスタンプラリーにいくことになったんだもんね）

七海の父親の一二三は、シングルファーザーの都議会議員である。

同じく都議である妻の明日香と一年近く別居生活をしていたが、三か月ほど前、ようやく離婚が成立し、父親である彼が正式に七海の親権者となった。

多忙な議員の仕事と家庭生活の両立はけっして易しいことではないが、乳母の花と近くに住む実母の聖子の助けを得て、一二三はこの家でなんとか父子生活を回している。

ふいに七海が、フンフン、と鼻を動かした。

「花ちゃん、いいにおいがするよ」

「え？　——本当だ」

ほんのり甘い香りが廊下を漂ってくる。

料理は花の領分だが覚えがない。出る前に昼食用のかぼちゃのスープを仕込んでおいたのだが、まさか火を止め忘れていたのだろうか⁉　花はあわてて台所へむかった。

「えっ？　——若先生？」

台所の入り口で、花は驚いて立ち止まった。

黒のエプロンをかけた一二三がレードルを手に、コンロに置いたフライパンの上にかがみこんでいる。七海が「あーっ」とうれしそうに駆けこんでいった。

「パパ、み〜つけたっ！」

「――あ。七海。花さん」

ふたりに気づいた一二三が顔をあげた。

やや下がった目尻に小さな笑いじわが走る。ゆるいくせ毛の髪には、少し寝ぐせがついていた。政治家らしい、いつものかっちりしたスーツ姿とは打って変わり、今日はニットのタートルネックにジーンズ、という休日らしいカジュアルな恰好である。

「パパー、ただいまー。だっこ〜」

「おかえり、七海。――すみません、花さん。音楽を聞いていたので、気づかなくて」

七海を抱きあげながら、一二三は片手でワイヤレスのイヤホンを外した。

「若先生、体調は大丈夫なんですか？」

「ええ、もうすっかり。単純に寝不足だったみたいです。お騒がせしました」

七海の髪をなで、一二三は笑った。二度寝をしたら、すっかり回復したという一二三の顔色は、たしかに出がけに比べて明るくなっている。

「ゆっくり休ませてもらったおかげで元気になったので、昼食の準備でも手伝おうかなと思いまして……とはいえ、ご存じの通り、ぼくは料理のレパートリーに乏しいので、ホットケーキを焼くぐらいしか思いつかなかったんですけどね」

「わあ、すみません。貴重なお休みの日にお料理をさせてしまって」

「いや、こちらこそ、仮装やら何やら全部花さんに丸投げしてしまってすみませんでした。……七海、商店街のハロウィーンはどうだった。スタンプラリー、楽しかったかな？」

　一二三は七海を床におろした。

「七海、こーんなにお菓子、もらったんだよ。ホラ、見て、すごいでしょ！」

「わあ、いいな。こんなにいっぱいもらったのか。パパにも、少し分けてくれる？」

「いやじゃ。七海のお菓子は、じぇったい、いっこも、あげらんない」

　素早くバケツを背中に隠す七海を見て、花と一二三は顔を見あわせて笑った。

あふれるやさしさと限りない欲ばりとが、矛盾なく同居するのが子どもである。

　キッチンテーブルの上には、すでに焼けあがったミニサイズのホットケーキが、何枚か置かれていた。見ると、一枚一枚にイラストらしきものが描かれている。

「わあ、すごいですね。若先生、こんな特技があったんですか⁉」

　冷めた状態のフライパンに少量のホットケーキの生地を置き、絵を描いて、焼く。その上からもう一度生地を流すと、焼き具合のコントラストで最初に描いた絵が浮きあがるという、いわゆるパンケーキ・アートである。

「いえ、さっきユーチューブでやりかたを見て、初めて挑戦してみたんです。ホットケーキミックスを混ぜて焼くだけでは、ハロウィーンらしくないかな、と思いまして。花さんも、七海の世話で忙しいのに、朝から手のかかるかぼちゃのスープを作ってくれていたでしょう。それで、ぼくも何かできないかと……その、絵は得意なほうではないので、へたくそな出来で、恥ずかしいんですが」

「若先生……」

　花はしみじみいった。

「得意でないのに、自主的にがんばって可愛いホットケーキを七海さんのために焼くという、その心意気が、すごく大事だと思います……！　いいと思います！」

「そうですか?」

「はい。感動しました。それに、この絵だって、へたくそだなんておっしゃっていましたけど、そんなこと、全然ないですよ！」

　花は皿の上のホットケーキの一枚を指さした。

「ホラ、たとえばこの肥ったペンギンさん。これなんて、すっごく可愛くて、よく描けていますもの！　ねえ、七海さん、このペンギンさん、とっても可愛いですよね?」

「あのう、花さん、それは、一応、オウムのカカポちゃんのつもりなんですけど」

「えっ?　あっ、すみません。ええと、こっちはわかります。ウミヘビですよね！」

「それは、ドラゴンですね……」

「こっちの前頭部に串の刺さったかわいそうなブタさんは……」

「ユニコーンですね……」

一瞬、気まずい沈黙がふたりのあいだに落ちる。花はコホン、と咳払(せきばら)いをして、

「ま、豚(ベーコン)もユニコーンもお腹(なか)に入れば同じですよね」

強引なまとめで話をごまかした。

「パパー、七海、おなかすいたー」

椅子に腰かけ、足をブラブラさせながら、七海がいった。

「よし、じゃあ、七海のお顔を描いたホットケーキを焼いて、お昼にしようか」

「やったー！　ハッピーふわふわ～！」

一二三がホットケーキを焼いているあいだに、花はかぼちゃのスープを温め直した。

手早くフルーツサラダを作り、カラフルなランチョンマットを敷いたテーブルの上にバターとシロップ、作り置きしておいたりんごの甘煮を用意する。

やがて、台所じゅうに甘い、やさしい香りが漂い始めた。

「午後の予定もありますし、花さんも、今日は一緒に食べてくださいね」

「ありがとうございます。それじゃ、遠慮なくお相伴(しょうばん)にあずかります」

ダイニングテーブルに三人が揃(そろ)うと、七海が元気よくいった。

「いただきます！」

メイプルシロップとバターとりんごの香り。頬をふくらませた七海の笑顔。

大和家の平和な休日の午後である。

花(はな)が大和(やまと)家で働き始めて七か月。

春にスタートした生活は、あっというまに二つの季節を飛び越した。

二〇二〇年。未曾有(みぞう)のパンデミックに世界は揺れ、そのうねりの中で、大和家の人々の生活もさまざまな影響を受けたが、いまのところ、花を含め、身近な誰にも健康上の問題がないのは、さいわいというしかない。

明日香(あすか)との離婚が正式に成立し、ぶじに親権を得て一つ肩の荷をおろした一二三(ひふみ)。三歳になった七海も元気いっぱい保育園に通っている。花も感染対策には最大限の注意を払いながら、週に五日、大和の家を訪ね、乳母(ナニー)の仕事に奮闘していた。

「――花さん、今日のスイミングは、車で送っていきましょうか?」

昼食後、テーブルを片づけながら、一二三がいった。

食器を食洗器に入れ、テーブルを拭(ふ)き、残ったホットケーキは冷凍して、と大人ふたりの仕事なので、片付くのも早い。

「大丈夫ですよ。今日はお天気もよくて暖かいですから、さっと自転車でいっちゃいます。若先生は、どうぞ、おうちでゆっくりしていてください」

「そうですか？」

この夏から、七海は近くのショッピングモール内にあるスイミング教室（スクール）へ通い始めた。

ふだん、保育園は八時〜十六時のスケジュールなので、平日、七海に習い事はなかなかさせにくい。では週末は、というと、不定期に一二三の仕事や出張が入ることがあり、近くに住む祖母の聖子（せいこ）も、パーティーやら講演会やら、とあちこちのつきあいに忙しい。

そこで、花が土、日としていた休日を日、月へとスライドし、スイミングへの送迎を引き受けることにしたのだった。月曜日の仕事は、代わりに聖子が引き受けてくれる。

月曜を休みにすれば、日曜とあわせて連休にできるし、役所や銀行など、土、日は開いていない機関の用事もこの日にすませることができ、花としても助かるのであった。

「ねー、花ちゃん、スイミング、このかっこうでいっても、いい？」

魔女のワンピースを指して、七海がいった。

「はい。今日はモールもハロウィーンのイベント・デーですから、ぴったりですね」

「わーい。みんなにみせよう。舞（まい）ちゃん春香（はるか）ちゃんとか、葵（あおい）くんとか」

「みんな、きっと、可愛い、ってほめてくれますよ」

「耀（かい）くんも？」

「もちろん。耀くんは、いつも七海さんを、可愛い、可愛い、っていいますもんね」

「やったー！」

勢いよく流れていたシンクの水音が、急に止まった。

「――耀くん……？」

一二三がふたりをふり返る。

「あ、耀くんは、スイミングで同じクラスの男の子です。五歳の年長さんなんですけど」

「耀くんって、すごくかっこいいんだよ、パパ。それに、すっごくやさしいんだよ！」

「へえー、そうなんだ」

「もう二級さんだしねえ。いちばんおよぐのはやいの。えいごも、ピアノも、ダンスもならってて、すごいの！　がいこくにも、なんかいもいってて、かっこいいんだよ！　耀くん、七海のこと、可愛いから、すきなんだって。七海も耀くんのこと、すきなんだ～！」

七海の無邪気な笑顔と反比例して、一二三の顔から徐々に笑みがひいていく。

「花さん……今日はやっぱり、ぼくが車でふたりを送っていきますね」

「え？　でも、若先生、せっかくの休日が」

「いえ、ちょうどぼくもモールで買うものがあったことを、いま急に思い出したので」

「それなら、わたしが代わりに買ってきましょうか？」

「大丈夫です。花さんには任せられないものなので。絶対に自分でいって、自分で買わなくてはいけないものなので。そのう、ええと、あ、そうです、下着です。いまもっているものはもう全部ボロボロなので新しい男物の下着が早急に必要になったんです！」

（こんなに必死な若先生、初めて見るな……）

平静を装っているが、七海の口から発せられた謎の少年「燿くん」を気にしまくっているのがバレバレなのがおかしい。ふだん、七海が話題にする保育園のお友だちは、たいがい女の子である。その七海が、自分の知らない男の子を「すき」といいだしたので、男親としては心中穏やかではいられないようだ。

どうせみんなでいくなら、ハロウィーン仕様になっているショッピングモールを少し見て回ろうかということになり、午後は予定より早く家を出ることになった。スタンプラリーの興奮が残っているらしい七海は元気いっぱい、お昼寝をしたがる気配もない。

道路の渋滞もなく、五分ほどで、一二三の運転するレクサスはモールに到着した。

地下駐車場に車をとめ、直結のエレベーターで、おもちゃ屋や本屋、バラエティショップなどが入っている最上階へとあがることにする。

「――スイミングのレッスン時間は、たしか、一時間でしたよね？」

箱に乗りこみながら、一二三が尋ねる。

「そのあいだ、花さんはどうしているんですか」

「そうですね、モールの中や地下のスーパーで買い物をすることもありますけど……たいていはジムに残っていますね。プールの見える二階の廊下に、見学用のベンチやソファがあるので、そこで他のお母さんがたと一緒にまっていることが多いでしょうか」

ショッピングモールの別館の最上階、二階ぶんがまるごとスポーツジムになっており、七海の通うスイミングスクールもその中の一部である。

「七海さんのクラスは少人数なので、そこに集まるメンバーも、だいたい、いつも同じなんですけど。いろいろ有益な情報を教えてもらって、助かっているんですよ」

「有益な情報？」

「どこのお医者さんがいいとか、どこのお店が美味しいとか、個人レッスンのお稽古は、どこがおススメだとか……その手の話は、やっぱり、口コミが一番頼りになるんですよね。わたしの場合、保育園のママさんたちとは、なかなかつながりにくいので」

「ああ、なるほど」

ショッピングモールの中は可愛らしいディスプレイにあふれていた。

時節柄、客の入りは、ハロウィーン当日の土曜日にしてはやや寂しいようだったが、子どもの七海には気にならないようだ。ジャック・オー・ランタンや空飛ぶ魔女、おばけやモンスターのモチーフをはしゃぎながら見て回っている。だんだんと足どりが速まり、後ろをついていく花と一二三のふたりを置いてけぼりにして、長い通路を走り始めた。

少ないとはいえ、他にも客はいる。危ないので止まるよう、花が口を開いたときだった。ひとりの女性がふいに角の本屋から出てきて、七海とぶつかりかけた。

たたらを踏み、足をもつれさせた七海が、ぺたんと尻もちをつく。

「七海さん！」

「──わあ、ごめんなさいね！　痛くなかった？」

　女性はあわててしゃがみこみ、七海を助け起こした。

　金のピアスが似合うハイトーンカラーのショートカット。スリムなジーンズと赤のパンプスをすらりとはきこなした、背の高い、四十前後の女性である。

「あら？」と女性は七海の顔をのぞきこみ、花が開くようににっこりした。

「──やっぱり。七海ちゃんだ」

「櫂くんママ！」

「そうか、今日はハロウィーンの仮装できたんだね。ふふ、魔女のコスプレ、可愛い～。……スカート、汚れなかった？　ごめんね、おばさん、不注意で、そそっかしくて！」

「七海さん。敦子さん」

　急いでふたりに駆け寄ると、女性が笑顔で手をふった。

「花さん。こんにちは。ごめんね、七海ちゃんを転ばせちゃって！」

「いえ、わたしのほうこそ、ちゃんとついていなかったので」

　七海にケガがないことを確認し、花は裾のめくれたワンピースを直した。

「敦子さん、スイミングの前に、ひとりでお買い物ですか？」

「そうなの。ふふ、夫がまんまと櫂に、おもちゃ売り場へ連れていかれちゃったからね、そのあいだに、わたしは本屋さんをのぞこうと思って」

いいながら、敦子は肩にかけたトートバッグからやや大きめの本をとり出した。

シックな写真の表紙に『英国のお菓子たち』というタイトルが書かれている。

「知り合いのね、新しい本が出たものだから」

「これ、お友だちの本なんですか？　わあ、すごいですね！」

「以前にお手伝いしていたスタジオの先生の本なの。今回、よく知っている後輩もアシスタントとして参加しているって聞いたから、チェックしておこうと思ってね」

「あ、そういえば、敦子さん、お菓子作りのプロでしたものね」

以前に聞いた話を思い出し、花がいうと、敦子は笑ってひらひらと手をふった。

「プロといっていいのかどうかは、微妙なとこだけどね。アシスタント業が主で、お店をもっていたわけでもないわけだし。でも、まあ、セミプロぐらいは名乗っていいかもしれないかな。――ところで、今日、花さんと七海ちゃんは……？」

敦子の視線が興味深げに隣の一二三へむかう。

「あ、ご紹介しますね。こちら、七海さんのお父さまです。……若先生、こちらはスイミングで同じクラスの櫂くんのお母さま、葉山さんです」

「あ、やっぱり。大和先生ですよね」

敦子はパン、と軽く両手をあわせた。

「お顔はいつも町のポスターでお見かけしています！　そのせいかしら、初対面という気がしないみたい。でも、大和先生、ポスターよりも実物のほうがずっとハンサムですね。ふふ、みんなに伝えておこう。……あ、ごめんなさい、ひとりでベラベラしゃべってしまって。はじめまして、葉山と申します。お噂は、花さんから、かねがね」

「はじめまして。大和一二三と申します。いつも、七海がお世話になっております」

挨拶(あいさつ)、となるとさすがに慣れたもので、大和は折り目正しく頭をさげた。

しばらくその場で談笑をしていると、何やらふしぎな音が唐突に鳴り響いた。

携帯電話の着信音にしては少々妙な……と花がキョロキョロしていると、敦子がトートバッグの中から意外なものをとり出した。おもちゃのトランシーバーである。

「ごめんなさい、燿からだわ」

敦子がボタンの一つを押すと、ガガガ、とトランシーバーから再び激しい音がした。

「――こちら、コードネーム、息子(サン)です。聞こえますか？　どうぞ！」

雑音にややかすれた、幼い少年の声が聞こえた。

「はい、こちら、母(マム)。聞こえます。首尾はいかがですか？　どうぞ」

「じょうじょうです。にんむ、かんりょうしました。レゴブロック、ゲットです。どうぞ」

「こちらはブックストアにおります。すみやかに合流してください。どうぞ」

「りょうかいしました。合い言葉は、なんにしますか？　どうぞ」

「『この世でいちばんすきなのは』『おりょうりすること、たべること』です。どうぞ」

「りょうかいです！」

　ブツッ、と音がして、通信は切れた。

「いまの、耀くんの声だねえ。ケイタイよりも、声が、おっきく聞こえるねえ」

　七海がふしぎそうに首をかしげる。

「ふふ、これはね、トランシーバーっていうの。まあ、子どもが使う、おもちゃの電話みたいなものね。いまのは、耀がパパにうまいことおねだりして、新しいおもちゃを買わせた報告でした～。あの子、いま、子ども探偵になりきっているのよ」

「ははあ、いまどきのおもちゃはよくできていますね。まるで、業務用の本物みたいだ」

　トランシーバーをながめ、一二三が感心したようにいう。

「夫がこういうのが好きで……子どものころに探偵団ごっことか、秘密基地ごっことかをやりたかったからといって、ある日いきなり買ってきたんです。それで、暗号の解き方だの、コンパスの見方だのも一緒に教えるので、耀もすっかり探偵ごっこにハマってしまって。三人で出かけると、ふたりでトランシーバーで連絡しあいながら、わたしを尾行するんですよ！　尾行も何も、一緒に家を出ている時点で、もうバレバレなんですけどね」

　敦子は笑った。

「でも、楽しそう。わたしも小さいころ、児童書の少女探偵団とかにハマりましたもん。

そういうの、子どもはみんな好きですよね。夫さん、ノリがよくて面白いですね」

「ほんと、いい歳して、五歳の櫂と一緒になって盛りあがってるんだもの。わざわざ、家族三人ぶんのトランシーバーを買ってくるなんてね……あ、櫂がきたみたいだわ」

見ると、トランシーバーを手にした男の子が、笑顔で駆けてくるところだった。後ろに、おもちゃの箱を抱えた男性が、えっちらおっちら、歩いてくるのが見える。

「お母さん！」

「『この世でいちばんすきなのは』？」

「『おりょうりすること、たべること』」

「イエイ」

合い言葉をいって、敦子と櫂は笑顔でハイタッチをした。

櫂は五歳児の平均からすると、やや長身なほうになるだろう。茶色がかったさらさらの髪に、黒のニット帽をかぶり、グレイチェックのチェスターコートに、きれいなピンク色のフーディーを合わせている。細身で、色白で、すっきりと涼しい一重の目によく似合う、やや大人っぽいコーディネートは、センスのいい敦子によるものだろうか。まるで子ども服のカタログから抜け出てきたモデルのように洒落た装いだった。

「あれ？　花ちゃんと、七海ちゃんもいるじゃない。うわあ、七海ちゃん、どうしたの、そのかっこう……!?」

燿は、七海の仮装を見て、目をみひらいた。

「あのねえ、今日、ハロウィーンだから、七海、魔女になったんだよっ」

「あ、そうなんだねえ。いつもとぜんぜんちがうから、ぼく、びっくりしちゃった」

まじまじと七海をみつめる。

「お母さん。七海ちゃん、黒のおようふく、にあうねえ。黒って、大人の色なのにねえ」

「本当、可愛いわよね」

「きっと、七海ちゃんて、肌が、ブルーベースなんじゃない？　お母さんのイエローベースとは、ちょっと、いんしょうがちがうもんね」

大人顔負けの知識である。

「燿くん、七海の魔女、可愛い？」

「うん。可愛い。すっごく可愛い」

燿はにっこりした。

「ぼく、こんなに可愛い魔女の子、みたことない。可愛すぎて、ぜんぜん、こわくないもんね。このまちで、きっと、七海ちゃんの魔女が、いちばん可愛いとおもう！」

「わーい」

「――あれ？」

燿は七海の隣に立つ花を見あげて、アーモンド型の目をぱちぱちさせた。

「ねえ、花ちゃん、髪の色、まえとちがくない？　それに、前髪もみじかくなってるね」

「あ、気がつきました？　そうなんです。先週、染めて、前髪も少し切ったんですよ」

「みじかいのも、似合うね～。花ちゃん。なんか、テレビに出てるアイドルみたい！」

「ありがとうございます。ふふ、耀くんにいわれるとうれしいなー」

「えー、みんな、いうでしょ。だって、こんなに可愛くなってたら、みんな、いわないでいられないでしょ！」

　一二三は、花の隣で目をぱちくりさせている。

花の髪がマイナーチェンジしていたことには、まったく気づいていなかったようだ。

その耀が、今度はじーっと自分を見あげているのに気づき、一二三はうろたえた。

「こ、こんにちは」

「だれですか？」

　子どもらしく、ストレートな質問である。

「七海ちゃんのお父さんよ、耀。七海ちゃんのお父さんは、東京都のえらい先生なのよ」

「七海ちゃんのパパ？　そうなんだー！　背がたかくて、かっこいいね！」

「七海のパパ、かっこいい？」

「うん、かっこいい。うちのお母さんの好きな俳優さんに似てるもん。かんこく映画の。とっても人気なんだよ。さいごに、だいたい、死んじゃう人！」

「しんじゃうのかー」

「うん。死んじゃうけど、かっこいいんだよ。もちろん、死ぬことは、かなしいことだけどね。でも、にんげんは、みんな、死ぬんだよ、七海ちゃん。だから、七海ちゃんのパパも、いつか、ぜったいに死ぬわけだけど、きっと、死んでも、かっこいいよ」

死ぬ前提でほめられている一二三は、なんともいえない顔をしている。

「あのね、七海ちゃんパパ、ぼくのお父さんも、かっこいいよ。力持ちでね。えいごもしゃべれるし、前に、ピラミッドにのぼったこともあるんだって！　すごいでしょ！」

「おまたせー」

そこへ、当の父親がのんびりとやってきた。

百七十をゆうに超える妻の敦子の隣に立つと、十センチ近く小柄な男性である。

が、横幅は二回りも大きい。ずんぐりむっくりした体形で、マスクの下からカールしたヒゲがのぞいている。小さな目を細めてにこにこしながら、丸いお腹に抱きついてくる燿の背中をぽんぽん叩くようすは「やさしい森のくまさん」といった感じである。

「お父さん、ぼく、腕ブランコやりたい。腕にブラーンってつかまって、ゆれるやつ！」

「ほいほい」

「七海もやりたい！　七海も！」

燿と七海に抱きつかれた父親はやじろべえのように右に左に大きく揺れ、子どもたちはそのたびに、きゃっきゃっとはしゃいだ声をあげた。

「――うちの子、おしゃべりですみません、大和先生。驚かれたでしょう」

と敦子が苦笑する。

「いえ、そんな。その……とても社交的で、しっかりした息子さんですね」

「人たらしなんです。挨拶代わりみたいに『可愛い』『きれい』『かっこいい』『好き』って男女を問わず、いいまくるので、初対面の人には、びっくりされちゃって」

「な、なるほど」

「でも、隣家の八十歳のおばさまから幼稚園のお友だちまで、みんなに好かれて、人気者ではあるんですよ。幼稚園でも、男の子、女の子の隔てなく遊んでいて。みんなを褒めるのも、お世辞とかではなく、本当にすてきだと思っているからなんですって！」

「――なので、七海さんの心配をする必要はないんですよ……若先生」

爪先立ちになって、花はこっそり一二三に耳打ちした。

「花さん」

「七海さんの『好き』も櫂くんの『好き』も、特別な意味はないですから。犬が好き。猫が好き。チョコが好き。カカポちゃんが好き、櫂くんが好き。そういう感じの、とってもカジュアルな使い方の『好き』なので。ですから、七海さんの初恋が櫂くんだとか、そういう話ではないですから、どうぞ、ご心配なさらないでください」

「いえ……別に、ぼくは、そんな、初恋を心配していたとか、そんなことはなく……」

マスクの中でゴニョゴニョいって、小さく咳払いをしたあと、

「――安心しました」

素直に本音を吐いた一二三を見て、花はくすっと笑った。


「――へえ……敦子さん、七海ちゃんのパパに会ったの？」

スポーツジムの二階。七海と櫂を更衣室へ送り出したあと、花は敦子と連れ立って、いつものたまり場である廊下の休憩スペースにいった。

カラフルなベンチには、レッスンの終わりをまつ保護者たちが座っている。

前面が一部ガラス張りになっており、そこから階下のプールが見える造りだった。花がのぞきこむと、ちょうどお揃いのスイミングキャップをかぶった七海たちがプールサイドに出てくるところだった。七海は櫂と楽しそうにふざけっこをしている。

「そうなの。モールの本屋さんの前で、偶然ね」

敦子は、花と並んでベンチに腰をおろした。

「議員さんって、男女を問わず、やたらと声の大きい、エネルギッシュな感じの人が多いけど、大和先生はとっても謙虚な、感じのいい方だったわ。政治家で、ああいうソフトな印象の人って珍しい気がする。実際、やさしい先生なんでしょう、花さん？」

「はい。大奥さまも楽しい方ですし、七海さんの家は、とっても働きやすいお宅です」

「そうね、地元の名士よね、大和家は。一二三先生は、わたし、父の仕事の関係で、何度かお会いしたことがあるけれど、紳士よね。政治家にはちょっと稀な、イケメンだし……一二三先生、もともと、女性人気が高かったけれど、シングルになって、もっとファンが増えたんじゃないかしら」

ふふ、と笑ったのはニットのアンサンブルを品よく着こなす華奢な美人である。

加賀弓絵といい、年齢は三十代半ば。五歳の双子の姉妹、舞と春香を、七海たちと同じクラスに通わせている。

「たしかに恰好いいよね、大和先生。あたしは前の選挙のとき、街頭演説をチラッと見たぐらいだけど。――で、肝心の先生はどこなの、花ちゃん。一緒にきたんじゃないの？」

弓絵の隣に座る原美里が周囲をキョロキョロする。

大きめのリングピアスにオーバーサイズのトレーナーとロングスカート。エクステをした睫毛はくるんと上をむいている。小柄で童顔ということもあり、五歳の次男、葵と、小二の長女がいるようにはとても見えない。

「あ、若先生はモールへお買い物にいきました。一緒にこちらで見学をしないか、お誘いしたんですけど、ママさんたちの中に男性ひとりで入っていくのが、ちょっと恥ずかしかったみたいで、辞退されてしまって」

「ええ～、押しが弱いなあ、大和先生。政治家なら、ここぞとばかりに挨拶にきて、次の選挙も大和一二三をヨロシク！　って握手しながらさりげなく現金入りのお饅頭かなんか配るくらいのことしなきゃダメじゃんねえ」

「それはあきらかに公職選挙法違反よ、美里ちゃん」

弓絵の言葉に、みなが笑った。

「ソーシャルディスタンスにご協力を」という貼り紙があちこちに貼られているので、二人ずつ、あいだを空けてベンチに座っているし、大きな笑い声も抑えているが、ポンポンと弾む会話が楽しくて、ついつい盛り上がってしまう。たわいのないおしゃべりで、いつも一時間のまち時間が過ぎるのは、あっという間だ。

職業柄、すでにある程度できあがっている女同士のグループやコミュニティに後から入っていくことには慣れている花だが、やはり、過ごしやすい場所とそうでない場所というのはあるものだ。七海がスクールに入会したのは七月の初め。敦子と弓絵と美里の三人は、子どもたちがすでに前々年からクラスを履修していたので、このたまり場で毎回親しくおしゃべりをする仲だったらしい。新しく入った保護者の中でも、ずば抜けて若い花に、ある日、敦子が話しかけてくれたことをきっかけに、ベビーシッターという職業に興味をもった他のふたりも、積極的に話しかけてくるようになった。

いままでは、レッスンの後に、短時間ではあるが、モールのフードコートでお茶をすることもある四人なのである。

（敦子さんはやさしいし、弓絵さんと美里さんもおしゃべりが楽しい人たちだから、この時間は息抜きになるのよね。七海さんは、一時間、コーチたちにお任せできるし）

「母親」「ママ友」と一括りにされがちだが、当然ながら、各人の背景はそれぞれでだいぶ異なる。薬剤師でもある弓絵は、医師である父親の経営する病院で週に数時間働いているる優雅なパートタイマーだし、一年ほど前に離婚してシングルマザーになった美里は、いまは両親と同居しながら、在宅でデザインの仕事をしている。敦子は専業主婦だが、家事をこなしながら、週に五回もお稽古事に通う櫂を送迎するのはたいへんだろう。子どもをもつ母親は、専業、兼業にかかわらず、それぞれがみんな「働くお母さん」なのだ。

「まあ、現金入り饅頭はもらわなくても、大和先生のことは応援しているからさ、先生に伝えておいてよ、花ちゃん。なにせ、同じシングル同士だから」

　花の背中をポンポン叩き、美里は笑った。

「ほら、先生の前の奥さんのスキャンダル、あったでしょ。あれが報道されたとき、うちもちょうど、離婚直前の修羅場の時期だったのよね。前の旦那、自分も不倫してたくせに、『俺らの税金で男と浮気していいご身分だな〜』とかいって。いや、あんただって、葵が喘息で入院することになったときに、部下の若い女と不倫旅行してたいいご身分じゃないの⁉　って、ついイヤミいったら、そこから大喧嘩になっちゃったんだよね」

美里は肩をすくめた。

「いまは笑ってふり返られるけど、当時は、本当、しんどかったよ」

「美里ちゃんはえらいわ。九年の結婚生活で五回も浮気をされたら、じゅうぶんよ」

弓絵がしみじみいった。

「わたしだったら、五回どころか、最初の浮気発覚で一発アウト、そんな夫は麻酔で眠らせて、去勢のために父のまつ手術室へとすみやかに送りこんでいるところだもの」

「弓枝ちゃんの旦那さんは、絶対に浮気しないだろうね。外科医である舅にパイプカットの手術をされるとか、想像しただけでも地獄だし……」

「股間にちょっぴりメスを入れられるより、妻としての尊厳を傷つけられるほうがずっとつらいことなのよ。ねえ、敦子さんだって、浮気は絶対に許せないでしょう？」

「当然よ」

と敦子はきっぱりいった。

「——ただ、まあ、知っての通り、うちの夫は色気よりも食い気だから、いままで、その手の心配をしたことは一度もないんだけどね」

「でもねえ、もしもお酒を飲んで魔が差したとかで、旦那さんが浮気をしたらどう？」

「まあ、その後一年くらいは温かい食事をいっさい出さないな。真冬でも毎日メニューはそうめんと冷ややっこよ。あとは料理から塩を抜くわね。文字通り味気ない、砂を嚙むような食事をさせて反省させれば効果的でしょ？　あとは、毎回、卵料理に殻のかけらを入れて口の中でガリっとさせるとか、お風呂が沸いたと教えて底のほうは水にしとくとか、整髪料の中身を脱毛クリームに替えておくとかしか思いつかないけど……」

心配したことがないわりには、とっさに出てくる復讐のバリエーションが豊富である。

「あたしも浮気されるたび、そうやって仕返ししていればよかったな。でも、まあ、結局は、ちょっと顔がいいからって、あんな男と結婚しちゃったあたしの失敗だったよね……」

「そんなことないわよ。確かに前の旦那さんは控えめにいっても最低だったけど、でも、その人のおかげで、可愛い子どもたちに恵まれたのは事実なんだから」

「敦子さんのいう通りだわ。お姉ちゃんも、葵くんも、本当に素直でやさしい、いい子たちじゃないの。あの子たちは美里ちゃんの宝物よ」

「敦子さん。弓枝ちゃん」

「失敗は失敗でも、人生には有益な失敗もあるのよ、美里ちゃん。大丈夫、ペニシリンだってつまらぬ実験の失敗とありふれたカビから生まれたんだから。最低のものから最高のものが生まれることもあるの。ね？　そう考えて、元気を出して」

「ありふれた最低のカビにたとえられて、元気が出ると思うわけ？」

三人の軽妙な会話が楽しくて、一番年下の花はいつも笑わされてしまうのだった。

「――でも、美里さん、ご両親が健在で、ご実家も近くて、よかったですよね」

美里は離婚後、元の住まいから同じ区内の実家へと移ったので、長女は通っていた小学校を変わらずにすんだのだと聞いている。

「そうね。弓絵ちゃんとこもそうだと思うけど、やっぱり近くに実の母親がいてくれるのは助かるよ。急な用事で預けるにも融通がきくし。まあ、花ちゃんみたいなベビーシッターを雇えればいいんだろうけど、お金の問題でなかなか難しいからねえ」

「遠くへ引っ越さなくてよかったわよ。せっかくこのあたりは住環境がいいんだもの」

「治安もいいし、公園も多いし、子育てむきの町よね。穴場的に美味しいお店も多いし。うちなんて、それ目当てで引っ越してきたくらい。夫婦揃って食いしん坊だから」

敦子は笑った。

なんでも、十数年、夫婦で通い続けているフレンチレストランがこの近くにあり、食事の前後に周辺を歩いたりしているうちに、雰囲気もいいし、今度、住むならこのあたりにしようか、という話になり、実際、三年ほど前に越してきたのだそうだ。

敦子は専業主婦になる以前は、テレビなどによく出ている有名な料理研究家のアシスタントをつとめていたと聞いている。

もともとは洋菓子作りが彼女の専門で、アシスタント業のかたわら、製菓教室の講師をつとめたりもしていたそうである。フレンチレストランはその当時、料理研究家の先生につれていかれ、以来、贔屓にしている店なのだそうだ。

「へえ……それ、なんていうお店なんですか？　そんなに美味しいなら、今度、わたしもお休みの日にいってみたいな」

　料理のプロたちが愛顧し、引っ越し先をその近所に選んだほどとなると、相当美味しいお店なのだろう、と好奇心が湧いた。花も美味しいものには目がないほうである。

「花さんとはＬＩＮＥ交換していたっけ？　じゃ、お店の情報を送るわね。ランチもやっているし、夜もそこまで価格は高くないのよ。庶民的なビストロだから」

「それはいいですね」

「実をいうと、夫と初めてデートでいったのが、そのお店なのよね」

　バッグからとり出した携帯を操作しながら、敦子は照れたように笑った。

「もう十五、六年、前だけど。その日、ちょうどボジョレーヌーボーの解禁日だったから、ふたりでお店にいって、それを頼んだのね。で、すごく盛りあがったデートだったから、その日を境につきあうようになって……。二年後のボジョレーの解禁日、『つきあって二年目の記念だから、初デートでいったあの店にまたいこう』って誘われて、お店にいって、ボジョレーを頼んだら、ソムリエさんが運んできたグラスの中にキラキラ光るワイン色のルビーの指輪が入っていて、えっ、と思ったら、プロポーズされたの」

「えーっ！　ロマンチックなサプライズ！」

　花と弓絵と美里の声が揃った。

「婚約パーティーもそこでやらせてもらったし、いろいろ、思い出深いお店なの。いままでも、ボジョレーの解禁日には必ずそのお店にいって、家族で食事をとることにしているのよ。十五年以上、その日は、一度も欠かさず通っているの」

花の携帯に着信音が鳴った。敦子からのLINEで、店のリンクが貼られている。

「美食家の敦子さんがいうなら、よっぽど美味しいお店なんだねー」

「美味しいわよ。家族連れもOKだから、今度、美里さんたちもいってみて。うち、去年はクリスマスの食事もそこですませちゃったわ。ほら、燿の誕生日が、十二月二十六日、クリスマス翌日でしょ。クリスマスと誕生日でまとめて、そのお店でお祝いしたの」

リンク先をタップすると、店のHPが開かれた。メニューを開くと、鴨肉(かもにく)や、子羊、牛肉料理などの美味しそうな写真が次々にあらわれる。

「うわあ、どれも美味しそうですね。特にこの、血のしたたるローストビーフ……！」

「そう、ここは特に肉料理がおすすめだから。わたしは毎回、牛肉のタルタルステーキを頼んでいる。あと、看板のローストビーフも絶品よ。赤ワインにあうから、ボジョレーの解禁日は、毎年夫婦で必ずその二つを食べて、飲んだくれちゃうの」

「ああ、ここ、うちも時々いくわ。人気店で、予約をとるのがたいへんなのよね」

「そう、そこが唯一の欠点よね」

（——あれ……？　なんだか、いま、ひっかかることがあったような……）

耳と目から同時に入ってきた大量の情報が、花の頭の中でぐるぐるしている。

何がひっかかったんだろう、と思い返してみる。

美味しいビストロ。思い出の場所。

ボジョレーヌーボーと肉料理。クリスマスと誕生日のお祝いをこの店で……。

赤ワインのグラスを添えたローストビーフの写真を見ているうちに、何にひっかかったのかに気づいて、花は、はっとした。顔をあげ、談笑している三人をみつめる。

視線は自然とそのうちのひとり、敦子の横顔へと吸い寄せられていく。

(敦子さん――もしかして、彼女って……？　ううん、それは、さすがに考えすぎかも)

「花さん？　どうかしたの？」

「あ、いえ、なんでもないです。――ええと、その、少し、七海さんのレッスンのようすを見ておかないといけないかな、と思って」

花は笑ってごまかし、携帯を上着のポケットにしまって、立ちあがった。

ベンチを離れ、ガラス越しにプールを見おろす。クラスの中でも七海は一番小さいので、その姿はすぐに見つかった。ビート板につかまり、一生懸命バタ足をしている。

敦子と弓絵と美里もやってきて、子どもたちのレッスンをながめ始めた。

「――うーん、双子ちゃんたちに比べると、うちの葵はやっぱり小さいなあ。なかなか背が伸びないんだよねー。あれでも、あの子、五月生まれなんだけど」

「まあ、女の子のほうが、成長が速いから」

「でも、櫂くんなんて、十二月生まれなのに大きいよね。手足もすらっと長いし」

「スタイルのよさは敦子さん似よね。ふたりとも、背が高くて手足が長くて。お顔は……そうね、どちらかといえば、旦那さん似かしら？　目元なんかは敦子さんと違うわよね」

弓絵の問いに、敦子は肩をすくめた。

「どうともいえないと思うわ。子どもの顔って、かなり変わるじゃない？」

「うーん、でも、全体的には、櫂くん、やっぱり敦子さん似じゃないかなあ。ふたりで並んでいると、似てるなーってよく思うもん。ねえ、花ちゃんなんかは、どう思う？」

「え？　えーと、どうでしょう。すみません、わたし、あまり人の顔を見分けるのって、得意じゃなくて」

花は曖昧に笑った。

「──ところで、メインのコーチ、替わりました？　前はもっと年上の先生でしたよね」

「妊娠したんだって。それで、上のクラスの先生がこっちも見ることになったのよ」

「あ、そうなんですか」

「うちのチアの先生なんかは、八か月まで踊っていたけど、さすがに水泳はムリよね」

「そういえば、双子ちゃんたち、チア始めたんだよね。あそこの教室ってどんな感じ？」

会話は弾み、話題はどんどん移っていく。そのことに、花はひそかに安堵する。

ふと、敦子と目があった。どちらともなく微笑みあい、再びプールへ視線をむけた。

――胸に浮かんだあの疑問は、このまま閉じこめておこう、と花は思う。

考えすぎかもしれないし、世の中には強い(し)いて答えを知る必要のない事柄もある。職業柄、他人の家の事情に深く踏みこむことも多いゆえに、花は秘密の扱いには慎重だった。

（家族の数だけ、秘密がある）

秘密は胸におさめ、素知らぬ顔を通すこと。

それもまた優秀な乳母(ナニー)の条件の一つだ。

三

十一月に入ると、東京は、雨の少ない、暖かな日が続いた。

それは、同時に、空気の乾燥し始める冬季に足を踏み入れ始めたということでもある。

気温の低下とともに新型コロナの感染者数も、重症者数も、じわじわと増え始めていたが、都も政府もそれに対して一貫した方針を打ち出せず「感染防止」と「経済を回す」の二つのあいだを迷走するばかり。人々はあきらめ、あるいは開き直り、この十か月ほどのあいだに個々に身につけた自衛方法により、それぞれの日常を送る他はなかった。

ハロウィーン翌週の土曜日。

花がいつものように七海をスイミングスクールに送り、着替えを手伝い終えてたまり場にいくと、珍しく、そこにいたのは、敦子だけだった。

美里は葵が風邪をひいてしまったので、今日は休むと連絡があったそうである。プールを見ると、加賀家の双子はきていたが、弓江の姿はなかった。どうやら今日は、父親が双子の送迎を担当したようだ。

「——ねえ、花さん。いきなりだけど、クリスマスリースとかに、興味ない？」

隣のソファに花が座るなり、敦子がいった。

唐突な問いに、「リースですか？」と花は首をかしげた。

「そう、モミの葉とか、松ぼっくりなんかを飾って作った、あの輪っか飾りのことね。ただし、お店で売っているような造り物でなくて、生木で作るほうのリースなんだけど」

いいながら、敦子は自分のスマートフォンを花に見せた。

個人のブログらしい。モミの葉をベースに、松ぼっくり、大小の赤い木の実、ドライフルーツやハーブなどをセンス良く飾ったリースとスワッグの写真が並んでいる。

「わあ、お洒落ですてきですねー。これ、みんな、生のグリーンで作ってあるんですか」

「そうなの。興味があるなら、もらってくれない？　あ、代金はいいのよ。材料が大量に余っているから、少しでもさばきたくて」

「大量に余っているって、どうしたんですか？」

「知り合いがね、花屋をやっているんだけど、例にもれず、新型コロナの影響で、かなり経営が厳しくなっているの。もともとは雑誌や広告、ＣＭなんかでフラワーアレンジメントを任されていた女性だったんだけど」

敦子とは、料理アシスタント時代、雑誌の仕事を通して知り合って、それから十五年近く、親しくつき合っている友人なのだという。

「いまは都心に店をもって、フラワーアレンジメントの教室なんかを開いていたんだけど……ほら、春先、いきなり一斉休校になったでしょう。それで、学校の謝恩会とか、卒業パーティーのたぐいが、全部なくなって、納入予定のアレンジメント類も全部キャンセルになっちゃったのね。それに、フラワーアレンジメント教室も密集を避けるために、一回あたりのクラスの人数を、三分の一まで減らさないといけなくなっちゃって……」

敦子は、まるで自分のことのように深いため息をついた。

毎年、この時季、自分の教室やショッピングモールで、クリスマスリースを作るイベントをやっていたそうだが、それも、今年は大量のキャンセルが出てしまったのだという。友人は在庫を抱え、困っているのだそうだ。

「例年よりは少ない量を仕入れたそうなんだけどね、それを上回るキャンセルが出ちゃったんだって。それに、苦しいのは、花木を育てている生産業者さんも同じでしょう。どこも小規模経営の農家だし、注文が激減して、そのまま廃業されてしまったら、来年以降、同じ業者さんから商品を仕入れることができなくなってしまうから……」

なるほど、と花はうなずいた。

経済というのは、そんなふうに見えない部分で複雑につながり、回っているのだ。

長年の友人の苦境を知り、少しでも助けられれば、と敦子はできる範囲でリースの材料を買いとり、人脈を生かして、あちこちに声をかけているのだという。子どものいる友人家庭には、クリスマスプレゼント代わりに無償で贈るつもりでいるのだそうだ。

「そういうことでしたら、きちんと代金をお支払いして買わせてもらいます。生木のリース、すてきだなと思いながら、いままで、買ったことがなかったんですよね」

とはいえ、花ひとりが正規の代金を払ったところで、たいした助けにもなるまい。

そこで、ふと、思い出したのは、七海の通う星の木保育園のことだった。

バザーや遠足やお遊戯会などの他、冬はもちつき、春は飾り雛(びな)作り、秋は焼きいも大会……と季節のイベントにも熱心な園なのだが、今年は軒並みそれらが中止になった。

十二月の初旬には、親子でクリスマスのリースやスワッグを作るイベントがあったのだが、それも今年はできないかもしれない、という話を花は一二三(ひふみ)から聞いていた。

いつも材料を用意していた近所の花屋が、先日、閉店してしまったのである。

その店は園とは長年のつきあいということで、破格の値段で商品を調達してくれていたらしい。他の店では費用の面で折り合いがつかないので、今年のクリスマスイベントは中止になりそうだ……というのが、地元の事情に詳しい一二三から聞いた経緯だった。

「敦子さん、ただの思いつきなので、助けにはなれないかもしれませんが……」

そう前置きをして、花が保育園の話をすると、敦子は目を輝かせた。

「もし、保育園で使ってもらえたら、とても助かるわ。細々とあちこちに売りこまないでも、いっぺんで数がさばけるだろうし。今回、友人もこれで利益を出すつもりはないの。言い値でかまわないから、仕入れてもらえないかしら！」

「わたしも去年のようすを知らないので、たしかなことは何もいえないんですけどね」

前のめりになっている敦子の興奮に圧され、花はあわてていった。

「お友だちをぬかよろこびさせても悪いので、あまり、期待しすぎないでください。……でも、とりあえず、今日、帰ったら、若先生に話してみます」

保護者として、というより、都議会議員であり、地元の名士でもある一二三への、園の信頼感は絶大である。これまで取引のなかった業者を急きょ入れるとしたら、一二三の仲介を頼むのが一番スムーズであり、効果的ではあるはずだった。

必要なら会社のＨＰのアドレスなどもここに載っているから、と敦子から渡されたくだんの友人の名刺を、花はなくさないよう、財布のカードポケットにしまった。

「ありがとう。もしも話がうまくまとまったら、花さん、必ず何かおごるからね！」

「あはは、そんな、いいですよ。わたしが何か働くわけでもないんですから」

話に夢中になっているうちに、いつのまにかレッスンの終了時間になっていた。

子どもたちがプールから出ていくのを見て、花と敦子はあわてて席を立った。


着替えはプールと直結した更衣室で行う。

五歳の櫂は自分でほぼ帰り支度ができるので、敦子は更衣室の前でまっているだけですむが、七海のほうはまだまだ補助がいる。女子更衣室に入ると、花ははしゃいで友だちと走り回っている七海をなんとかつかまえ、身体を拭き、着替えをすませた。

「――花ちゃん、かえるまえに、ちょっとだけ、櫂くんとあそんでいってもよい？」

鏡の前の椅子に座り、花にドライヤーで髪を乾かされながら、七海がいった。

「きょうも、櫂くん、トランシーバー、もってきたんだって。それで、いいな、っていったら、七海にもかしてくれるっていったの。七海、たんていごっこ、してみたいの！」

「いいですよ。外は寒いので、建物の中で遊んでくださいね」

夕食は出る前におでん鍋を仕込んできたので、今日はそれほど早く帰る必要もない。

更衣室を出ると、櫂が敦子とおしゃべりをしながらふたりをまっていた。

今日の櫂はフェイクファーのついたモッズコートにブラックジーンズ、足元はハイカットのコンバースという、幼稚園児らしからぬこなれたコーディネートである。

敦子もフードのついたカジュアルなコートに同色のジーンズ、コンバースなので、よく似た体型のふたりということもあり、ちょっとしたペアルックのようにも見える。

「ハイ、七海ちゃん。これ、トランシーバー。つかいかた、ぼくがおしえてあげるね」

耀がスポーツバッグからとり出したトランシーバーを七海に手渡す寸前、

「——耀。ちょっとまってくれる？」

ひょいと敦子がそれをとりあげた。

除菌シートで全体を拭き、銀色のアトマイザーの中身をシュッ、シュッとふりかけ、また拭いた。一瞬、強いアルコールの匂いが辺りに漂い、消える。

「七十七度のアルコールだから、大丈夫だと思うけど、何かあったら困るし、念のため、花さんも消毒してね。あと、七海ちゃん、機械にお口はつけないようにしてね」

「ありがとうございます、敦子さん」

口を近づけるので、やはり衛生的に気になるところだ。といって、借りる側の花が貸してくれる相手の前で、あまり神経質な態度を見せるのもはばかられるところである。

先回りして対策をしてくれた、敦子の気遣い(きづか)いがありがたかった。

（敦子さんって、家庭に入る前、きっと、仕事もすごくできる人だったんだろうなー）

ぱっと目をひく長身の美人で、性格は明るく、気さくで、社交的、同時に細かな気働きができる有能な女性となれば、どんな職場でも重宝(ちょうほう)されるだろう。おまけに、彼女には、困っている友人のために損得抜きで働く情の厚さも、行動力もあるのだ。

花がそのことを口にすると、敦子は照れたように笑った。

「ありがとう。花さんにそんなふうに褒めてもらえるとうれしいけど、でも、こそばゆいきもちになるわね～。だって、わたし、そんなにできた人間じゃなかったもの」

「そうなんですか？」

「そうそう。働いていた当時のわたし、すっごく生意気だったしね。口では勇ましいけど、実績がともなわない、まあ、若い人間にはよくあるタイプよ。小さな失敗は数えきれないくらいしたし、大きな失敗もそこそこしたし。気の合わない同僚と、職場で大喧嘩したこともあるし……一度なんか、撮影現場で、代理店の男に、スパークリングワインをぶっかけたこともあるのよ」

花は目を丸くした。

「スパークリングワインを？」

「あ、でも、それ、もう撮影ずみで炭酸の抜けちゃってたやつだから。まだ飲めるお酒を嫌いな人間にかけるなんて、そんな、もったいないことはしていないから、大丈夫！」

「いえ、そこに驚いたわけじゃないんですけど」

敦子の気にするポイントがおかしく、花は笑ってしまった。

相手は大手広告代理店の男性だったという。敦子たちからすれば、仕事を回してもらう立場なのでトラブルがあっても強くは出にくい。それを承知の上で、居丈高な態度をとり、若い後輩にセクハラをするなど、以前から問題のある人物だったそうだ。

その男性が撮影現場で、吸っていた煙草（タバコ）の吸い殻（がら）を撮影の終わっていたソルベの器に放り投げる場面を敦子は目撃してしまったのだという。

「ソルベはすっかり溶けていて、それで、吸殻を入れるのにちょうどいいと思ったのかもしれない。でも、灰皿じゃなくて、食器なのよ？　ソルベはわたしの先生が、前日から手間暇（てまひま）かけて作ったものだったのよ？　カーッとなっちゃって、そばにあったグラスの中身をかけちゃったの。ああいうときって、あんがい心の中は冷静なのよね。ああ、これはクビになるな、でも、いいや、ザマアミロ、って考えていたのを覚えているわ」

「本当にクビになったんですか？」

「それがね、その日はたまたま男の上司も現場にいて、事件の一部始終を見ていたの」

さいわい、部下とちがい、上司は仕事相手への常識的な敬意をもちあわせている人間だった。結果、青くなるほどメタメタに叱（しか）られたのは、セクハラ男のほうだったという。

笑い話が理不尽（りふじん）な結末にならず、花はほっとした。

「まあ、とにかく、そんなふうに、若いころはやたらと気が強くて、生意気だったから、失敗ばかりだったのよ。夜遊び好きで、大酒飲みで、流行（はや）りものを追いかけるのが大好きで……あのころのわたしには、いまのこんな自分は、とても想像できなかったな」

敦子は目を細めて櫂をみつめる。

七海と櫂はトランシーバーをもち、階段の上と下の踊り場にわかれて交信をしている。

櫂の主導で、探偵ごっこをしているのだろう、更衣室から出てきた双子姉妹を見つけ、ふたりは身体を低くした姿勢で、コソコソとわかりやすい尾行を始めた。

「本音をいえば、時々、すべての時間が自分のものだったあのころが、むしょうに恋しくなるときもあるけれど」

「でも……戻れないですものね」

敦子はきれいにアイメイクを施(ほどこ)した目をちょっとみひらき、

「ええ――そうよね。戻れないわよね。親になったら」

うなずいた。細いチェーンのピアスがきらめく。

「子どもをもったら、もう、戻れない。生活じゃなくて、心がね。見える世界も以前とは、すっかり変わってしまうもの。頭でっかちだった若いころより、地に足がついて、賢くなった気もするし、反面、若いころより、ずっと鈍感で、愚かにもなった気がする。でも……そうね、自由がなくても、毎日、子どもの世話で、へとへとに疲れ果てていても、やっぱり、昔に戻りたいとは思わないわね。――その点、花さんはすごいと思うわ」

「わたしですか？」

「だって、いまの花さんと同じ年齢の自分をふり返ると、さっきいったみたいに未熟で、失敗だらけで、自分以外の人間の世話をするなんて、まして、手のかかる子どもを育てるなんて、とうていムリだったもの。若いのに、花さんは辛抱強くてすごいなあ、って、いつも感心している。お世辞じゃなく、リスペクトしてるのよ」

「それは、だって、仕事ですから。わたしだって、昔の敦子さんみたいに、華やかな業界でアシスタント業をバリバリこなしたり、取引先の男性の顔にクビを恐れずお酒をぶっかけろ、といわれたら、できませんよ」

「それは、できなくていいのよ」

　敦子は苦笑した。

「わたしも、敦子さんや、弓絵さんや、美里さんをリスペクトしているんですよ。お世辞ではなく。わたしは、保育の経験は豊富ですけど、育児の経験はゼロですから。だって、わたし、親になったこと、ないんですもの」

　息を弾ませ、笑いながら階段をのぼっている七海をみつめて、花はいった。

「……保育と育児って、混同されがちですけど、やっぱり、全然ちがうものです。保育は業務で、育児は人生。保育には終わりがありますけど、育児にはない。もちろん、いまの仕事は大好きですけど、わたしは、そうしようと思えば、いつでも、好きなときにやめられるんですよね。旅の途中で電車をおりるみたいに、その気になれば、行き先を変えることができる。でも、敦子さんたちは、ちがうでしょう。途中でやめることって、できないでしょう。親になるって、そういうことでしょう」

妊娠、出産、そこから始まる子育ての時間——子どもをもつというのは変化の連続に対応し続けるということでもある。子どもと自分、二つの軸をもつ車輪をバランスよく回しながら、初めは重なり、しだいに離れていくふたりぶんの人生を倒れないよう走らせ続けなければいけない。離れすぎず、けれど、互いに寄りかかりすぎず。

何十年と続く、二十四時間体制の大労働である。それをがむしゃらに、ひたむきにこなす親たちに、花はリスペクトとエールを贈らないではいられないのだった。

（そのいっぽうで、子どもをもっても、何も変わらない、自分を変えようとしない人間も確かにいるのだけれど）

多くの家庭を見てきた花は、そうした現実のシビアな一面を知っていた。

子どもにあわせて自分を変えるのではなく、自分の都合にあわせて子どもを変えさせようとする親たち。「大人」になれない、変化できない、成熟にむかえない親たち。

そう、「親」であることを全う（まっとう）できない、子どもを自分の人生の一部にできない親も、世の中には確かにいるのだ——。

ふと視線を感じて横を見ると、敦子がまじまじと花をみつめていた。

「どうかしましたか？」

「花さん。あのね……あなた——もしかして——」

「え？」

「……ううん。なんでもないの。ごめんね。ちょっと、勘違いしただけだったみたい」

気にしないで、と敦子はごまかすように笑い、手をふった。

「――七海ちゃん、そろそろ帰らせる時間よね？　耀たちのところへいきましょうか」

七海と耀は廊下の隅にあるソファにいた。

探偵ごっこはもう終わったらしい。ふたりはソファの上に広げた大きな紙をのぞきこみ、おしゃべりをしていた。耀がその上に覆いかぶさるようにして、ペンを動かしている。

「――ここが、ぼくんちだよ。ここが、いまいる、スポーツジムのとこ。このみちをまっすぐいくと、銀座のほう。こっちは、上野のどうぶつ園と、ゆうえんちのある、浅草」

「あしゃくしゃ？」

「うん。ぼくのお父さんの会社があるとこだよ」

耀が広げているのは東京の区分地図だった。あちこちに○印がついており、聞いてみると、いままで家族で遊びにいったことのある場所だそうである。赤いペンでひときわ大きく囲ってあるのが、耀たちの住むマンションらしい。

「あおいとこ、いっぱい、あるねー」

「うん、下のほうのあおいとこは、みーんな海だよ。あ、ここ、お台場の、レインボーブリッジだ。いったことあるから、マルしとかなくちゃっ」

「七海も、レインボーブリッジ、いったことあるよ！」

「ほんと？　じゃ、七海ちゃんが、ここ、ペンで丸してね。ハイ」

七海は「レインボーブリッジ」の表記をうれしそうにグルグルとペンで囲った。七海はまだほとんど字が読めないが、耀はすでにカタカナの読み書きもできるようだ。

「耀くん、地図が好きなんですか？」

「夫の影響でね。例によって、探偵になるなら、方向感覚に優れてないといけない、とかいって。まあ、でも、耀も実際、好きみたい。家でも、ひとりでよく東京の地図をながめているし。電車の乗り継ぎとか、駅名とか、道を覚えるのも得意なのよ」

「そうなんですね」

男の子だから地図が読める、車が好き、電車が好き……という思いこみ（バイアス）をもって子どもを見るのはあまり好ましいことではないが、耀に限っていえば、男子に多いその種の傾向を確かにもっているようである。

「――あ、七海ちゃん。ここから、スカイツリーがみえるよ」

敦子に帰り支度をうながされ、バッグに荷物をしまいながら、耀がいった。

廊下の突き当たり、ショッピングモールの中庭に面したガラス窓。

ちょうどビルとビルのすきまから、光り輝くスカイツリーがのっぽな姿を見せている。

大和（やまと）家で働くようになってから、青空の中に聳（そび）え立つその姿を、花もすっかり見慣れていたが、夜に見るツリーはやはりきれいだった。通常の白銀色ではなく、華やかな色をまとっている日に見ると、なんとなくラッキーなきもちになったりもする。

「スカイツリーのすいぞくかん、またいきたいなー」

青や紫やピンク色にゆっくりと移り変わるタワーを見ながら、七海がいった。

スカイツリーの中には商業施設が多く入っており、その一角に水族館もある。

七海も、父親の一二三も海の生物が好きなので、小さなころから通っていたそうだが、今年は例によって新型コロナの影響で、それほど頻繁には通えなかったのだ。

「七海ちゃん、すいぞくかん、すきなの？」

「うん。七海ねえ、いろんなすいぞくかん、いったよ。七海んち、おさかなもいーっぱいいるんだよ。ニモとか、タチュ、タツ、ノ、オトシゴのラッキーちゃん、とかもだよ」

「へえー。ぼくもスカイツリーのすいぞくかん、なんかいもいったよ。年間パスポート、もってるんだ。あと、いちばん上のてんぼうだいにも、おとうさんとよくいってるよ」

「てんぼうだい、七海も、いったことあるよ！」

「てんぼうだい、朝いちばんにいくとねえ、はれた日はずーっと遠くまで見えて、富士山とかもみえて、おっきい影がまちにおちてて、すっごいおもしろいよ！」

「こんど、みんなで、いっしょにいきたいねー」

「ねー。ぜったい、いこうねー」

と小さな指をからめあって、元気よく指切りげんまんをするさまが可愛らしい。

花たちは自転車できたが、敦子たちは車なので、そのまま地下の駐車場へとむかう。

「――それじゃ、花さん、面倒かけるけれど、さっきの件、また連絡させてもらうわね」

「はい、わかりました」

「七海ちゃん、ばいばいきーん」

「ばいばいきーん！」

手をふる櫂の笑顔が、エレベータードアのむこうに消える。

花と七海は手をつなぎ、一緒に歌を歌いながら、駐輪場へとむかった。


クリスマスリースの一件は、その後、一二三の仲介で、うまく保育園側へ話が通ったようだった。次の週に、

「クリスマスリースとスワッグ作り開催のお知らせ」

というプリントを園から渡された花は、ひそかに胸をなでおろした。

――実のところ、あの後、帰宅のための自転車を漕ぎながら、花の胸にはかすかな後悔が萌していたのだった。

友人のために奮闘する敦子に共感し、つい協力を申し出てしまったが、考えなしに議員という立場にある一二三に話をつなぐことを約束してしまったのは、単なる雇われの身である自分の立場として、少々軽率だったのではないか……と思えてきたのである。

帰宅後、家事が一段落した折を見て、一二三のいる二階の書斎へあがり、おそるおそる話をしてみると、彼の反応は花が懸念するようなものではなかった。仕事柄、そうした相談や頼まれごとには慣れているのだろう。

「――なるほど。わかりました。それじゃ、花から渡された名刺を見て、葉山さんと連絡をとってみましょうか」

一二三はうなずいた。

「ただでさえお忙しいのに、すみません。若先生の選挙区の人でもないのに……」

「あはは、そんなことはかまわないですよ。都民のために働くのがぼくの仕事であって、自分の選挙区や議席のために仕事をしているわけじゃないですからね」

一二三は笑った。

「――ただ、クリスマスリース作りのイベントは、園ではなくて、父母会主催の催しのはずなので、園よりも、直接、会長に話をもっていったほうがいいかもしれませんね」

「あ、そうだったんですか」

いまの保育園の父母会会長は、不動産屋の三代目社長夫人で、一二三とは同じ小学校に通った幼馴染みなのだという。会えば談笑する気安い関係で、花屋の閉店にともなうイベント中止についても、その人から詳しい内情を聞いていたのだそうだ。

「今年は、イベントが激減してしまったので、年長クラスの子どもたちが可哀想だ、と彼女は嘆いていたんですよね。卒園の記念アルバムに掲載する写真も、代わり映えのないものばかりになってしまっているそうで……。なので、うまく条件が折り合えば、どちらにとってもさいわいではあると思います。ぼくもあちこちのお店から相談を受けているところですが、中小の個人事業主さんたちは、どこも、本当に苦しい状況ですから」

話しながら、パソコンを開き、慣れたキーさばきで名刺のアドレスを検索する。

花と緑の写真にあふれたセンスのいいホームページが開かれた。

フラワーアレンジメント教室の案内、過去に出版した書籍の紹介などと一緒に、児童養護施設やボランティア団体などにリースを寄付した記事があがってくる。

笑顔で子どもたちとリースを作る店主の写真を見て、一二三がうなずいた。

「よいお店のようですね」

――その件に、花が関与したのはそこまでだった。その後、一二三は約束通り、多忙な合間を縫って、敦子とその友人に連絡をとってくれたらしい。価格その他の条件を確認した上で、父母会の会長に彼女を紹介し、その先のことは会長に任せたそうだ。

数日後、敦子から花の携帯に連絡があった。

リースの件はスムーズに話が進んだという。これで利益を出すつもりはない、といっていた通りの価格を提示したので、急きょ集められた父母会の役員会でも、これならば、とすんなりOKが出たそうだ。

「ついでに、見本でもっていった完成品のリースを会長さんがとても気に入って、お得意さんに配りたいから、ってまとまった数を予約してくれたんですって。在庫も全部さばけて、注文も入って、彼女、よろこんでいたわ。花さん、本当にありがとう！」

「いえ、お礼は全部、若先生へ。わたしは何もしていないので」

花はホッとした。気を揉んだが、みながよろこべる結果になったようである。

「お礼といってはささやかだけれど、花さんと七海ちゃんのぶんのリースを確保しているから、もらってちょうだいね。仕上がりのリクエストを聞いて、友人が作ってもいいんだけど、自分たちで作りたいなら、材料をそのまま渡すわ。どちらがいい？」

「そうですね……」

生木を使ったリース作りはなかなかに制作過程が複雑なようなので、保育園のイベントでも、年中、年長のクラスだけが対象になっており、七海たち年少以下のクラスは、ボール紙やモール、ビニール素材の材料などを使った簡易的な物で作ると聞いている。

七海は工作が好きなので、本物のリース作りができたら、よろこぶだろう。

（ただ、わたしも未経験だから、うまく作れるかどうか、心配ではあるのよね）

そのことを口にすると、よければ自分が教えようか、と敦子が申し出てくれた。

友人の教室に一時期通っていたので、作り方は会得しているという。

「ちょうど、今度の土曜日、スケジュールの調整日でスイミングは休みでしょう。その日だったら、予定をあわせやすいんだけれど、どうかしら。場所はわたしの家でもいいし、七海ちゃんのおうちへうかがってもいいし。しばらくお天気もいいみたいだから、お庭やバルコニーで作業をすれば、換気の心配もいらないんじゃない?」

──その夜、帰宅した一二三に話をすると、一二三も敦子の家へ招待されたことを知っていた。昼間、敦子から、同様に礼の電話が彼のもとへあったという。

「敦子さん、きちんとした人ですし、感染対策のことにも気遣ってくれるようなので、ご厚意に甘えて、お邪魔させてもらおうかと思うんですが……どうでしょうか?」

「そうですね。お友だちの家へ遊びにいけて、七海もよろこぶと思います。土曜日、ぼくは午後に予定があるので、例によってすみませんが、花さん、お願いできますか?」

「それじゃ、すてきな手作りリースをお土産(みやげ)にもって帰りますね」

四

土曜日はよい天気だった。

約束の十一時少し前に到着した敦子(あつこ)の家は、大和(やまと)家から自転車で七、八分ほどの、川沿いに立った高層マンションの最上階にあった。

「──いらっしゃい、花(はな)ちゃん、七海(ななみ)ちゃん!」

部屋の扉を開けて迎えてくれたのは櫂(かい)だった。

玄関に入ると、ふわっ、と食欲をそそる香りが鼻をくすぐった。バターやハーブやスパイス、揚げた肉と野菜の匂い。とたんに花は強い空腹を感じた。今日は敦子が自慢の手料理をふるまってくれる約束だったので、朝食を控えめにしておいたのだ。

いらっしゃい、とエプロンをつけた敦子が笑顔で現れた。

「夫はゴルフに出てるのよ。夜まで帰らないから、ゆっくりしていってね」

（わあ……お洒落な部屋。インテリア雑誌に出てくるおうちみたいだ）

アイランドキッチンと一体化しているリビング・ダイニングは二十畳近くあるだろう。天井までの高さがある大きな二面のガラス窓から、明るい日差しがまぶしいほどに射しこんでいる。天井からいくつも下がったガラスのランプ。ヴィンテージ風の革ソファ。窓に面していない壁の一面には、チョコレート色のレンガが貼られている。

流行りのカフェのようにスタイリッシュな部屋だが、ふしぎと居心地は良かった。床はオーク色の天然木だし、パキラやベンジャミン、アイビーなど、あちこちにグリーンや生花があるため、自然ときもちが和むのかもしれない。

「すてきなお宅ですね。――ブルックリンスタイルがお好きなんですか？」

手洗い、消毒を終わらせ、花はリビングのソファへ腰をおろした。

「夫がね。わたし個人の趣味でいえば、もう少しナチュラルテイストが好きなんだけど。三人家族で、男ふたりでしょう。先々を考え、彼らの好みに寄せることにしたのよ」

なるほど、たしかに元は倉庫街から生まれたインテリアスタイルは、ブラウンやグレイを基調とした色味を押さえたテイスト、どちらかといえば男性好みではあるだろう。

コーヒーを飲み、一息ついたところでリース作りにかかることにする。

風もなく、日差しのふりそそぐルーフバルコニーはじゅうぶんに暖かいので、予定通りそこで作業をすることになった。

敦子がバルコニーの端に置いてある大きな箱を運んできた。中を見ると、短く切ったグリーンや木の実、大小のリース台、ワイヤーやペンチなどが整然と並んでいる。作業がスムーズに進むよう、あらかじめ下準備をすませてくれておいたようだ。

「さて、始めましょうか。遅くなると、お腹もすいちゃうだろうしね」

七海と花、櫂と敦子の二組に分かれ、ウッドテーブルにむかいあって作業をする。

「はっぱのいろ、みどりだけど、いろいろ、あるね。うすいみどり。可愛いみどり」

テーブルの上に置かれた各種のグリーンを見て、七海が面白そうに笑う。

「これがモミよ。クリスマスツリーに使う木ね。こっちはヒムロ杉。こっちはユーカリ。こっちはブルーアイス。一種類だけで作ってもいいし、いろいろ混ぜてもいいわ」

リース台にモミの枝をはじめとしたグリーンをほどよく載せ、細いワイヤーで縛る。これを少しずつずらしていき、ふさふさのグリーンで土台が見えないよう埋めていく、というのが基本的な作業である。

　敦子のお手本を見ていると、さほど難しい作業には思えないが、見るのとやるのとでは大違い、ことにそれが子どもとなると、なおさらだ。

「――花ちゃん、できないよ。だって、しばるまえに、みんな、おちちゃうんだもん！」

「大丈夫ですよ。枝の根元をもって……そうそう、はい、じゃ、縛っちゃいますね」

「お母さん、いいの、自分で、やる！　ぼく、できるから！　ぜんぶ、ぼく、やる！」

「ハイハイ、わかった、わかった」

　花と敦子は顔を見あわせ、笑った。――アシスタントはたいへんだ。

　三十分ほどでミニリースの基礎ができあがった。それに、小さめの松ぼっくりや、ヤシャの実、コットン、真っ赤な色が可愛らしいバラの実などを上から飾っていく。

　耀は松ぼっくりを鈴なりに、七海はコットンとバラの実をたくさんつけた。最後に耀は金色のリボンを、七海は赤のリボンを飾り、小ぶりなクリスマスリースは完成した。

「あー、てがいたいー。もう、たいへんだったァー」

　後片付けは大人にまかせ、耀はバルコニーからリビングに移動し、勢いよくソファへ腰をおろした。七海も真似をしてソファに座った。

「子どもには、ああいうおしごと、つかれるよねー。あー、手からへんなにおいがする」

「ほんとだー。くっちゃいねー」

　おたがいの手を嗅ぎ合って、くさい、くさい、とふたりは転げ回って笑っている。

大きいリース台(リング)を使う時間はなかったので、花は残りの材料をもらって帰ることになった。基本は把握したので、今度はゆっくり、自分のセンスで作ってみようと思う。

(もうすぐお正月だものね。一つは、それ用の和風飾りも作ってもいいかもしれない)

「お疲れさまでした。それじゃ、そろそろお昼にしましょうか。——櫂、七海ちゃん、もう一度、しっかり石鹸(せっけん)で手を洗ってね!」

豪華な昼食だった。青と緑が美しいウイリアム・モリスのクロスを敷いたダイニングテーブルに、敦子がキッチンからどんどん料理を運んでくる。

カラフルな紙ナプキンが敷かれた籐(とう)のバスケットには、細切りのフライドポテトと揚げたてのフライドチキン。木製のオーバル皿の上、虹色のアルミ箔(はく)で巻かれた小さな三角形は子ども用の塩むすびだという。サーモンとチーズのキッシュ。カリカリに焼いたベーコンとクレソンのサラダ。ストウブ鍋からまんまるの木の椀によそったとろりとした黄色のスープは、ブロッコリーとチェダーチーズのスープだそうだ。

野菜嫌いの七海が嫌がらずに食べる数少ない野菜の一つがブロッコリーであり、チーズは彼女の大好物である。敦子からは事前に七海の食べ物の好き嫌い、アレルギーの有無などを聞かれていたので、それを考慮してくれたのだろう。

「もりのどうぶつたちのパーティーみたいだねえ」

目の前のごちそうに、七海は目をまんまるにしている。

「おいしすぎて、ほっぺたおちないよう、ハンカチでしばっておかなくっちゃ！」

食事は楽しく進んだ。どちらかといえば小食ぎみで、食わず嫌いを発揮することが多い七海だが、櫂がもりもり食べているのにつられてか、よく食べた。

花は、といえば、料理の美味しさにすっかり夢中になってしまった。

特に、にんにくとハーブの香りをまとった揚げたてのフライドポテトを一口食べたときには、驚きのあまり、敦子の顔をまじまじみつめてしまったほどである。

「敦子さん、なんですか、これ。なんていうか、いままで食べたポテトとは、別次元の美味しさなんですけど……！」

「そうでしょ？」と敦子は笑った。

「ピーナッツオイルを使って揚げているのよ。あとはハーブ類とにんにくね。二十分近くかけてじっくり揚げるから、手間もかかるし、わたしも時々しか作らないんだけど」

「これ、もう、お店の看板メニューになる味ですよ」

「ふふ、ありがとう。夫も大好物なのよね。死んだときは、お花の代わりにこれをお棺に敷き詰めて、一緒にこんがり焼かれたい、なんていっているくらいよ」

しめやかな雰囲気の斎場の焼き場じゅうに、にんにくとハーブとポテトの香ばしい香りがぷーんと漂う光景を想像し、花は笑ってしまった。

お腹がくちた子どもたちは、テーブルを離れる許可が出たとたん、飛ぶように部屋を出ていった。子ども部屋で遊びたくてたまらなかったようだ。どちらもかなり食べたので、しばらく時間を置かないと、とてもデザートは入らないだろう。

「花さんも、もうお腹いっぱいかな？　紅茶かコーヒーだけにしておく？」

「いいえ、わたしは、別腹を空けているので、大丈夫です」

食いしん坊の花はしっかり主張した。ふるまわれた料理のただならぬ美味しさを味わった後である。彼女の本職である手作りデザートを食べ逃せるわけがない。

子ども用にはオレンジソルベと日持ちのするチョコレートケーキをあらかじめ作っておいたが、花にはヴィクトリアン・サンドウィッチケーキを用意したという。

二枚のスポンジケーキでラズベリージャムをはさんだ、アフタヌーンティーむけの菓子である。ケーキの表面には雪のような粉砂糖がふるわれている。

「このあいだ、本屋さんで会ったときに見せた、先生の本ね、あれに載っているレシピを見て、久々に作ってみたのよ」

「そういえば、あれ、イギリスのお菓子の本でしたね」

「売れ行き好調なんですって。イギリスのお菓子、最近、ちょっとしたブームでしょ？」

これね、と渡された本を、花はパラパラとめくってみた。

クロテッドクリームを添えたスコーン、ショートブレッド、カップケーキ、トライフル、メイズ・オブ・オナー……美味しそうなお菓子の数々がセンスよく盛られている。

中に付箋のついているページがあり、開いてみると、真っ黒なクリスマス・プティングと、ジンジャーブレッド・ハウスのレシピが紹介されていた。

ジンジャーブレッド・ハウスは四角いジンジャークッキーをアイシングで接着し、マシュマロやチョコなどで飾った、いわゆる「お菓子の家」である。

もともとは「ヘクセンハウス」と呼ばれるドイツの菓子が元だが、イギリスでもすでに長く馴染み、クリスマスの時季には、店頭や子どもむけパーティーにしばしば登場する定番菓子の一つとなっている……という文章がレシピに添えられていた。

「それね、櫂がクリスマスに作ってみたいんですって。クリスマスって、ちょうどサンタさんにあげるクッキーなんかもいるでしょう。だから今年はそれと一緒に焼いてみようと思って。櫂はヘンゼルとグレーテルのお話が好きなのよ」

花のティーカップにダージリンをそそぎながら、敦子がいった。

「本物のお菓子の家はどんなに美味しいんだろう、とワクワクして作ってみて、美味しくなかったら、がっかりじゃない？　だから、がんばって作らないと、っていまから気合いを入れてるの。お菓子はやっぱり、見ても食べても楽しいものじゃなくちゃね！」

花はうなずき、熱い紅茶をすすった。

「櫂くんは、しあわせですね」

「そう思う？」

「はい。こんなすてきなおうちに住めて、明るくてお料理上手の敦子さんがお母さんで……夫さんも、やさしい、楽しい方ですよね。実際、櫂くんも、自分らしく、のびのび過ごしているのがわかりますし……理想的な環境だなあ、と思います」

夢のように楽しいクリスマスの菓子。イブの夜に子どもたちへプレゼントを運んでくるサンタクロース。ありがとうの代わりに置く、一杯のミルクとジンジャークッキー。どれも子どもたちを笑顔にするための、やさしい冬のファンタジーだ。

「——花さん」

むかいの席に腰をおろし、花をみつめていた敦子が、ふっ、と目を細めた。

「はい」

「あのね。そうじゃないかな、と、このあいだから思っていたんだけど」

ヌードベージュのネイルをほどこした敦子の指が華奢(きゃしゃ)なフォークを操り、スポンジケーキをさくり、と切り分ける。ターコイズブルーの皿の上に粉砂糖が散った。

「いまので、確信しちゃった。やっぱり、花さん、気づいていたのね」

「え……?」

「うちのことに。わたしたち親子のことに。櫂のことに」

花をまっすぐにみつめ、敦子は微笑んだ。

「わたしたちと櫂が、血のつながった親子じゃないことに」

花は一瞬、黙りこんだ。

「すみません」

という言葉がとっさに出た。

敦子が目をみひらいた。

「どうして謝るの？」

「それは……敦子さんたちが公にしていない家族の事情について、気づいている、とほのめかすようなことをしてしまったようなので。あの……はっきり気づいていたわけではないんですが、もしかしたら、とは思っていたんです。配慮したつもりだったのが、結果的に、秘密の暴露につながるようなものいいをしてしまっていたんですね、わたし」

「ちがうのよ」

頭をさげる花に、敦子はあわてたようすでいった。

「そういう意味でいったんじゃないの。それに、意識していたのは、どちらかといえば、わたしのほうだもの。花さん、養護施設で働いていた、と前にいっていたでしょう。そういう親子を見るのに慣れているだろうから、うちの事情にも気づくんじゃないかな、と思っていて……それに、気づかれて困るわけじゃないのよ。だって、幼稚園の先生も、仲のいいママ友たちも、みんな、知っていることなんだから。もちろん、櫂本人もね」

敦子の態度に怒りや傷ついたようすは見えなかった。花を責めるつもりで話を切り出したわけではないらしい。そのことに、花はようやく安堵した。

「燿くんは……里子さんなんですか?」

敦子はうなずいた。

「やっぱり、話が通じるのが早いわね。そうなの、わたしたちは、あの子の養育里親」

血のつながらない親子——といっても、いろいろなパターンがある。

両親の離婚や再婚、死別などで血縁関係のない家族が生まれることもあるし、子どもに恵まれなかった夫婦が養子をもらうこともある。

だが、そうした事情をもつ親子は、往々にして、その事実を本人や周囲に対して、オープンにはしないことが多い。

いっぽう、監護の必要がある子どもを家庭で預かり、実親に代わって養育する里親制度の場合、里子本人にその事実を告知する義務がある。

里子の委託は基本的に児童相談所を通して行われ、委託後も、定期的に面談が行われるので、子どもは幼いながらに、自分と里親との関係を理解させられることになるのだ。

「燿の本名は、磯島燿。でも、幼稚園や病院なんかでは、わたしたちの姓の葉山を名乗っている。そのほうが、本人も混乱しなくてすむから」

敦子はいった。

「さっきもいったけど、櫂が里子であることは、身近な人たちはだいたい知っているの。ただ、お稽古先とか、週に一度、顔をあわせる程度の人たちにまでは知らせていないってだけで。中には、偏見をもっていたり、口さがないことをいう人もいるでしょう」

花はうなずいた。名前やシステムこそおぼろげに知っている人は多いだろうが、現在の日本で、里親制度は、欧米ほど社会的に浸透してはいない。

里親をはじめとする家庭的養護よりも、施設的養護――つまり、児童養護施設やグループホームなどで暮らす子どものほうが数としては圧倒的に多く、身近なところに里子や里親がいないため、奇異な目をむける人もまだまだ少なくはないのだろう。

「弓枝さんや美里さんがそういう人たちだとは思っていないのよ。ただ、こっちのお稽古先では明かして、こっちでは話していない、みたいにすると混乱しちゃうから、園の外では一律に伏せていたの。でも、社会的養護に詳しい花さんなら、そういう心配もいらないだろうし、それに――どうしても、気になることが一つあったものだから」

「気になることと？」

敦子はティーカップの取っ手をいじりながら、ちょっと不安そうな表情を見せた。

「わたしと櫂が実の親子でないことに、花さんはどこで気づいたのかな、と思って。まわりと同じようにふるまっていたつもりだけれど、やっぱり、見る人が見れば、何かちがうところがあるのかなって……実際、ほかの親子とは事情がちがうわけだけど。客観的に見て、実の親子でないことが如実にわかるちがいが、わたしと櫂にはあるのかな——って」

「そんなことはないです」

花はあわてていった。

「如実なちがいなんて、ありませんよ。他のみなさんと同じです」

「でも、実際、花さんは気づいたわけでしょう?」

「それは、敦子さんがどうこうじゃないんです。フレンチレストランが原因なんです」

敦子は目をみひらいた。

「フレンチレストラン?」

「はい。……以前、お気に入りのフレンチレストランを紹介してくれましたよね? 毎年、夫さんと結婚記念日に、必ず訪れることにしている、っていっていたでしょう」

敦子はうなずいた。

「敦子さん、その店でボジョレーヌーボーを飲んで、好きな料理を楽しむことを、この十五、六年、一度も欠かさなかった、と、いっていましたよね。ボジョレーヌーボーって、たしか、毎年、十一月の中旬ごろに販売される新酒のワインでしょう」

「そう、十一月の第三木曜日ね」

「櫂くんの誕生日は、クリスマス翌日の、十二月二十六日。つまり、本当に、一年も欠かさず、その店でボジョレーヌーボーを楽しんでいたとしたら、敦子さんは、臨月間近の大きなお腹でその年のワインを飲んだことになる。それで、あれっと思ったんです」

　思いがけない指摘だったのだろう、敦子は驚いた顔をしている。

「もしかしたら、飲むといっても、ほんの少量、香りを味わう程度を口にしたのかもしれないとも考えたんですが……敦子さん、赤ワインと一緒に、必ず牛肉のタルタルステーキや、ローストビーフも食べることにしているといっていたので。タルタルステーキにせよ、ローストビーフにせよ、妊娠中であれば、生肉の摂取は控えますよね。トキソプラズマの問題がありますから」

　鳥獣の生肉に多い寄生虫のトキソプラズマは、母体を通して胎児に感染する危険がある。妊婦であれば必ず知っている常識、というほどではないかもしれないが、以前、母親が妊娠中の家庭で働いた経験のある花は知っていたし、食品を扱うプロであり、性格的にもよく気のつく敦子に、その種の知識がなかったとは考えにくかった。

「その時期に、ワインや生肉を口にしていたのが本当なら、わたしは妊娠していなかったはず。だから、櫂はわたしが産んだ子じゃないんだろう――と思ったわけね」

　敦子はうなずき、小さく息を吐いた。

「ああ……なんだ、そういうことだったの！　トキソプラズマも、知識としてはもちろん知っていたけれど、妊娠の経験がなくて、自分の身に引き寄せて考えたことはなかったから。でも……それなら、美里さんや弓絵さんも気づいているのかしら？」

「それは……なんともいえないところですね」

経産婦であっても、その種の知識をもっているとは限らないし、また、食べ物の話題に関心がいって、妊娠時期との矛盾については聞き流していたことも考えうるからだ。

「そういえば、敦子さん、いままでも、弓絵さんと美里さんが妊娠中や出産時の話をしているときにも、あまり自分から話をしていなかった気がするな、とそれをきっかけに思い出して。ひょっとして、櫂くんは夫さんの連れ子さんか、特別養子縁組などで迎えたお子さんなのかもしれない、と思ったんです。なので、櫂くんが誰似だとか、そういう話題には、できるだけ触れないようにしていたつもりだったんですけど」

「そう、花さんが配慮してくれていたのがわかったわ。だから、気づいているのかなと思ったの。……でも、そういうことなら、よかった。わたしの櫂への態度に、他のママたちとはちがう何かがあったのかな、とずっと気になっていたものだから」

疑問が晴れてすっきりしたのか、敦子の顔に笑みが戻った。

「ごめんね、急にこんな話題を出してしまって。紅茶が冷めるわね。食べましょう！」

スポンジケーキは見た目よりも重く、しっとりとしていた。甘酸っぱいラズベリージャムが濃いめの紅茶によくあう、素朴で親しみやすい味わいである。

「わあ、とっても美味しいです」

「そう？　よかった。今回のは日本人好みのアレンジのない、イギリスのレシピなのよ」

「ラズベリージャムも美味しいですね。甘すぎなくて……これ、手作りですか？」

「そうなの。夫の実家が北海道でね、農園をやっているのよ。今年は夏にも帰れなかったから、代わりに、新鮮な野菜や果物をいろいろと送ってくれて、助かったわ……」

甘いお菓子は舌を楽しませ、きもちまでも軽くさせる。

ケーキを半分ほどたいらげ、敦子はふたたび口を開いた。

「わたしたち、ずっと子どもがほしくて、不妊治療を続けていたの。でも、医学的にムリだという結論を出さざるを得なくて。それでも、やっぱり、子どもをあきらめられなかったから、話しあって、里子を迎えることにしたのよ」

「特別養子縁組ではなく、里親を希望されたんですか」

「養子縁組は、かなわなかったの。夫の年齢がネックになったみたい。若く見られるんだけど、あの人、わたしよりもかなり年上なのよ」

「特別養子縁組」は実の親との親族関係を戸籍の上で解消し、法律的にも養親と実の親子となれる制度である。認可されるにいたっては、養親に子どもを養育する適格性があるか、という、収入や年齢などの審査基準がある。

「櫂を里子に迎えたのは、二歳になる少し前。あの子は生後三か月で乳児院に入ったの。母親が、高校生のときに産んだ子でね……彼女とは、いまでも、年に、一、二回、児相の人の立ち合いのもとで、面会をしているわ。父親が誰かは……どうも、わからないみたいなの。糴には、本当のお父さんは、糴を産んだ磯島のお母さんと、ずっと昔にさよならしてしまったのよ、と伝えてあるんだけどね」

「そうなんですか……」

年齢的にも、父親がわからない、という事実は、さすがにまだ話しにくいのだろう。

リビングドアのガラス越しに、廊下の突き当たりにある子ども部屋がのぞける。

ドアを開けたままの部屋の中で、糴と七海がトミカを壁に走らせているのが見えた。

「糴には、妹がいるの」

敦子はいった。

「父親のちがう、二歳下の異父妹がね……糴は、七海ちゃんにやさしいでしょう。まあ、あの子は女の子にはみんなやさしいんだけど、七海ちゃんのことは、特に気に入っているんだな、と思うのね。もしかしたら、会ったことのない妹の存在が、頭のどこかにあるのかな、なんて考えることがあるわ。妹のことは、母親から聞かされているから」

「その妹さんは、実親さんの元で……？」

「ううん、やっぱり、里子に出ている。糴と同じで、未婚で産んで、その父親とは別れてしまったそうだから。その……糴の母親は、ちょっと、メンタル的な問題で、継続的な就労が難しいみたいなのね。ご両親も、経済的に、援助できるような状況にはないようだから。彼女、いまはまた、新しい恋人と同棲しているそうなんだけど」

（ああ……）

断片的な情報から、櫂の実母の状況が花にも推測できる気がした。

十代の出産。中退によって途切れる学歴。実家の困難な経済状態。

花が児童養護施設で働いていたころ、そこで暮らす子どもたちの多くが、似たような背景を抱えていた。ひとり親。貧困。離婚。再婚。失職。転居……定まらない家庭環境。

そうした親じしんもまた、たいてい、同じような環境で生い立った場合が多かった。

「里親について教えてくれたのは、例の花屋の友人だったの。彼女はボランティアで児童養護施設へ通ったりしていたから、世の中には里親を必要としている子どもがたくさんいることを知っていたのね。勧められてからも、ずいぶん迷ったのよ。子育ての経験もないのに、いきなり自分が親になんかなれるんだろうか、と不安で。うちの親からも、子どもを育てるのは生半可にできることじゃない、絶対にやめておけ、と反対されたしね」

「でも、そうした葛藤を乗り越えられて……いまがあるんですよね」

敦子はうなずいた。

「不妊治療中、友人たちが、どんどんお母さんになっていくのがうらやましくて、自分だけがとり残されていくのが、やるせなくてね。子育てに必死で、へとへとになっている彼女たちが、とても立派で、なんていうか……自分の知り得ない社会的な経験をさまざまに積んだ、揺るぎない大人に見えたの。同時に、自分の子を虐待したり、捨てたりする親のニュースを見ると、身体が震えるほど腹が立ったわ。自分たちだったら、もてるかぎりの愛情をそそぐのに、どうしてこんなに努力しているわたしたちじゃなくて、こんなろくでもない、冷酷な人間が、簡単に親になってしまえるんだろう——って」

　敦子は立っていって、ティーポットに新たなお湯を注いだ。

　リビング・ダイニングには紅茶とお菓子の甘い香りが漂っている。

「でも……耀を里子に迎えて、自分が『お母さん』と呼ばれる立場になって、それまでわからなかったことが、だんだん、見えるようになってきたの」

　親になったからといって、それまでの欠点がなくなるわけでも、分別や良識を備えた立派な人間に自動的に変われるわけでもない。それどころか、子育てを通して、自分の短所や未熟さに嫌というほどむきあわされ、落ちこむことのほうがはるかに多いという現実に気がついたという。母となり、揺るぎない自信に満ちて見えた友人たちも、子どもとともに倒れないよう、綱渡りのような日々を必死で送ってきたのだろうと。

　まして、周囲に頼れず、経済的にも恵まれない中での子育ては、本当に過酷で、悲惨な結果に簡単に結びついてしまうのだ、ということにも気づかされた。

「耀の母親に対してもね、正直いうと、長く、批判的なきもちが拭えなかったのよ。次々に相手を変えて、産むだけ産んで、施設に入れて、ろくに会いにもこないなんてどういうつもりなんだろう、って。だけどね、そういうきもちも、だんだん変化していったの」

櫂と暮らし始めて二年近くが経ったころだった。たまたま家事の合間に見ていたテレビで、虐待によって死亡した二歳の女の子のニュースが目に入ったという。

痛ましい事件だった。女の子はたびたび食事を抜かれ、あざができるほど叩かれ、薄着でアパートの廊下に追い出されていた。真冬に風呂場で一日じゅう過ごすように命じられ、食事も与えられず、数日間、放置された末に、とうとう栄養失調で死亡したのである。

以前であれば、虐待した親に対して激しい怒りを覚え、憤っていただろう。だが、そのときは喉をふさがれたような感覚に陥り、呼吸ができなくなった。気づくと、隣室にいた夫が驚いて駆けつけてくるほどの大声をあげて泣いていたという。

画面の中では、二歳の女の子がはにかんだ笑顔を見せる写真が映っていた。

二歳。引きとったときの櫂と同じ歳だった。

初めて櫂と手をつないだときの、あの温かい、小さな手、可愛らしい指の感触がリアルによみがえった。赤らんだ頰、熱いうなじ、甘い、やさしい匂い。膝の上に座る子どもの重み、小さなばねのように弾む身体。笑い声。

無垢なるもののすべてのような、あのやわらかな、小さな、温かい身体が、虐げられ、痛めつけられ、飢えの苦しみの末に、冷たい骸になったのか。

日の当たらない、寒々とした風呂場のバスタブの中で、震えながら、母親の手を求めながら、泣き声もあげず、ひとりぼっちで死んでいったのか。

「どんなに怖かっただろう。どんなにかなしかっただろう。生まれて、たった二年。彼女はこの世で、どれだけの楽しい思いやしあわせを味わえたんだろう……そう思うと、心がえぐられるようで、涙がとまらなかった。そのとき、一歩まちがえば、それが櫂の上にもじゅうぶん起こりうることだったって、初めて気がついたのね。そうならなかったのは、櫂の母親が、早々に彼を手放す決断をしてくれたからなんだ――って」

　彼の母親は彼の養育をあきらめたが、彼のいのちを脅(おびや)かすことはしなかった。子どもを生かすために、行政と福祉に頼るという正しい選択をしたのだ。そもそも、彼女が産むという大きな決断をしなかったら、櫂はこの世にはいなかったではないか？

　そのとき、彼の母親に対して抱いていた侮蔑(ぶべつ)のきもちは、深い感謝へと変わった。同時に、里親研修で学んだ「子どもの最善の利益のために」「社会全体で子どもを育(はぐく)む」という社会養護の理念が、初めて、理屈ではなく、胸に落ちたのだった。

「わたしは、櫂が大好き。あの子のファンなの」

　敦子はいった。

「櫂と暮らすようになってから、わたしたちの生活は、びっくりするくらいカラフルで、にぎやかで、豊かなものに変わった。毎日が忙しくて、あっというまに過ぎていく。だから、あの子が、自分の複雑な生い立ちを理解できるようになったとき、それを必要以上に重荷に思ったり、そのことにふりまわされたりせず、生きていけるよう、手助けしていきたいの。……わたしたちは、いつまであの子のそばにいられるか、わからないから」

「養子縁組の話などは……これまでには？」

里子として暮らしてもうすぐ四年。この家での生活は安定したもので、櫂は健やかに成長している。実親の許可があれば、養子にすることも可能ではあるはずだった。

敦子は首をふった。

「以前、児相の担当者さんが、櫂の母親に打診してくれたことがあったんだけど、彼女、とても怒ってしまって。なだめるのがたいへんだったみたいなの。櫂の妹ちゃんも、これまで、特別養子縁組の話が何度も出たんだけれど、だめだったそうだから。だから、こちらからはもう、それを聞くことはしないつもりでいるのよ」

子どもを手放す親たちの多くは、決して子どもに無関心なわけではない。

みな、養育できないことへの罪悪感を多かれ少なかれ抱えており、それが子どもへの強い感情、こだわりとなることが多い。そのため、里親に子どもを預けることや、養子として親権を手放すことに、激しい拒否反応を示すのは珍しいことではなかった。

「本音をいえば、ずっと櫂といっしょにいたい。親子として、一生暮らしていきたいわ。でも——かなわないなら、あの子の手を離したあとも、あの子がしあわせに暮らしていけるよう、できるかぎりのことをしていこう、と思っているの」

花のカップに新しい紅茶をそそぎ、敦子はいった。

「たくさん旅行にいって、あの子の好きな美味しい料理をこしらえて、ワクワクするようなお菓子をいっしょに作って、食べて、失敗して、笑って……。まあ、時々、思い出作りに躍起になってるみたいというか、ちょっと、気負いすぎているのかもしれない、普通の親子に比べたら、過剰で、不自然かな、なんて反省することもあるんだけどね」

敦子は恥ずかしそうに笑った。

「ラクダのこぶ——ですね」

敦子は目をまたたき、ティーポットを置いた。

「ラクダのこぶ？」

「昔、施設で働いていたときに、ベテランの職員さんにいわれたんです。——子どもたちはみんな、旅に出る前のラクダで、自分たちの仕事は、彼らのこぶをせっせと大きくしてあげることなんだ、って。ラクダって、背中のこぶに栄養をためておきますよね。水や食べ物のない、猛暑の砂漠での厳しい旅に耐えられるように……。いま、敦子さんが櫂くんにしてあげていることも、そういうことだと思うんです」

いつか、親から離れて、長い冒険の旅に出ていく子どもが、厳しい環境の中でも、力尽きることなく、歩いていけるように。

そのとき、自分はそばにいられなくても、その子を支えてあげられるように。

できる限りの愛情や、やさしさや、知恵を授けて、いつか必ず直面する、かなしみや苦しみに耐えられるための栄養を子どもの心にたくわえてあげる。

それが、親や、そばにいる大人たちの、果たすべき役割だと、その人はいった。

「愛情や信頼って、栄養サプリメントみたいに効率よく、てっとり早く、まとめて与えることってできないですよね。毎日の生活の、本当に小さな、さりげない積み重ねで、子どもの心に届くものですから。身体を洗ってあげて、爪を切ってあげて、膝をすりむいたら、痛みの消えるおまじないをしてあげて、怖い夢を見て泣きだした子どもを抱きしめてあげて、鼻をかんであげて、歌を歌ってあげて――好きな料理を作ってあげて」

花はヴィクトリアン・サンドウィッチケーキをもう一切れ、フォークで切った。

「わたしは仕事柄、さまざまな事情を抱えた親御さんたちを見ていますから、親が子どもに与えるべきは、愛情たっぷりの手作り料理……というふうには、正直、考えていなくて。時間やお金の制約もあるので、健康を維持できる範囲で、それぞれのやりかたで食事をまかなえれば、それでいいと思っているんです。ただ……手をかけた料理で家族に届けられるきもちというのが、確かにあることも知っています。食事を作る人間は、献立を考えるときも、味つけを考えながらも、必ず食べる相手の顔を思いうかべていますものね。そういう時間ごと、櫂くんは、敦子さんのやさしさや愛情を受けとっているし、それが、櫂くんの健やかな心と身体を作っていると思うんです」

花はケーキを口に運んだ。

「櫂くんはしあわせで、そのしあわせが敦子さんや夫さんにも循環して、やさしい、温かいものがこの家の中をめぐっている……敦子さんのご家庭は、とてもすてきですよ。そして、このヴィクトリアン・サンドウィッチケーキは、本当に美味しいです」

花の言葉を聞きながら、敦子の目に透明なものが浮かんでくる。

「ありがとう」

少しかすれた声でいい、それを隠すかのように、敦子は急いで紅茶を飲んだ。

「——あの子のため、と考えて行動するとき、本当は自分のためなんじゃないか、って思いが、つねにつきまとうの。料理も、旅行も、親子ごっこをしたいだけの自己満足なんじゃないか、あそこは実の親子じゃないから、と後ろ指さされないためにとりつくろってるだけなんじゃないか、って……。でも、ありがとう。いまの言葉で、救われる気がしたわ。わたしはわたしのやりかたで、自分の家を作っていくしかないんだものね」

花はうなずいた。

これは本当に子どものためなのか、と自分を疑い、その正体を確かめようとするのは、必ずしも悪いことではない、と花は思うのだった。愛は恐ろしく変容しやすく、化けやすい、厄介なしろものだ。胸に抱いていた「愛情」が知らぬうちに「執着」や「支配」にとってかわられていることもある。血のつながりがあることは、その問題を少しも解消しないし、むしろ、あるからこそ、自分の親としての正当性を疑わず、これは愛だと信じきって、我が子の口にせっせと毒をそそぎ続ける人間もいる――。

　ふと、かすかな風が頬をよぎった。

　見ると、リビングドアがゆっくりと、音を立てないよう、開かれつつあった。屈み腰になり、トランシーバーをもった櫂がコソコソと室内に入ってくる。

　花と敦子は顔を見あわせた。

「――こちら、櫂。いま、リビングにせんにゅうしました。どうぞ」

　相手は七海だろうか、ひそひそ声で、トランシーバーの交信をしている。

「ふたりは、ケーキをたべています。おとなだけ、デザートをたべて、ずるいと思います。では、ケーキだっかんさくせんを、じっこうします。どうぞ」

　どうやら、今日は探偵ごっこではなく、盗賊ごっこをしているようだ。

　櫂は足音を忍ばせ、キッチンカウンターの上のケーキへと近づいていく。花と敦子は笑いをこらえながらも、背中をむけて、知らん顔を続けていた。

　櫂がそうっと顔をのぞかせ、そろそろとケーキ台へと手を伸ばした瞬間だった。

　敦子がふり返り、ガシッとその手をつかんだ。

「こらッ！　ケーキ泥棒！」

「ワーッ⁉」

　敦子に羽交い締めにされた櫂が甲高い、本気の悲鳴をあげた。

「あーっ？　燿くーんっ！」

燿の悲鳴を聞いた七海が、あわてて子ども部屋から駆けつけてくる。

「七海ちゃーんっ、さくせん、しっぱいだっ、にげろっ」

「あっ、ケーキ泥棒の仲間がいたわ。花さん、その子もつかまえてちょうだい！」

「はいっ」

「あーん、いやじゃーっ！」

追いかける花の手から、七海がキャーキャーいいながら逃げ回る。敦子につかまった燿は全身をくすぐられ、泣きながら大笑いしている。つかまえた七海を抱きあげ、花がその場でくるんと回転すると、腕の中の七海が弾けるように笑いだした。

「花ちゃん、もっと！　もっと回って！　オルゴールのお人形みたく、くるくるして！」

（――この、愛しい、やさしい、かけがえのない子どもたち）

どうして愛さずにいられるだろう。どうして守らずにいられるだろう？

熱くやわらかい七海の身体を、花はぎゅっと抱きしめた。

翌日は、休日の日曜日だった。

洗濯機を回し、ご飯を炊き、ポトフを煮込みながら、花はリース作りに没頭した。

もともと手先は器用なほうで、この種の作業は好きだった。無心に手を動かしているうちに、日々の憂いが晴れていくのもいい。クリスマス用のものを二つと、正月用のものを一つ。大小三つのリースを完成させたころには、窓の外は、すっかり暗くなっていた。

(――そういえば、施設でも、この時季にはホームのドアにリースを飾っていたっけ)

昨日の敦子との会話から、当時の記憶がよみがえった。リースの後片付けをすませると、花は押し入れの袋戸から、久しぶりにミニアルバムをとり出してみた。

幼少時からのアルバムは実家に置いてきたので、手元にある写真はそう多くはない。施設での写真も、イベント時のものが、五、六枚あるだけだった。そのうちの一枚を手にとり、懐かしくながめる。

いまよりも少し顔の丸い、二十歳ごろの自分といっしょに、運動着を着た、五、六人の女の子たちがおどけたポーズで笑っていた。県内にある他の養護施設といっしょに行った、合同運動会での写真だった。どの子の名前も、施設へ入ってきた事情も思い出せる。途中で親元へ戻った子もいたし、里親に引きとられていった子もいた。

(みんな、いまはもう、中高生か……いまごろ、どうしているだろう)

『隣町の児童養護施設で、子どもたちに勉強を教えるボランティアをしてみない？』

と同じ学部で親しくなった友人に誘われたのは、花が大学一年生の時だった。

友人は敬虔なクリスチャンで、高校時代から教会の奉仕活動に参加していた。花は実家暮らしで、ひとり暮らしの友人たちよりも時間やお金にいくらか余裕があったし、以前から社会的養護に興味を持っていたこともあって、彼女の誘いを引き受けることにした。

友人の運転する軽自動車で、多いときには、週に二、三回、隣町へ通った。そこは、定員二十名以下の女の子たちが一つのホームで暮らす、中規模程度の施設だった。

花は写真の中で、自分に寄りかかって笑っている、小柄な女の子の顔をみつめた。

女の子は、当時、小学三年生。親からの虐待で五歳の時に保護された子だった。漫画が好きな、明るい性格の子だったが、反面、ひどく頑固な一面もあった。気に入らないことがあると年上にも食ってかかり、職員に叱られても、なかなか自分を曲げず、めったに泣かなかった。そんな気の強い子が、家族のことだけでは涙を見せた。

年末の帰省時や夏休み、一時帰宅が決まってうれしそうに親元へ帰った彼女は、いつも、意気消沈したようすで施設へ戻ってきた。胸いっぱいにふくらませた希望を壊されて帰ってくる、そうした子どもを見るのは、十代の花にはつらいことだった。

『ずうっと、家にいた。どっこもいかない。妹と弟の世話ばっかりで、つまんなかった。車で、イオンに二回、いっただけ。漫画は、一冊、買ってもらえたけどね』

宿題を手伝う花に、女の子はポツポツと帰省時のようすを話してくれた。

『パパも、ママも、車でいっぱい煙草吸うから、臭くて酔いそうだったけど、いったら、

『ばか！』って怒られるから、がまんして、トイレいって吐いたよ。文句いうと、施設に帰されるから。だけどさ、妹とか、わがままばっかりいうけど、おいだされないもんね。妹と弟は、ハッピーセット買ってもらってたけど、あたしはハンバーガー二つだけだったし。こないだの連休、みんなでディズニーランド、いったんだって。妹はラプンツェルのドレス、着たって。おんなじ子どもなのに、なんであたしだけ家においてもらえないのかわかんない。花ちゃん、あたしの〝勉強〟、いつ終わるのかなあ』

女の子の母親と再婚相手の義父は、彼女が施設にいるのは、彼女がひどい癇癪(かんしゃく)を起こして両親を困らせたり、近くの店からパンや菓子を盗んできたりといった問題行動があるからで、施設での〝いい子になるための勉強〟が終わらないと、家族として異母妹弟(きょうだい)とは一緒に暮らせない、といっているのだった。

むろん、問題があるのは女の子ではなく、五歳の子の癇癪を暴力で押さえつけようとしたり、きちんと食事を与えず、食べ物を万引きするほど飢えさせていた親のほうだった。だが、児童相談所が子どもを保護しようとすると、親たちは激高し、激しく拒絶する。

子どもの安全を第一に考え、職員たちは「お子さんの現在抱(かか)えている問題を改善するために預かりたい」と説得する。その方便を彼らは信じているのだった。

『でも、ママ、お誕生日には、プレゼントもって会いにくる、って約束してくれたから、まあ、いっか！』

約束の日、母親は面会の予定時間を過ぎても現れなかった。職員が電話をすると『弟が熱を出していけなくなった』という。ではいつこられるか、と聞くと『わからないから後で連絡する』といって切ってしまう。そうしたケースは初めてのことではなかった。

職員から、今日は母親の面会がないことを告げられた女の子は、

『あーあ、まーたママの嘘っこかよー』

おどけていい、走ってその場を去ってしまった。

その夜から、女の子はおねしょをくり返すようになった。びっしょり濡れたシーツで朝まで寝るので、肌がかぶれ、お尻や太腿まわりにはひどい湿疹ができてしまう。

夜中、夜勤の職員に温かいシャワーで身体を洗われ、患部に軟膏を塗られながら、

『先生、あたし、なかなか、いい子にはなれないねえ』

女の子は途方に暮れたようにつぶやき、涙の粒を落としたという。

それでも、その子は、母親に買ってもらった漫画雑誌を大事にし、くり返しくり返し、好きな漫画のセリフをすっかり覚えてしまうほど、その一冊を読み続けていた――

（あなたは、いい子だよ。いまのそのままで、いい子だよ。本当は、変わらなきゃいけないのは、あなたじゃなくて、パパとママのほうなんだよ）

理不尽な扱いに傷つく子どもたちを見るたびに、花はそういいたかった。だが、第三者である花が、自分の感情に任せて親を責めたところで、子どもたちは救われない。何度約

束を破られても、暴力をふるわれても、子どもたちの多くは親を慕っていた。親が会いにくる日、迎えにきてくれる日をまち続けていた。かなしいほどの一途さで。

（親子って、なんだろう。家族って、なんだろう）

いまだに施設への寄付などは続け、くだんの友人や当時の職員との交流も保っているが、花は結局、社会福祉に関わる仕事を一年ほどで辞め、その後、幼稚園に就職した。

児童福祉がやりがいのある仕事であることはわかっていたが、かなりの重労働であることに加え、杓子定規な行政への対応などで精神的に削られることがあまりに多く、いまの自分の力量では、長く働き続けることはできそうにない、と判断したからだった。

女の子は中学入学前に、親元へ帰ったと聞いていた。学校でもたびたび問題を起こしたあの子。同級生にケガをさせたり、備品を壊したり、校舎の窓から飛びおりたり。いろいろなことにつまずいて、「みんなのするふつう」が上手にできなかったあの子。

あのころ、子どものラクダである彼女の背中のこぶは、とても小さなものだったのだ。

いまは、心の栄養をためられただろうか。旅に出る準備はできただろうか。

花は立ちあがり、手の中の写真を壁のボードにピンでとめた。

その横に作ったばかりのミニリースを飾ると、女の子の無邪気な笑顔が華やいだ。

（どうか、みんな、それぞれの場所で、しあわせになっていてほしい）

――親でなくとも、血のつながりがなくとも。あなたを大切に思い、尊重してくれる誰かのそばで、安全に、守られて、健やかに笑っていてほしい。

いまの花には、遠い空の下から、そう願うことしかできないのだ。


その週は穏やかな天気のうちに過ぎた。

土曜日。二週間ぶりのスイミングスクールだった。花が少し遅れていつものたまり場へいくと、見知ったメンバーの中に、敦子の姿だけが見えなかった。

「櫂くんたち、今日、お休みですか？　珍しいですね」

きょろきょろする花に「そうなんだよね」と美里がうなずいた。

「敦子さん、休むときは、だいたい連絡くれるんだけどね。今日は何もきてないのよ」

「櫂くん、昨日の英会話もお休みだったわ。風邪でもひいたのかもしれないわね」

弓絵がいった。

櫂と双子の姉妹は、同じ英会話教室に通っているのだ。

「リースのお礼、渡したかったんだけど、日持ちするものだから、来週でもいいかな」

「あ、弓絵ちゃん、お礼って、何にした？　お菓子作りのプロにお菓子のお礼っていうのもどうかなーと思って、わたし、タオルハンカチとかにしちゃったよ」

美里と弓絵も、敦子から無料でリース材料をもらったらしい。

花が先週、保育園への紹介のお礼に敦子の家へ招かれたことを話すと、ふたりは強い興味を示した。花は知らなかったが、敦子の住むマンションは、このあたりでも有数の高価格帯マンションなのだそうだ。いわれてみれば、吹き抜けのロビーは広々としていたし、内廊下の仕様もかなりのグレードだったことを、花は思い出した。

「素敵なお部屋でしたよ。リビングが広くて、明るくて。インテリアもお洒落で」

「最上階なの？　いいわねえ。あそこは川沿いだから、眺望も抜けるものね。今度、ぜひお呼ばれしたいわ。敦子さんの美味しいお菓子、食べたいもの」

「旦那さん、不動産業だっけ。あそこ、夫婦仲もいいし、ホント、理想的な家だよねえ」

その後、マンションから、二世帯同居をすることになった弓絵の友人の話へと話題は移り、友人と姑との、孫の教育をめぐる激しいバトルの話でその場は盛りあがった。

気づくと、十一月も後半に入っていた。

年末が近づくと時間が駆け足に過ぎていくのは毎年のことだが、今年は特にその感が強く、じき一年が終わるということにあらためて花は驚いた。恐らく、多くの人々が同様に感じていただろう。世界的パンデミック。幻のオリンピック。二〇二〇年。この年は、冬から夏にかけての数か月が、世界じゅうの人間の手から盗まれてしまったのだ。

夕方、花がいつものように保育園に七海を迎えにいった帰りのことだった。

「――花ちゃん、七海、タコさんこうえんで、あそんでいきたい」

橋のたもとで急に立ち止まり、七海がいった。

「え？　でも、タコさん公園には、お昼前に、みんなで遊びにいったんですよね」

「でも、ブランコ、できなかったんだもん！　七海、いっかいも、のれなかったよ！」

タコさん公園は、保育園の近くにある、タコの形をした遊具のある公園である。

広さがあり、遊具の数も多いので、子どもたちに人気があるのだが、今日は学校が休校だったらしい小学生の集団がきており、多くの遊具を占領されてしまったらしい。

「ブランコのりたかったのに、おっきいおにいちゃんたちに、とられちゃったんだ！」

ブランコが大好きな七海は、よほど悔しかったのか、地団太を踏んだ。

夕方の時間帯、大きい公園には小学生が大勢集まる。ボールなども飛んでくるので、あまり長居はしたくなかった。三十分だけ、と約束し、公園にいくと、やはり小学生が多くいた。空いているブランコを見つけたとたん、七海は花の手を離して飛んでいった。

ブランコに座り、ほっとしたのか、うれしそうな笑顔を見せて、花に手をふる。

「――あら？　花さんじゃない」

しばらく七海のブランコを押していると、声がかかり、ふり返ると、弓絵がいた。

「こんにちは。偶然ですね」

「本当、いつもきているのに、花さんたちと、ここで会うのは初めてよね」

花は公園内に姉妹を探したが、ふたりの姿は見つからなかった。

「あの子たち、ここの裏手にあるチアの教室へいってるのよ。ふだんは中で適当に終わりをまつんだけれどね、今日はやたらと人が多いから、出てきたの」

「こんどは、じぶんで、こぐ」と七海がいいだしたので、花は背を押すのをやめ、弓絵と並んで、ブランコを囲む境界柵に腰をかけた。

「――ねえ、花さん。最近、敦子さんと、連絡とっている？」

少し声を落として、弓絵がいった。

「敦子さんですか？　いいえ」

先々週、家へ招かれたお礼のLINEをし、返信をもらったのが最後だった。

「耀くん、先週のスイミングも、英会話も休んでいたでしょ。それでね、次の英会話も、やっぱりこなかったのよ。もう二週間以上、ふたりを見ていないから、どうしたのかな、と思っていたんだけれど……昨日、ちょっと、気になる話を聞いてしまったのよね」

「気になる話？」

「わたしの幼馴染(おさななじ)みが、耀くんと同じ幼稚園に子どもを通わせているのね。クラスは別で、彼女は女の子ママだから、そこまで敦子さんと親しくはないそうなんだけど。昨日、その子と偶然会ってお茶をしたの。そうしたら、耀くん、幼稚園には、きているんですって。いつも通り敦子さんが送迎していて、特に休んだりもしていない、っていうの」

「よかった。じゃあ、病気とかではないんですね」

花は、ほっとした。

突然の体調不良、と聞くと、時節柄、どうしても感染症(コロナ)のことが頭にチラついてしまうが、休まず幼稚園に通っているのなら、その恐れはないだろう。

「そう、櫂くんはね。いつも通り、元気で、みんなの人気者。ただ……友だちの話だと、少し前から、敦子さんのようすがなんだかおかしくて、噂(うわさ)になっていたそうなのよ」

「ようすがおかしい……?」

櫂の通う幼稚園は、二時が降園時間。その後、園庭で、数十分から一時間ほど子どもを遊ばせてから帰る保護者が多いのだそうだ。園庭が閉まったあと、仲良しグループで近くの公園などへいくことも多く、そこが母親同士の社交の場になっているらしい。

習い事の多い櫂は、たいてい途中で切り上げて帰るのだが、それでも三十分程度はいつも園庭に残って遊ぶし、週に一、二回は公園遊びにもつきあっていた。それが、先週から、降園後、すぐに園を去るようになったという。

櫂はまだ友だちと遊びたい、帰りたくない、というのだが、許されず、最後は渋々、敦子に手を引かれて、園庭を後にするのだという。敦子は送迎時、仲のよかったママ友たちともほとんど話さなくなり、急にみなから距離をとるようになったというのだ。

習い事も欠席しているのだから、急いで帰る必要はないはずだった。あれほど社交的な敦子がママ友たちを急に避けるようになったというのも、確かに奇妙な話である。

「敦子さん、すごく憔悴(しょうすい)していて、痩(や)せたみたいで、どうしたんだろうね、って、みんな話していたんですって。それでね、幼馴染みの一番仲のいいママ友が、敦子さんと同じマンションに住んでいるんだけど、そのママ友、少し前に、敦子さんと旦那さんと……もうひとりの女性との修羅場を、偶然、目撃してしまったっていうの」

「修羅場、っていうと……」

一組の夫婦ともうひとりの女性で演じる修羅場——といえば、一つしかない。

（不倫？　まさか！　あのやさしそうな夫さんが、そんなことをするなんて思えない）

櫂を腕にぶらさげ、にこにこしながら遊んでやっていたその人の姿が思い出される。

「わたしもね、旦那さんとは面識があったから、ちょっと信じられなかったんだけれど」

「そのママ友さんは、具体的に、どういう場面を見たんですか？」

「平日の昼間、マンションのロビーでね、エレベーターから敦子さんたち三人がおりてきて……敦子さんは泣いて、すごくとりみだしていて、女性に食ってかかっていたんですって。うちの家庭がどうとか、どうしてそんなひどいことを、とか泣きながら……それを、旦那さんが困った顔でとめていたんですって。まあ、典型的な場面よね」

たしかに、話を聞く限りでは、ドラマにあるような「妻と愛人の修羅場」である。

その場に居合わせたママ友は、約束があって出かけるところだったため、その後のなりゆきについては知らないという。

ただ、幼稚園での敦子の異変はその前後から始まっているのだった。

だとすると、たしかに、目撃されたその「修羅場」と敦子の行動の変化には、何かしらの関係があるような気が花にもしたが……。

「花ちゃーん、おしてー」

うまく漕げないらしく、七海が足をブラブラさせている。

花は七海の乗っているブランコの板をもちあげ、大きめにスイングさせてやった。

勢いよく風をきり、「きゃーっ」と七海が楽しげな悲鳴をあげる。

「――いけない、もうこんな時間。わたしも、そろそろ、いかないと」

薄闇にぼんやり光る公園の時計を見て、弓絵が腰をあげた。

「花さん、最近、敦子さんと仲いいみたいだから、耳に入れておいたほうがいいかなと思ったんだけど。よけいなお世話だったかもしれないわね。ごめんなさいね」

「いいえ、そんな。いろいろ教えてくれて、ありがとうございます」

弓絵がゴシップを楽しむつもりで話したわけではないことは、わかっている。

「でも……弓枝さん。わたし、やっぱり、それは、誤解だと思います」

「誤解……例の話は、旦那さんの不倫じゃないってこと？」

「はい。わたしも、そんなに敦子さんの夫さんを知っているわけじゃないですけど」

だが、つらい不妊治療をともに乗り越え、里子の櫂を慈しみ、円満な家庭を築いていた彼が、ただでさえ新型コロナで通常の生活さえ脅かされている、いまのこの時期に、そんな軽はずみなことをしでかすだろうか、という疑問はやはり拭えなかった。

何より、それが本当だったとしても、あの敦子が、そんな夫婦の事情で、櫂を感情的にふり回すような行動をとるだろうか？

（敦子さんがそれほど憔悴したり、動揺しているとしたら……それはやっぱり、櫂くんのことが原因なんじゃないだろうか）

——その晩、帰りの電車の中で、花はずっとＬＩＮＥの画面をみつめていた。

敦子のアイコンは、ジープらしき車に乗った、敦子と夫と櫂の写真だった。

あたりさわりのない話題をふってみようか、とも思ったが、迷った末、連絡をするのはやめた。ことの真偽がわからないうちに、中途半端に口を出すのは、敦子に説明の負担をかけるだけかもしれない、と思ったからだった。もしも花の推測が的外れで、弓絵の懸念が事実だったとしたら、夫の不倫について、独身の花がいえることなど何もない。

（次のスイミングで会えたら、ようすを見ながら、聞いてみよう……櫂くんのことが本当に原因なら、敦子さんのほうから、何か話してくれるかもしれないものね）

だが、土曜日、スイミングスクールに櫂と敦子の姿はなかった。


「——花さん。大丈夫ですか……花さん？」

一二三の声が、ぼんやり耳に入ってくる。

「はい？」

「お鍋の中が、ボコボコ煮立っているようですが」

「え？　――きゃあっ、本当、たいへんだ！」

見ると、赤だしの味噌汁が地獄の釜のごとく沸騰している。

花はあわてて火を切り、とろみのある汁をレードルでかき回した。特有のやや強い香りがあたりに漂う。一二三の好物、なめこの味噌汁である。

「疲れたなら、休んでいていいですよ。あとは、ぼくが自分でやりますから」

「いえ、大丈夫です！　すみません、ぼーっとしちゃって……。どうぞ、若先生、お席についてください。お味噌汁はちょっと、香りが飛んでしまったかもしれませんけど」

花は急いでいって、箸置きと箸を一二三の席に用意した。

舌を焼かぬよう、少し冷ましてから、三つ葉を散らして味噌汁を椀に盛り、ついでに、できたてのキノコの炊き込みごはんにも三つ葉を入れて、さっくりと混ぜる。

今夜のおかずは、春菊のサラダ、銀だらの煮つけ、焼いた厚揚げをサイコロ状に切り、大根おろしと柚子の皮を載せたもの。柚子は、この家の庭でとれたものである。

一二三は慎重に吹いてから味噌汁を口に運び、ほっ、と息をつき、笑顔になった。

「美味しいです。――いい味ですね。うん、やっぱり赤だしはいいな」

「お味噌も、銀だらも、キノコも、大奥さまがもってきてくださったものです。関西のお友だちから、いろいろ、美味しいものを送っていただいたそうですよ」

土曜日の夕方である。

スイミングのレッスンを終え、帰宅すると、七海の祖母の聖子(せいこ)がまっていた。

友人からのお裾分(すそわ)けを届けにきた、ということだったが、それは口実で、本音は、溺愛(できあい)する七海に会いたくてしかたがなかったようである。

七海もよろこび、「きょうは、ばあばんちで、おとまりする」といいだしたので、外出中だった一二三に電話で許可をとり、支度をさせて、聖子に預けた。

そういうわけで、今夜は久しぶりに、一二三がひとりで過ごす静かな夜である。

「——花さん、ちょっと、話したいことがあるのですが、いいですか？」

洗い物にとりかかろうとしていた花を、一二三が呼び止めた。

「後にしようかと思っていたんですが、そうすると、そのぶん、花さんの帰りが遅くなってしまうので。食べながらで申し訳ないですが、話をさせてください」

「何かありましたか？」

うながされるまま、花は一二三のむかいの椅子に腰をおろした。

「葉山(はやま)さんと、息子の櫂くんのことなんですが」

花はびっくりして一二三をみつめた。

敦子と櫂。

まさしく、先ほど、花が集中力を欠いて、味噌汁を煮立ててしまった原因である。

「花さんは、葉山さんのお宅について、詳しい事情を知っているんですよね」

「詳しい事情……というのは、ええと――それは、つまり、櫂くんの……？」

花は慎重にいった。うかつに他人の家の事情は口にできない。

「葉山さん夫妻が、櫂くんの里親であることです」

一二三ははっきりといった。

「はい、敦子さんから教えてもらったので。……でも、どうして若先生が、それを？」

「党の先輩議員から、話がきたものですから。実をいうと、今日もその件で出ていたんですよ。昨夜、急なヘルプがかかったので」

「その件、といいますと」

「櫂くんの養育に関して、管轄の児童相談所が、措置変更を決定したそうなんです」

（え……？）

「今月で、葉山さん宅への里親委託を終えることにしたのだとか。正確には、あと十日ほどの期限だそうです。つまり、櫂くんはもうすぐ葉山さん夫妻の家から出されることになったんです。……そのことを、花さんは知っていましたか？」

花は言葉を失った。

（櫂くんが、敦子さんたちの家を出ることになった？　なぜ……!?）

「里親さん側の問題では、ないそうです」

花の表情から察したらしい、答えをまたず、一二三はいった。

「児相側の、葉山さん夫妻への評価はとても高かったそうなので。措置変更は、櫂くんの実の母親からの要望だそうです」

「母親からの……では、お母さんが、櫂くんを引きとることになったんですか？」

「いえ、そうではなく、里親委託から、施設での養護に変えてほしい、という要望が母親から出されたのだそうです。一緒に暮らす将来を見据え、親子関係の阻害にならないよう、里親との関係をいまのうちに解消させておきたい――とのことだったそうで」

ああ……と花は思わず顔を両手で覆った。

施設で働いていたころ、似たようなパターンを何度か見聞きした。

実親が里子に出した子どもと会うためには、面会の予約を入れ、児童相談所の一室で担当者立ち合いのもと、限られた時間内で交流するしかない。親が子に会うだけでなぜ……と、そのシステムを煩わしく思う親は少なくないし、子どもが里親に馴染んでいるようすを見て、会ったことのない里親に、反感や焦りを募らせていく場合もある。

里親に子どもを奪われるのではないか、という危機感は、実親の多くが抱いているものだ。だが、里親への委託解除を要求し、施設へ移させても、その後、実際に実親が子どもを引きとれるかといえば、必ずしもそうではない。

児童相談所からの通達が敦子たちの元へ入ったのは、先々週のことだったという。措置変更を決定したので、三週間後に櫂を一時保護所へ引きとることになる。そのための準備をしておいてほしい、という、有無をいわさぬ通達だった。

あまりに突然のことで、夫妻は愕然(がくぜん)とした。

四年に近い暮らしをいきなり三週間後に打ち切るというのは急すぎる、せめて、小学校入学前の三月まで期限の延長をはかれないか、と必死に訴えた。

相談所の組んだスケジュールでは、櫂はいまの幼稚園を、冬休み前にいきなり退園することになる。クリスマスも、六歳の誕生日も、お正月も、馴染みのない一時保護所で、知らない人間たちと過ごし、知らない土地の知らない小学校へ通うことになるのだ。

夫妻は担当者と話し合いを重ねながら、期限延長のためにあらゆる手をつくし始めたという。里親会や会社の顧問弁護士に連絡しつつ、ある区議にも相談をもちかけた。敦子の夫の大学時代の友人で、「そういうことなら」と話を聞いた彼は、ひとりの都議会議員を紹介してくれ、それが一二三の党の先輩議員だった——ということらしい。

「その議員——宮(みや)先生というのですが、連絡を受けた先生は、葉山さん夫妻にすぐに会いにいき、事情を聞いたそうです。宮先生はもともと、福祉保健局に勤めていた人で、児童福祉関連の問題については非常に詳しいんですね。宮先生が葉山さん夫妻にヒアリングをした際、会話の中にたまたまぼくの名前が出て、それで、応援はひとりでも多いほうがいい、と、協力要請の声がかかったわけなんですが」

　食べながら、といっていたが、いつのまにか一二三の箸は止まっていた。

説明を聞きながら、花は先日、弓絵から聞いた話を思い出した。

　ママ友が目撃したという「修羅場」の真相が、いま、ようやくわかった気がする。

　敦子に食ってかかられていた女性というのは、児童相談所の担当職員だったのだろう。

どう懇願しても、決定が覆されず、敦子は我を忘れて相手をなじってしまったのではないだろうか。幼稚園のママ友たちと距離をとり始めたのは、突然の事態への混乱と心労からだろうし、各所への相談や連絡に奔走し、いままでのように降園後の遊びやお稽古に時間を費やす余裕がなくなってしまったにちがいない。

「耀くんの実の母親は、現在、妊娠中だそうです」

　同棲相手の男性が、少し前に職を得たので、妊娠発覚を機に、結婚しようかという話になったらしい。その際に、耀とその妹の処遇について、男性から意見が出たのだそうだ。

　ふたりを別々の里親に預けておくのは不自然だ、せめて同じ施設へ入れて、兄妹一緒に暮らせるようにしてやるべきだ――という主張だったという。

「宮先生が児相の所長に聞いた話によると、その男性じしん、幼少期を社会的養護で過ごし、里子の経験もあるのだそうです。どうやら、そのとき、実の兄弟とひき離され、里親家庭で不当な扱いを受け、つらい生活を強いられたらしいんですね。そのため、里親制度に根強い不信感をもっているようで……櫂くんと妹さんの現在の生活に問題がないことを、担当者が何度説明しても聞き入れず、『そいつらは、どうせ措置費が目当てなんだろう』といい続けていたそうなので」

「そんな……敦子さんたちに、そういう非難はあてはまりません。葉山さんのお宅は経済的にも裕福ですし、実際、櫂君はこれまで何不自由なく暮らしてきたんですから！」

一二三に抗弁してもムダと知りつつ、花はいわずにいられなかった。

（たしかに、里親制度も完璧じゃない。いくつか問題点を抱えてはいるけど）

専門知識をもった複数の保育士や児童福祉士などが常時関わり、さまざまな視点から児童の生活を見守っている施設的養護に比べ、里親家庭での養育は、家庭という閉じた空間内でのことなので、虐待などの問題が発覚しにくい、という弱点がある。

また、相性が合わず、里子が短期で施設へ戻されるケースもままあり、そうした子どもは、大人に見放され、捨てられる、という経験を再び味わい、さらに傷つき、社会への不信感を増していく。国と自治体から支給される里親手当などの措置費をめぐり、トラブルが起こる事例もレアではない。

（だけど、それは、敦子さんたちの家の話じゃない。櫂くんには、あてはまらない）

男性の主張に全面同意する形で、櫂の母親は措置変更を願い出た。

もめごとを起こしたくない、という意向から、恋人の意見に同調した母親を一概には責められないだろう。三度目にして初めて、自分の手で子どもを育てられる、という希望を、彼女は今度の結婚に託しているかもしれないのだ。

「実際のところ、委託期限の延長は、難しいんでしょうか？」

「そうですね……正直、決定を覆すのは厳しいだろう、というのが宮先生の見方でした。というのも、以前から議会でもとりあげていたのですが、東京の児童相談所は慢性的な人手不足で、職員はみな、完全にオーバーワークなんです。みな、処理能力を超えた件数の仕事を担当させられていて、個々のケースへの柔軟な対応が難しい。一つに長く時間をかけていては、次々に入ってくる事案をさばけないので」

「そう……でしょうね。地元の自治体もそうでしたから、それは、わかります」

「親権をもつ親からの要求を斥けれ(しりぞ)ば、訴訟問題にも発展しかねないですから、児相としては、虐待など、よほどの前歴がない限り、親権保持者の要求に従わざるを得ない。加えて、新型コロナの流行がありました。例年よりも児童虐待の通報が増えている上、感染症対策もしなければならない。職員の負担は、限界を超えていると思います」

　一二三は形のいい眉をひそめた。

「――正直にいうと、時期的にも、タイミングが悪かった。通常、こうした問題には対策チームを編成するのが効果的なんです。勉強会を開き、現場職員や有識者の意見をヒアリングし、場合によっては、党派を超えて協力者を募(つの)ります。ですが、いまは都議会の開催直前なので、そうした対応ができないんです」

　年内最後の定例議会は来週から始まり、十二月の中旬まで続く。その前後の一二三の多忙さは、花もよく知っていた。加えて、一二三は、合間にボランティアの生活支援相談、NGOの主催する炊き出し支援などにも参加しているのである。

『――わたしたちは、いつまであの子のそばにいられるか、わからないから』

　敦子の言葉が思い出される。いつか、望まぬ別れがくることは、敦子も夫も覚悟はしていただろう。だが、こんな形でのさよならは、さすがに予想していなかったはずだ。

（櫂くんは、もう、施設へ移されることを知っているんだろうか）

　クリスマス、敦子といっしょにお菓子の家を作るのを楽しみにしていただろう櫂。翌日の楽しい誕生日。敦子と夫は、いま、どんな思いで毎日を過ごしているんだろう。

　――洗い物を終えると、花は帰り支度を始めた。

　いつもより一時間以上も早いが、今日は早めに帰っていい、といわれたのである。

「――花さん。これをもっていってください」

　いつものように見送りに出てきてくれた一二三が、紙袋を差し出した。

　受けとると、思いがけず重かった。見ると、聖子がもってきた真空パックの魚や、乾物、和菓子などの他に、大きな柚子が五、六個、入っている。

「えっ、いいんですか。こんなに、いただいてしまって」

「どうせ、ぼくと七海だけでは消費しきれないですから。柚子はうち出来のもので大きいばかりで味はわかりませんが、お風呂などに入れれば楽しめるでしょう」

何やら温かい、と袋の底を探ってみると、〝ぱふぱふタイガー〟のカカポちゃんの形のランチケースが入っている。花は目をぱちくりさせて一二三を見た。

「すみません、急いでいたので、これしか見つからなくて。中はさっきの炊き込みご飯です。とても美味しかったので、お裾分けを――と、いうのもおかしいですね」

作ったのは花さんですから、と一二三は笑った。

「花さん、いつも美味しいごはんをありがとう。今日は花さんも、炊き込みご飯を食べて、柚子湯にでも入って、ゆっくり温まって、休んでください。明日からの休日で、身体も心も休めて、火曜日には、また、いつもの元気な花さんに戻ってください」

「若先生……」

「はっきりしたことを約束できなくて申し訳ないですが、櫂くんのことは、ぼくもできる範囲で動いてみます。櫂くんが、笑顔で新しい年を迎えられるように……社会的養護の目的は、大人ではなく、子どもの幸福のためにあるべきですからね」

花は白い息を吐く一二三の顔をみつめ、それから、深々と頭をさげた。

「ありがとうございます――若先生」

帰宅後、柚子湯に入ってリラックスした花は、髪を乾かすとすぐベッドへもぐりこみ、翌朝の八時半まで、ぐっすり眠った。

カーテンを開けると、天気は薄曇りで、十一月の末らしく寒かった。

顔を洗って、キッチンに立ち、お裾分けの炊き込みご飯と真空パックの煮魚を温める。フリーズドライの味噌汁にお湯をそそぎ、納豆にねぎとすりおろした柚子の皮をのせ、録画しておいた海外ドラマを観ながら、なかなか豪華な朝食をとった。

(今日は、どうしようかな。寝坊したし、出かける気分にもなれないし……)

身体には、いつになく疲労感があった。今日は、部屋を片づけたあと、散歩がてら、図書館へでもいき、のんびり買い物をして帰るくらいが、ちょうどいいかもしれない。

換気のために窓を開けると、子どもたちの元気な声が飛びこんできた。自然、權のことを思い出し、花は窓辺に立ったまま、公園へむかう少年たちの姿をぼんやりながめた。

掃除機をかけ、ベッドのシーツと枕カバーを替える。ポンポンと叩いて枕をふくらませていると、携帯電話が鳴った。表示の名前を見て、はっとする。

(敦子さん)

花はあわてて枕を放り出し、通話ボタンをタップした。

「――もしもし?」

「花さん、いきなりごめんなさい」

　せっぱつまった敦子の声が飛びこんでくる。

「あの、耀を見なかった？　あの子、そちらへいっていない？　七海ちゃんに会いに、お邪魔していないかしら」

「耀くん？　耀くんがいないんですか？」

「さっきから探しているんだけれど、見つからないの。公園にも、幼稚園にも、いないの。それで、もしかしたら、七海ちゃんのおうちにいっていないかと思って」

「敦子さん、ごめんなさい。わたし、今日は休みなので、自宅のほうなんです。七海さんのお宅には、いないんです」

　あ……と敦子が細い声をあげる。

「そう……そうだった。ごめんなさい、わたし、動転してしまって、頭が働かなくて」

「耀くん、いなくなったんですか？　いつ？」

「今朝。起きたら、もうベッドにいなかったの。いつものリュックや、地図や、貯金箱なんかが、なくなっていて。部屋に、家出の、書き置き、みたいなのが、あって……」

　敦子の声は震えていた。

「『しせつにわいかない』って……。わたしたち、昨日、耀に、話したの。もうすぐ、この家を出て、施設へ、一時保護所へ入らなければいけないかもしれないことを。あの、母親が急に措置変更を願い出て、それで、わたしたち、近いうちに、あの子を」

「大丈夫です、敦子さん、そのあたりの事情はもう若先生から聞いていますから。すぐ、若先生に連絡して、確認します。折り返しますから、まっていてください」

電話を切り、一二三の携帯電話へかける。櫂はきていなかった。

「櫂くんが家出？　警察へは、もう連絡は？」

「わかりません」

「わかりました。母にきてもらって、七海を見てもらいましょう。ぼくも車で近所を探してみます。それと、宮先生へも連絡を入れてみますので」

敦子に電話をかけ、七海の家にはきていないらしいことを伝えると、涙交じりのため息が聞こえた。

「わたしも一緒に櫂くんを探します、敦子さん。すぐ、そちらへいきますから！」

手早く着替えと支度を終え、十五分後、花は部屋を飛び出した。

## 六

マンションにつくと、敦子がドアを開けてくれた。久々に会う彼女は、弓絵から聞いた話以上にやつれていた。寝不足なのだろう、濃い隈が浮き、顔色は紙のように白かった。

リビングには巡査らしいふたりの警察官がきていて、夫がその相手をしている。

「――パジャマの横に、地図なんかといっしょに、これが置いてあったの」

耀の部屋へ花を案内した敦子は、弱々しい声でいって、自由帳を見せてくれた。

芯の太い鉛筆で、しっかりとした筆致の文字がページいっぱいに書かれている。

ぼうけんのけいかく
(もってくもの)
・おかし　・おかね　・とけい　・かメラ　・えんぴつ　・マスク　・ちづ
はれたら　7じにおきて　いえおでて　とけいおみにいく
あずまばし　ことといばし　かげばし　さくらばし　おみる
しせつにわ　いかない(↑ぜったい!!!)
たんてい　わ　つかまらない

「もっと、気をつけているべきだった。あの子のようすに、もっともっと気を配っておかなくちゃいけなかった。それなのに、わたし、自分の苦しみにばかり、気をとられて」

化粧けのない敦子の頰に、とめどなく涙が流れた。

「施設へいくことを話しても、耀、泣いたり、ごねたり、いっさいしなかったの。うん、うん、ってうなずいて、膝を抱えて、ちょっとつまらなそうに、身体を揺らして……『いまの耀のきもちも聞かせてくれる?』って夫が聞いたら、『うーん、やだけど、しかたないんでしょ。わかったよー』って笑って、『もう、テレビ、みていい?』って、ソファに飛びこんで、お笑いの番組を観て、ポーズをまねて、おどけたりして……」

花はうなずいた。よくある反応だ。ふざけたり、はしゃいだりして、受けとめがたい現実とつらいきもちから目をそらそうとしていたのだろう。

「きちんと理解するには、時間がかかるだろうから、しばらくようすを見守っていようって決めて……でも、わたしたち、全然、わかっていなかったのよ。どんなに、あの子がショックを受けて、傷ついて、明日からのことを、ふ、不安に、思っていたの、か」

敦子は両手で顔を覆って泣きだした。

「まだ、五歳よ。あんなに小さいのよ。それが、大人の都合にふり回されて、いきなり知らない施設で暮らさなければいけないなんて。こんなに急にあの子の手を離さなければいけないなんて! あんまり早すぎる。わたしたち、まだ、あの子に何も教えてあげていないのに。旅に出るための知恵も、武器も、与えてあげていない。それなのに……!」

「敦子さん、あまり思いつめないようにしないと、こちらがもちませんよ。大丈夫です、耀くんは、きっとぶじで見つかりますよ。とっても賢い子ですから」

養護施設にいたころも、子どもの家出は時々起こった。たいていは近所か、友人の家で発見されるパターンだったが、以前に住んでいた町を目指し、駅などで保護される例もあった。だが、敦子たちがこの土地に越してきたのは三年ほど前と聞いている。施設を出てまだ間もない、幼かった櫂に、以前の町への思い入れなどはないだろう。

いまにも倒れそうな敦子をベッドに座らせ、花はキッチンへいった。

ティーバッグを探して、ミルクを入れた熱い紅茶を淹れる。

作業のあいだに、ふたりの警察官と敦子の夫のやりとりが耳に入った。

「――計画的な家出のようですから、行き先は、ある程度絞れると思うんですがねえ」

警察官は三十代と二十代らしき二人組だったが、よくある威圧的な印象はなく、敦子の夫への話しぶりも丁寧だった。

「おばあちゃんの家とか、お友だちの家とか……まだ連絡はないですか。じき六歳なら、電車にも乗れるでしょうし、もう少し広範囲でも、お心当たりはないですか？」

「ぼくの実家は北海道ですし、妻の実家へはまだいったことがないんです。お友だちの家からも連絡はありません。あの子は電車には詳しいですが、電車に乗っていくような行き先は、あまり思いつかないんです……普段の移動は、ほとんど車でしたから」

「書き置きに、具体的な橋の名前がありましたよね」

と若いほうの警察官が尋ねる。

「吾妻橋、言問橋、桜橋……隅田川にかかる橋ですよね。墨田区から台東区へとつながる……ここからも、そう遠くはない。あのあたりには、よくいかれるんですか」

「ええ、ふだんから車でよく通る場所です。私の会社があの先の、浅草なので。耀は川と橋の風景が好きで、それに電車も好きでしたから、東武線の鉄橋が見えるあのあたりには、休日、耀をつれて、車でよくいっていました。近くにはスカイツリーもありますし」

「所轄の署に連絡をして、該当の三つの橋の付近や公園を探しているところです。ただ、一か所、〝かげばし〟というのだけが不明なんですよね」

警察官は首をかしげた。

「あのあたりに、そんな橋はないんですが。これについてはどうですか、お父さん?」

「それは、全然わかりません」

「『とけいおみにいく』というのは? 時計、がなんなのか、心当たりはありませんか」

「いえ、まったく。あのあたりに時計台などあったでしょうかね……」

花は子ども部屋に戻り、敦子を励ましながら、紅茶のマグカップを手渡した。

隣に座り、ベッドの上に散乱している地図やメモ帳、おもちゃなどを見る。

手持ち無沙汰にそれらを整理しながら、花はふと気がついた。

「耀くん、トランシーバーはもっていかなかったんですね」

枕の上にトランシーバーが放り出されている。敦子はぼんやりと顔をあげた。

「ああ……そうね……いわれてみれば、置いていったのね……どうしてかしら……最近はどこへいくにも、必ずもって出ていたんだけれど……」

花は自由帳を開き、「たんてい　わ　つかまらない」という一文に目を落とした。

櫂が自分を探偵に見立て、「家出」という冒険に出たなら、トランシーバーというのは恰好の小道具ではないだろうか。どうして置いていったのだろう。

(吾妻橋、言問橋、〝かげばし〟、桜橋を見る……か)

このあたりに土地勘のない花は、どれがどこにある橋なのか、ピンとこなかった。墨田区から台東区へつながる橋、と警察官がいっていたのを思い出し、調べてみようとしたが、該当する地図が見つからない。リストに「ちづ」とあったから、その区域の地図は櫂がもっていったのだろう。花は携帯の地図アプリを起動させた。

吾妻橋が見つかった。ゆるやかに蛇行する隅田川にはたくさんの橋がかかっている。

上部にスクロールさせると、浅草駅に接続する東武スカイツリーラインの鉄橋をはさみ、言問橋の文字が見えた。さらに上へとスクロールさせると、桜橋がある。

(本当だ、言問橋と桜橋の間に、〝かげばし〟なんて橋はない……)

それにしても、家出の行き先が橋というのはかなり奇妙だった。五歳の子どものことだから、筋道立った行動でなくても当然なのだが、櫂はなぜ橋へいこうとしたのだろうか?

花の問いに、敦子は曖昧な表情で首をふった。

「わからないわ……よくいった場所ではあるけれど、そこまで思い入れがあるとは思えないの。やっぱり、橋を渡って浅草にある夫の会社へいこうとしたんじゃないかしら」

だが、区境の橋を渡って会社へむかうにしても、通る橋は一か所のはずだ。

なぜ三つ、いや、実在しない橋を含めれば、四つの橋を櫂はわざわざ書いたのだろう。

何の進展もないまま、一時間以上が過ぎた。

花の携帯が鳴った。見ると、一二三からだった。車で近所を見回っていたが、収穫はなく、いま、マンションの下にきたという。

「すみません、敦子さん、わたし、ちょっと出てきますね」

――マンションの玄関を出ると、少し離れた場所に見慣れたレクサスがとまっていた。

「若先生、お休みの日に、朝早くから、すみません」

いいながら、花が車に駆け寄ると、

「花ちゃん、おはよー！」

後部座席の窓から、ひょいと七海の笑顔がのぞいた。

「七海さん！」

すみません、と一二三が苦笑する。

「母は自治会の用事で出ていて、七海を預けられなかったので、つれてきたんです」

「そうだったんですか。七海さん、おはようございます」

「あのねえ、花ちゃん、櫂くんのおうち、七海が、パパにおしえたげたんだよ。そんで、あとで、パパといっしょに、ハッピーセット、たべいくんだよ」

日曜のドライブだと思っているらしく、七海はご機嫌である。

寒いので、車に乗りこみ、七海の隣に座った。七海を心配させないよう、婉曲に事情を伝えると、一二三は、うなずき、ナビゲーターを操作した。

「隅田川にかかる三つ、いや、四つの橋、ですか……その、かげばし、というのはわかりませんが、とりあえず、ここからだと、一番いきやすいのは、吾妻橋でしょうね」

「そうなんですか」

「わりと近くまでは、バス一本でいけますから。ただ、バスをおりてからは、どうだろう。川までは、かなり距離があるので、いき慣れていないと、迷うんじゃないかな」

「あの、若先生、その吾妻橋、という橋には、時計がついていますか？」

「時計？」

「はい。櫂くんの書き置きに、時計を見にいく、という文章があったので」

書き置きの内容を伝えると、一二三は首をかしげた。

「ぼくの知る限り、付近で時計のついている橋というのは聞いたことがありませんが……」

「それじゃ、ええと、大きな時計台みたいなものはないですか？」

「うーん、大きな時計台――といわれると、銀座四丁目交差点の旧服部時計店の時計台を真っ先に思い浮かべますが……銀座も、ここからなら、バス一本でいけますしね。ただ、中央区なので、方角的にちがいますし、吾妻橋や言問橋とは関係がなくなる。銀座の近くにある橋といえば数寄屋橋でしょうし。時計……時計と橋ですか……うーん……？」

「耀くん、まいごになっちゃったの、花ちゃん？」

お気に入りのサメのぬいぐるみをいじりながら、七海がのんびりいった。

「迷子……そう、そうですね。耀くん、ひとりでおうちを出て、いま、迷ってしまっているんです」

「七海も、まいごになったこと、あるよ。ゆうえんちでだよ。耀くん、トランシーバーもってるから、いま、どこにいんの、っておはなしできるんじゃない？」

「それが、耀くん、トランシーバーは、おうちに置いていっちゃったんです」

「あー、しょっかー」

他にあてもないので、花はネットで付近に有名な時計台がないか、検索してみた。が、特にひっかかる情報はない。一二三は何か所かに電話をかけている。

「――あ、耀くんママだ」

マンションの玄関から敦子が出てきた。花が窓から顔をのぞかせると、走ってくる。

「――大和先生。このたびは申し訳ありません。重ね重ねご面倒をおかけします」

「お気にせず。それよりも、葉山さん、何か進展はありましたか？」

「はい、それが……。花さん、あのね、いま、吾妻橋近くの交番で、五歳くらいの迷子の男の子が保護されたって連絡が入ったの。櫂とよく似た背恰好の」

「えっ！　本当ですか」

「そうなの。だから、いまから夫と確認にいってくるわ。ごめんなさい、花さん、先生、ことがわかりましたら、また後ほど連絡しますので」

敦子ははや涙ぐんでいる。

まもなく、一台のパトカーがマンションの駐車場に入ってきた。

マンションから出てきた敦子と夫が後部座席に乗りこむと、パトカーは素早く立ち去った。最初に部屋にいた警察官ふたりがそれを見送り、ロビーに入っていく。櫂が帰ってきたときのことを考えて、引き続き部屋で待機しているのだろう。

（どうか、保護されたその子が櫂くんでありますように。ぶじでありますように……）

「パパー、七海、おなかすいちゃったー。ジャムパンいっこしか、たべてきてないんだもん。おひるごはんはー？　はやく、ハッピーセット、たべいこうよ！」

時計を見ると、いつのまにか正午近くになっていた。

「そうだね。じゃあ、お昼を買いにいこうか。……花さんも、ハンバーガーでかまいませんか？　ぼくたちも、いまのうちに、何か食べておいたほうがいいかもしれません」

「はい」

一二三は車を動かした。マンションの敷地を出て、西の方角へむかう。ショッピングモールへいくのだろう、と花は思った。フードコートにはマクドナルドが入っている。

道は少し混んでいた。首都高の入り口近くで、軽い渋滞が起こっている。

退屈し始めた七海の遊び相手をしていると、花の電話が鳴った。敦子からだった。迷子の男の子は、櫂ではなかったという。期待しただけに失望も大きかったろう。敦子の声には力がなく、花もなんといって慰めていいのかわからなかった。電話を切って、一二三にそのことを伝えると、彼の口からも残念そうなため息がもれた。

「あーっ、パパ、こっちじゃないよう」

ビルの間からのぞくショッピングモールの屋根を見て、七海がいった。

「ゆきさき、まちがってるよう。七海、いきたいの、ここじゃないもん！」

「え？　でも、七海、マクドナルドなら、あそこのフードコートに入っているよ」

「でも、こっちのお店じゃ、いやなんだもん。櫂くん、いないでしょ。七海、櫂くんといっしょに、ハッピーセット、たべたいんだもん！」

「うーん、櫂くんは、いま、迷子だからね、ちょっと一緒には食べられないかな……」

「じゃー、パパがはやくむかえにいけばいいでしょー」

子どもらしい無邪気さで、七海はいった。

「こどもがまいごになったら、おとながしゃがしゃなきゃいけないでしょー」

「でもねえ、どこへ迎えにいったらいいか、わからないんだよ」

「七海が教えたげる。七海、燿くん、どこにいるか、わかるもん」

（えっ⁉）

「燿くん、とけい、みにいったんでしょ。だから、とけいんとこ、いけばいいよ」

七海は足をブラブラさせながらいった。

「七海さん、燿くんの見にいった時計がどこにあるか、知っているんですか⁉」

花がびっくりして尋ねると、

「しってるよ。だって、七海も、パパといっしょに、なんかいも、いったことあんもん」

「え？　ぼ、ぼくと、七海が、時計を見に？　——あ、うわ、とと」

混乱したようすの一二三が、ショッピングモールの駐車場へと右折するつもりで出していたウインカーをあわてて消した。後方から短くクラクションが鳴る。駐車場へと並ぶ列を抜け出し、再び直進車の流れに合流すると、一二三はしばらく車を走らせたあと、コンビニエンスストアの駐車場に入った。車をとめ、七海をふり返る。

「七海。大事なことだから教えて。七海がパパと見にいった時計って、どこのこと？」

慎重な口調で問う父親に、七海はのんびりと答えた。

「スカイツリーだよ」

（スカイツリー⁉）

思いがけない答えに、花と一二三は顔を見あわせた。

（ス、スカイツリーに、そんな有名な時計なんてあったっけ⁉）

内部のどこかに変わった時計でもあるのだろうか。それとも時計を売っている店のことをいっているのだろうか？　七海をスカイツリー内の水族館に三度ほど連れていったことがあるだけなので、花はさほどあの場所に詳しくはなかった。では何度も通って詳しいはずの一二三は、と見ると、同じく当惑した顔で七海を見ている。

「七海……パパは、七海とスカイツリーに時計を見にいったことなんて、あったかな？ごめんね、パパは思い出せないんだけど」

「ないよ」

「え？　ない？　じゃ、さっきの話は、うそ？」

「うそじゃないよう。パパと七海で、なんかいも、スカイツリー、いったでしょっ」

「うん。スカイツリーはいったけど、時計を見にいったことはないよね」

「スカイツリーがとけいでしょ。だから、とけいをみに、スカイツリー、いったでしょ」

「スカイツリーが時計で、時計を見にスカイツリーにいった……？」

禅問答のような七海の答えに、一二三はすっかり混乱している。

その時、ふいに、花の脳裏に櫂の書き置きがよみがえった。

（晴れたら、七時に起きて、時計を見にいく……吾妻橋、言問橋、影橋、桜橋を見る……晴れたら。スカイツリー。時計……影橋……影！　そうか、わかった！）

「日時計（ひどけい）です！」

　思わず声をあげると、一二三がびっくりした顔で花を見た。

「日時計？」

「はい、そうです、太陽の位置によって動く影を時計の針に見立てた、あのしくみです。若先生、子どものころ、理科の授業か何かで、地面に刺した棒の影が時間によって動くのを見る実験をしませんでしたか？　あの棒をスカイツリーに見立てたら、同じことができますよね。日本で一番高い建物の影が、針となって東京の下町の上をぐるっと回っていく――七海さんのいう通り、スカイツリー自体が巨大な時計なんですよ！」

　一二三は目をみひらいた。

「おひさまのとけいだよ」と七海がいう。

「たんていは、ほうがく？　とか、じかんに、くわしくなくちゃいけないんだって。だから、耀くん、おひさまがどこにいるかで、じかんをあてたりすんの、とくいなんだって。おとうさんとてんぼう台にのぼってねえ、スカイツリーのかげがうごくの、じーっと見てたんだって。スカイツリーはおっきなとけいなんだって、耀くん、いってたよ」

　おっきい影がまちにおちてて、おもしろいよ――以前の耀の言葉が思い出される。父親から、地図の見方や方角の調べ方とともに、耀は日時計の知識も習っていたのかもしれない。もっとも、教えた父親のほうはそんなことはすっかり忘れていたようだが。

「そういえば、櫂くんは、愛用のトランシーバーを置いていったんですよね。スカイツリーは電波塔ですから、電波で交信するトランシーバーが中では使えないことを、櫂くんは、これまで何度も通って、知っていたのかもしれません」

　一二三はグローブボックスを開け、折りたたまれた地図をとり出した。

　車内灯を消し、助手席の椅子を倒し、その上に地図を広げる。

「スカイツリー」と書かれた場所にペンを立て、携帯電話のライトをやや離れた後方から当てると、地図の上にペンの影がくっきりと落ちた。

「――これは、あくまで大雑把（おおざっぱ）な見立てですが、このペンをスカイツリーになぞらえてみると、そこから伸びる影の長さや動きは、だいたいこんな感じになるんじゃないかと……もっと正確に影の長さを出すとしたら、高さと角度から底辺の長さを出すわけですから――ええと、あれか、三角関数を使うのか。太陽の高度とスカイツリーの場所のある緯度（いど）と経度（けいど）から仰角（ぎょうかく）を出して、六三四メートルで割る計算をしなければいけないはずですが」

「スカイツリーの高さって、六三四メートルもあるんですか」

「そう、武蔵国（むさしのくに）の六三四（むさし）の塔、で覚えやすいんですよ」

　一二三は斜めに傾けた携帯電話をゆっくりと弧を描くように動かした。ペンの影は、右回りに動きながら、西にある隅田川へとかかり、吾妻橋、言問橋、と橋の上を次々に通り過ぎていく。影橋、という実在しない橋の正体が花にもようやくわかった。櫂はかつて展望台から、言問橋と桜橋の間にかかる塔の影を見て、そんな名前をつけたのだろう。

「今朝の八時くらいまでは晴れていたので、櫂くんも展望台にあがれば、こんなふうに影の動くのが見えると思ったんでしょうね。急いでスカイツリーへいってみましょう」

一二三は車を発進させると、脇道を迂回して反対車線へ入った。

まもなく都立公園の開けた空越しに、スカイツリーの巨大な姿が現れた。


道はやや混んでいたが、一二三は裏道をうまく使い、二十分ほどでスカイツリーに到着した。

地下の駐車場に入ると、花はいった。

「――若先生。もうお昼ですし、若先生は先に、七海さんをマクドナルドへ連れていってあげてください。櫂くんはわたしが探していますので」

空腹の七海はそろそろ機嫌が悪くなりつつあったし、該当エリアは広い。人込みの中を、小さな七海を連れて人探しに駆け回るのは、賢いやりかたとはいえないだろう。

何かあったら連絡を入れる、といって一二三たちと別れると、花はエレベーターに乗り、四階にある展望台の入り口へとむかった。

休日ということもあり、フロアには展望台へあがるための客が列をなしている。

チケットカウンターもここにあるが、未就学児は料金がかからない。他の家族連れにまぎれて櫂は中に入ったのではないだろうか、と花は考えた。スタッフをつかまえて簡潔に事情を話し、敦子の家で撮った七海と櫂の写真を携帯で見せ、この子を見かけなかったかと尋ねる。警察もいまこちらへむかっている、という言葉が効いたようで、すぐに他のスタッフに確認をとってくれた。しばらくインカムでやりとりをしていたが、

「入り口スタッフのひとりが見ていました。オープンしてすぐ、五、六歳くらいの男の子が、ひとりできたそうです。未就学児ひとりでの入場は危ないので、親御さんはどこにいるのか、確認したところ、そのまま帰ってしまったそうですが……」

「何時ごろのことかわかりますか?」

「九時過ぎですね。通常、展望台は八時オープンなんですが、新型コロナの影響で、いまは、一時間、遅らせているんです」※2020年12月時点
　櫂は七時に起きて、家を出ている。以前、父親に連れられてきたときの記憶で、八時の開場すぐに駆けつけるつもりでいたのかもしれない。花は礼をいって展望台を離れると、屋内の商業施設へむかった。親子連れで埋まったフードコートを見て回り、子どもの好きそうな玩具やお土産の置いてある店を探して歩く。が、櫂の姿はどこにもなかった。

　ふと、一組の親子連れの姿が目についた。

　櫂と同い年くらいの男の子が、水族館のロゴの入った手提げ袋をもっている。

（そういえば、櫂くん、水族館の年間パスポートをもっていっていた……）

スポーツジムでの七海との会話を思い出す。子ども客の多い水族館、パスポートをもっていれば、子どもひとりでも入場できるのではないだろうか。

花はカードを提示し、水族館に入った。今後も七海を連れて頻繁にくることになるだろうから、と以前、きたときに、やはり年間パスポートを作っておいたのだった。

中へ入ると、ほの暗い館内は家族連れでにぎわっていた。フロア二階ぶんをぶち抜いた巨大な水槽の前で、泳ぎ回るサメやエイに客たちが歓声をあげている。水槽に群がる子どもたちの顔を、花はひとりひとり確認しながら進んでいった。

ペンギンたちのいるコーナーを見ながらスロープをおり、一階のフロアにつくと、ジュースやアイスなどを扱う売店があった。その周りが休憩コーナーになっていて、たくさんのソファが置かれている。

翟はその一つにポツンと腰かけ、少し離れた場所にある水槽をながめていた。

ニットキャップをかぶり、紺のダッフルコートを着た可愛らしい姿。そばのソファには子どもサイズのリュックと、ストローを挿したプラスチックのコップが置かれている。

（――耀くん）

深い安堵が花の胸に落ちた。――よかった。今はそれ以外の言葉がみつからない。

敦子と一二三へ電話をかけ、耀が水族館にいることを知らせた。電話を終えると、花は耀に近づいていった。

「燿くん」

　正面に立った花を見て、燿は、えっ、と驚きの声をあげ、目をみひらいた。

「花ちゃん！　なんで、ここにいるの？」

「燿くんを探しにきたんです。燿くんのお母さんとお父さんに頼まれて」

　花は燿の隣に腰をおろした。

「なんで、ぼくがここにいるって、わかったの、花ちゃん？」

「時計を見にいくって、自由帳に書いていたでしょう？　それで、みんな、燿くんはどこにいったのか、一生懸命考えたんですよ。そうしたら、七海さんが、燿くんはスカイツリーにいったんだよ、って教えてくれて」

「七海ちゃんが？」

「はい。いっしょに車できたんですよ。でも腹ペコになっちゃったので、七海さん、いまはパパとハッピーセットを食べにいっちゃいましたけど」

　それまで、どこか強張っていた燿の顔に、初めて、わずかな笑みが浮かんだ。

「連絡したから、お母さんとお父さんも、もうすぐきますからね」

「うん……」

「燿くん、展望台にのぼりたかったんですか」

「うん。でも、ひとりじゃ、入れなかった。子どもはお金かからないし、入れると思ったんだけど。いつもは、お父さんといっしょだから、入れたんだね」

「あそこからの景色が、見たかったの？」

　耀はうなずいた。

「スカイツリーって、東京で、いちばん高いたてものなんでしょ、花ちゃん」

「そうですね」

「だから、東京の、どこからも見えるかなって思ったんだ。これから、どこにいっても、見えるかなと思って、それで、もういっぺん、てんぼうだいにのぼってみたくなったの」

　耀は長い睫毛をふせた。館内の青い光に白い横顔が浮かび上がる。

「花ちゃん、あのね、ぼく、じき、葉山のおうちを出なくちゃいけなくなったんだ。それで、子どもたちのいるしせつにいくの。いきたくないけど、磯島のお母さんが決めたから、そうしなくちゃいけないんだって。ぼくのいくしせつって、北のほうにあるんだって。スカイツリーはすごく大きいから、きっと、そのしせつからも、見えるよね？」

「そう……ですね。少し高いところからなら、きっと、見えるでしょうね」

「そしたら、葉山のお母さんとお父さんのこと、思い出せるかなあ、って思ったんだよ。スカイツリーはずっとここにあるから、見るたび、お母さんとお父さんとスカイツリーにきたこととか思い出して、楽しくなれるかなって。ぼく、まだ五歳だからさあ、いろんなこと、忘れちゃうんだ。覚えてたいけど、なくなっちゃうんだよ。あたまん中から。だって、赤ちゃんのときのことだって、ぼく、みーんな、忘れてるもんね。磯島のお母さんのお腹から出てきたこととか、ぜんぜん、覚えてないもん。ぜんぜん覚えてないけど、いまのお母さんじゃなくて、磯島のお母さんが、ぼくを産んだ、お母さんなんだ……」

心にたまったものを吐き出すように、櫂はしゃべり続けた。花は櫂の手を握り、時々、相づちを打ちながら、ひたすら彼の言葉を聞き続けた。

電話が鳴った。敦子からだった。いま、水族館の入り口に到着したという。お母さんがきましたよ、と櫂の手を握ったままうながすと、櫂は素直に腰をあげた。

ギフトショップを通って外に出ると、入り口の近くに葉山夫妻と制服姿の警察官がふたりいた。花と櫂に気づいた敦子がこちらへ駆け寄ってくる。

「櫂！」

泣き崩れるかもしれない、と思ったが、そうはならなかった。敦子は櫂を抱きしめ、あえぐように呼吸をくり返したあと、「よかった」と絞り出すようにつぶやいた。

周囲の客たちが好奇心にかられた表情でふたりのようすをながめて通る。

「──お母さん、すみませんが、確認させてください。そちら、息子さんの葉山櫂くんでまちがいないですか？」

近づいてきた警察官が事務的な口調でいった。

「はい。まちがいありません」

「息子さんにも少し質問させてもらいますね。ケガなどないか、確かめておきたいので」

名前や年齢の確認をする警察官に、燿は初め、怖(お)じたような表情で敦子に抱きついていたが、叱責(しっせき)されているわけではないことに気づくと、だんだんと緊張を解いていった。

「本当にありがとうございました。たいへんお世話になりました」

立ち去る警察官ふたりを、敦子と夫は深々と頭をさげて見送った。

「花さんも、本当にありがとう。本当に……なんて感謝したらいいか、わからない」

「いいえ。ぶじに見つかって、何よりでした」

「燿」

と敦子の夫がいった。

燿はちょっと不安そうな顔で父親を見あげる。

「うちから、まっすぐ、バスでここへきたの」

「うん……」

「よくこられたね。いつも、車できていたから、バス停がわからなかったんじゃないか」

「わかるよ。ぼく、地図で、バス停と、ろせんばんごう、しらべたもん。ちゃんとみれば、スカイツリーいきってバスにかいてあるし、子どもはお金、とられないし、ずうっとのってて、終点でおりれば、つくんだよ」

「そうか。燿はすごいなあ」

「すごくないよ。もうすぐ六歳だもん。こんなの、かんたんだよ」

「そうか……そうか……」

ぽんぽん、と大きな手が耀の頭をなでた。

「花さんに、お礼とおわびをいおうな。朝からずっと耀を探してくれていたんだよ」

「花ちゃん、ごめんね。ありがとう」

花は首をふった。

「早起きして、冒険して、疲れただろう。お腹、すいていないか？」

「だいじょぶ。もってきたお菓子食べたし、さっき、ジュースもかって、飲んだから」

「そうか。それじゃ、うちに帰ろう」

父親に手を引かれた耀が強張った顔になり、両足を踏ん張って、立ち止まった。

「お父さん。あのさ、ぼくさ、おじいちゃんたちに、会いたくなっちゃった」

早口にいった。

「おじいちゃんたち？」

「北海道のおじいちゃんたち。だって、ずっと会ってないもん。コロナのせいで。だからさ、飛行機にのって、いまから、いかない？　お父さんとお母さんとぼくと、三人で」

「耀」

「そのままさあ、北海道で　のうじょうのしごと、したらだめ？　ぼく、畑のおしごと、できるよ。はやおき、とくいだし。おじいちゃんも、いいって、いうと思うよ。人がたりない、って前にいってたもん！　おじいちゃんち、お部屋あまってるし、三人でいって、すまわせてもらおうよ。そしたらさ、相談所の人も、きっと、ぼくのこと、忘れちゃうんじゃないかな？　だって、北海道、とおいもん。おいかけてこないでしょ」

　燿、と敦子がしゃがみこみ、うつむいてしゃべり続ける燿の顔を見あげた。

「そういうふうには、できないの。お父さんとお母さんが、相談所の人に内緒で燿を勝手にどこかへつれていっちゃうのは、ルール違反なの。だから、おうちに、帰らないと」

「でもさあ、おうちに帰ったらさあ、しせつのひと、くるんでしょう」

　燿はポロポロ泣きだした。

「ぼくをつれていくんでしょう。ぼく、しせつ、いきたくないんだよ、お母さん」

「うん……」

「おうちにいたいんだよ。なんで、このままじゃだめなの？　なんで、お母さんたちといっしょにくらせないの？　ぼくのこと、なんで、みんな、かってにきめるんだよう」

「燿」

「ぼく、サンタさんにもおねがいしたんだよ。クリスマスプレゼントも、お誕生日のプレゼントもなしでいいから、おうちにいさせてください、って。しせつにいかさないでください、って……だから、きっと、サンタさん、おねがい、きいてくれると思うよ……」

敦子の両目から涙があふれ、ジーンズの膝（ひざ）の上に丸いしみをいくつも作った。

「櫂。お母さんとお父さんは、あなたを愛してる。櫂を誰よりも大事に思っているの」

震え、かすれる声を喉（のど）から押し出すように、敦子はいった。

「あなたがしあわせになれることだけを、いつも、考えているよ。相談所の担当さんも、そうだよ。櫂のために、何度もおうちにきてくれたよね。葉山のおうちを出てからも、櫂が笑って過ごせるように、一生懸命、考えて、働いてくれているんだよ。磯島のお母さんも、お母さんなりに、櫂のことを考えているんだと思う。櫂が妹といっしょに暮らせたらしあわせだと磯島のお母さんは思ったの。だから、施設のことをお願いしたの」

「でも、ぼく、しあわせじゃない。ぼく、いきたくない……」

「不安なきもちにさせて、ごめんね。お母さんたちが、もっと丁寧にお話ししなくちゃいけなかったの。怖くないってことがわかるよう、櫂に話さなきゃいけなかった。三人でおうちに帰ろう、櫂。お母さん、おうちで、櫂のきもちを聞きたいよ。心にたまったいやなこと、ぜんぶ、吐き出していいんだよ。大丈夫だよ、櫂。大丈夫だよ……」

泣きじゃくる櫂を敦子が抱きしめる。

母と子を、羽包（はくく）む親鳥のように敦子の夫の大きな腕が包みこんだ。

いきかう客の数がだんだんと増えていく。花は静かにその場を離れた。

師走（しわす）の日曜日、イルミネーションで彩られた通りを人々が楽しそうに通り過ぎていく。

頭上には誰の心をも浮き立たせる、明るいクリスマス・ソングが流れている。

クリスマスに多くのものはいらないの――

女性歌手の歌う英語の歌詞が花の耳に響いた。どうか願いをかなえてほしい。ほしいものは一つだけ――クリスマスにほしいのはあなただけ……。

カフェの陰に立っている一二三を見つけたのはそのすぐ後だった。腕には七海を抱えている。お腹がいっぱいになったので眠くなってしまったようだ。

一部始終を見ていたらしい、近づいてきた花に、一二三はやさしくいった。

「お疲れさまでした、花さん」

「若先生」

「とにかく、櫂くんが、ぶじでなによりでした」

「はい……そう、ですね。本当に……ぶじで」

よかった、と花は笑顔を作ろうとして、失敗した。涙がこぼれ、そのままとまらなくなった。通り過ぎる客たちの視線から花を庇うようにして一二三が花に寄り添う。その長身の陰で、声を殺して花は泣いた。

# 七

その日、耀たち三人は展望ラウンジから東京を一望して帰ったという。

期限の延長はついに認められず、八日後、耀は当初の予定通り、児童相談所の一時保護施設へ引きとられていった。

耀は泣くことも暴れることもせず、大人たちの指示に素直に従い、最後は、バイバイ、と小さく敦子たちに手をふり、リュック一つを手に、葉山の家を出ていった。

敦子からの電話で、花はそれらを知った。耀と別れて三日、泣き通しだったのだろう、電話で聞く敦子の声はひどくしゃがれていた。

三日後、敦子からＬＩＮＥに長いメッセージが入っていた。一枚の写真も添付されている。耀が置いていった手紙を写したものだという。あの家出からの八日間、敦子たちが耀の心のケアのためにどれだけ苦心したか、その手紙からも、花にはわかる気がした。

おかあさんありがとう　おとうさんありがとう　いっぱいありがとう
ぼくのようふくとレゴとトミかとライダーべるととＤＶＤはとつといてください　だれかにあげないでください　やくそくだよ

かいにあいにきてね
いいこでいるね
しせつでがんばろう
ころなとか　わるいこと　みんなおわったら　ほっかいどにいこうね
またおとうさんとじープにのりたい
まほうで　おかあさんとおとうさんおちいさくして　ポケっトいれて　しせつにつれていきたい
おかあさんだいすきおかあさん
おかあさん
らいねんもずっとおかあさんのことがすきです

はやまかい

『花さん、このたびは本当にお世話になりました。直接、お電話をさしあげずに申し訳ないのですが、大和先生にもお礼をお伝えください。

　あっけなく、櫂はわたしたちの家からいなくなってしまいました。ここ三週間のことが夢のようです。家の中の何を見ても櫂との思い出につながり、気づくと泣いてばかりいます。でも、小さな櫂はわたしたちよりもっと心細い思いをして、それでも施設で頑張っているのだから、と自分にいいきかせ、なんとか過ごしています。

　櫂は自分のものをほとんど置いていきました。保護施設のスペースには限りがあるので、最低限の荷物だけを持参するよう、児相の担当者にいわれたからです。三人で撮った写真もだめだといわれました。そういう規則なのだそうです。

　もっていけるおもちゃは一つだけ、といわれ、櫂は電池を抜いたトランシーバーをリュックに入れました。施設の片隅で、通じるはずのないトランシーバーを耳にあて、わたしたちに話しかけている櫂の姿を想像すると、いまも胸が張り裂けそうになります。

　櫂の部屋を片付けていて、たくさんの地図やコンパスを見つけました。探偵になるために、方角や電車の勉強をしているのだと、わたしはずっと思っていました。でも、そうではなかったのかもしれません。

　地図のあちこちにある書きこみを見て、もしかしたら櫂は、里子である自分の境遇の危うさをわたしたちが思うよりも、ずっと深く理解していたのかもしれない、と、初めて気づきました。森に捨てられたヘンゼルとグレーテルが、家へ帰るための道しるべに小石やパンを落としていったように、いつか、この家に帰ってこられるように、櫂は東京の街や地図のことを、一生懸命覚えていたのかもしれないと。

　わたしと夫は櫂をたくさんの旅行へつれていき、たくさんの習い事をさせました。それは、誰からも奪われないものをあの子に身につけさせたかったからでした。この先、親と呼ぶ相手や、暮らす場所が変わっても、そのあいだに蓄えた思い出や知識や技術が変わることはない。そういうものが、わたしたちと別れたあとも、あの子を支え、生きていく力になってくれるかもしれないと考えたのです。

　でも、そうやって先回りして、あの子の未来を均（なら）してあげたつもりが、結果的に、あの子の心に、別離の予感という不安の芽を植えつけることになっていたのかもしれません。そう思うと、あの子には、とても可哀想なことをしてしまいました。

　花さん、いつか、育児というのは人生だといいましたよね。親というのは途中でやめることができないと。本当にその通りだと思うのです。これから先、たとえ二度と会えなくても、わたしも夫も耀を忘れることはないですし、あの子の親として生きていきます。

　もう少し体調が回復したら、また連絡をさせてくださいね。勝手ですが、それまでの無（ぶ）沙汰（さた）を、どうか許してください。本当に、花さん、心から、ありがとう』

　土曜日のスイミングに耀と敦子はもうこない。

　三歳の七海（ななみ）にそれを理解させるのは難しかった。耀くんは、遠くに引っ越すことになったんだよ、と一二三が何度も説明してくれたらしいが、七海はその後もしばしば「花ちゃん、次、耀くんにいつ会える？」と無邪気な問いを口にした。

　花からことの次第を知らされた美里（みさと）と弓絵（ゆみえ）は絶句した。

　櫂が里子であった事情さえ知らなかったのだから、ムリもない。敦子から、ふたりにも事情を伝えておいてほしい、と電話でいわれていたので、話したものの、花じしん、まだ混乱の中におり、何度も涙で説明の言葉が途切れてしまった。

「――信じられない」

　話を聞き終え、美里がいった。怒りに顔が紅潮し、目には涙が浮かんでいる。

「なんなのよ、その母親。自分で櫂くんを引きとるっていうなら、話はわかるよ。でも、できないんでしょう？　自分たちでは、育てられないんでしょう？　それなのに、なんで、平和に暮らしてきた櫂くんを敦子さんたちから引きはがして、施設に入れようなんて、そんなひどいことを考えられるの？　それで、いったい誰がしあわせになれるのよ！」

「自分よ」

　ぽつりと弓絵がいった。

「同棲相手の機嫌を損ねたら、結婚できなくなる。年に一、二回、会うだけの子どもよりいま、目の前にある自分のしあわせが大事なんでしょう。妊娠中なら、なおさらよ」

「そんなこと。産みの親より育ての親だよ」

　美里は吐き出すようにいった。

「子どもなんて、産んでからのほうが百倍もたいへんなんだから！　だいたい、年に一、二回しか、子どもに会いにこないって、どういうこと？　恋人を作るヒマはあるのに？

そんな親に、人生をひっ掻き回されなきゃいけないなんて、櫂くんが可哀想すぎるよ！」

「でも、それが、櫂くんの母親なんだから」

弓絵はため息をついて、美里の肩をなでた。

「浅慮でも、自己中心的でも、親権をもっている親なんだから。仕方がないわよ」

「弓枝ちゃんはいつも冷静だね！」

「そうかもね。だけど、冷静だからといって、怒っていないわけじゃないから。青い炎のほうが赤い炎よりも温度は高いのよ、美里ちゃん」

弓絵は独特のいい回しをした。

「意志の弱い母親とか、自分勝手な同棲相手とか、罵倒の言葉はいますぐ五十くらい思いつくけど、それを吐き出して、すっきりしたところで、現状は何も変わらないんだもの。……それとも、大和先生が、抗議のための署名活動なんかを始めてくれるの？」

花はかぶりをふった。

「いまはムリだと思います。都議会の開催中ですし」

「ああ……そうよね。今年最後の議会で、一番忙しい時期だものね」

美里の大きな目から、ポタポタと涙がこぼれ落ちた。

「美里ちゃん」

「こないださ、葵がまた、喘息の発作、起こしかけたのよ。夜中に、ＥＲに駆けこんで」

涙を拭いながら、美里はいった。

「入院するかしないか、って話になったの。そしたら、いま、新型コロナの影響で、入院中の面会は一日一時間だけになる、っていわれて。そんなことになったら、葵、どんなに泣くだろう、って、気が気じゃなかったよ。六歳の子が、知らない場所で、ママともろくに会えずに何日も閉じこめられたら、不安で、心細くて、仕方ないじゃない。でも、そういう状況に、櫂くんは、いま、現実に置かれてるんでしょ？　知らない施設に、ひとりぼっちでいるんでしょ？　あんなに明るい、やさしい、可愛い、いい子がさ……」

可哀想に、と美里はしゃくりあげた。

「いま、敦子さんがどんなきもちでいるか、考えたら、同じ母親として、たまらないよ」

「そうね、美里ちゃん。本当に、そうね」

「あたし、敦子さんの家は完璧だと思ってた。そんな事情を抱えていたなんて、全然、気づかなかった。正直、うらやましかったし、自分と比べて、妬ましかったこともあったよ。だけど、そんなふうに考えたことが、いまは、申し訳なく思える。櫂くんは、敦子さんがお母さんで、本当にしあわせそうだったのに。愛情に包まれて、のびのび、楽しく過ごしてたのに。どっちもおたがいを必要としているのに……それなのに……」

続く言葉が涙に消える。震える美里の肩を抱きしめ、

「悔しいし、歯がゆいし、情けなくもあるわね」

弓絵がやるせなさそうにつぶやいた。

「わたしたちは大人なのに、かなしんでいる子どもに何もしてあげられないなんて。せめて、櫂くんが、施設の人にやさしく接してもらえるようにと、施設でつらい思いをしないようにと、こんなふうに祈ることしかできないなんて……」


傷心の中でも日々は過ぎていく。

十二月も中旬になると、一年の終わりにむけ、時間は日ごとに加速していくようだった。

花は一度、敦子にＬＩＮＥを送った。美里たちの反応を伝えた短い文章だった。返信不要と断りを入れておいたので、返信の有無は気にしなかったが、数日後に見ると、いまだ既読がついておらず、少し不安になった。

今年最後の都議会が閉会し、連日、帰りの遅かった一二三も、ようやく一息つくことができるようになった――かと思ったが、そうでもない。

急激な景気の低迷は、地元の経済も直撃している。客足が途絶えた、家賃が払えない、このままでは商売を畳むしかない――そうした経営者たちの相談に乗り、持続化給付金の申請や国民年金保険料免除の手続きにつなげるなど、引き続き忙しいようだった。

気づけば、暦の上では、今年もあと十日ほど。クリスマスと正月という冬の最大のイベントがすぐそこまで迫っていたが、街の装いもどこか遠慮がちで、にぎわいに欠けるようだった。東京の感染者数は増えるばかりで、全国的な状況もよくない。

　花にとってもテンションのあがらない年末だった。


――玄関ドアに飾ったクリスマスリースに、しばらく水をあげていない。

夕飯作りの最中、ふいにそのことに気がつき、花は包丁を動かす手をとめた。

数日前から、ドアを開けるたび、ぱさぱさに乾いたリースが目に入り、ああ、そろそろお水をあげなくちゃ、と思いながら、いったん中に入ると、家事と七海の世話に追われ、すっかり忘れてしまっていたのだ。

　薬味を刻み終え、落とし蓋をしていたかぼちゃの煮物の味を確かめると、花はコンロの火をいったん切り、観葉植物用の霧吹きを手に、玄関へ出た。

　七海の作ったバラの実のリースに、二、三回、霧吹きで水気を与える。さいわい、グリーンの色はまだきれいに保たれていた。茶色に変わったリースも味わいがあっていいが、クリスマスまでは、やはり、緑と赤のリースを楽しみたい。

　針葉樹は、直射日光と強い風に当てず、適度に乾燥を避けておけば、二か月前後はきれいな色がもつ――と、リース作りのあいまに敦子が教えてくれたことが思い出される。

　明るいバルコニーでのリース作り。敦子にふるまわれた美味しい料理とデザート。櫂と七海の笑い声。忘れがたい秋の日の思い出。

（あれから、もう一か月半が経っているんだ）

「花さん」

庭先から声がかかり、見ると一二三が立っていた。手には脚立をもっている。

「若先生。お風呂に入ったんじゃなかったんですか？」

父親の早い帰宅に七海はよろこび、夕飯の前にお風呂に入ると騒いでいたのだ。

「庭の柚子をもぎにきたんです。今日は冬至なので、柚子湯にしようと思いまして。肌の弱い七海には刺激がちょっと気になるので、湯船には直接柚子を入れず、洗面器にでも入れて、洗い場で遊ばせてあげようかと思っているんですが」

「あ！　そうでした。すみません、かぼちゃは煮たんですが、そちらの準備は忘れていました。何か、お手伝いしましょうか」

「それじゃ、もいだ実を投げるので、受けとってもらえますか」

ふたりで庭へ回る。

一二三は脚立を柚子の木の下に据えると、ポケットからとり出した革手袋をはめ、ハサミを手に、上へのぼった。まめな一二三は休みの日には庭いじりをしているので、よぶんな枝は刈りこまれている。いい位置に街灯があり、手元はわりあい明るいようだ。

「落ちたトゲを踏んだら危ないので、少し離れていてくださいね。――いいですか？」

「はい」

花はエプロンの裾を大きく広げて、柚子を受けとめた。ぽーん、とエプロンがトランポリンのように弾む。パチン、とハサミが鳴り、柚子がもがれ、慎重なコントロールで投げられる。それをそばに置いた古いバケツに入れていく。

ちょこちょこと左右に動き、飛んでくる柚子を受けとっているうちに、なんとなく楽しくなってきてしまう。とはいえ、七海が見たら、自分もやりたい！　と騒ぎだすのは必至なので、すみやかに作業を終えなくてはいけない。

十個ほどの柚子をとり、一二三は脚立をおりた。

「柚子は多めにとったので、花さんも、よかったら、また、もって帰ってください」

「ありがとうございます。でも、このあいだもたくさんいただいてしまいましたし」

「うちは、ご覧の通り、売るほどありますから。いくらでもプレゼントできますから」

鈴なりに実った柚子を見て、一二三は笑った。

「そうだ、プレゼントといえば――花さん、二十五日のクリスマスのことなんですが」

「はい」

「その日は、お休みをさしあげるので、自由に一日、クリスマスを楽しんでください」

え？　と花は目をみひらいた。

「――でも、クリスマスのお祝いや、お料理は」

「それは、大丈夫です、母がきて、やってくれるそうなので。というより、やりたいそうなんです。七海の誕生日には、何もしてあげられなかったので、今回は料理やら何やら自分で仕切りたいらしく、前日のイヴから泊まりにきたいといっているんです」

　祖母の聖子は、二十五日の朝、クリスマスプレゼントを見つけてよろこぶ七海の姿が見たい、と、自分からのぶんやら、サンタからのぶんやら、一月も前からプレゼントを準備していたらしい。去年までは気の合わない嫁がいたので出しゃばるのを遠慮していたようだが、今年からはその必要もないので、はりきっているそうだ。

「そうなんですね。わかりました。大奥さまにお任せできるなら、安心ですものね」

　七海に会いたいきもちを抑え、聖子もずいぶんと自粛していた。孫と息子と水入らずで過ごすクリスマスは楽しみだろう。

「有給休暇のプレゼントなので、その日の日給は通常通りお支払いします。会社へはぼくからも連絡を入れておきますが」

「いえ、若先生、働かないのにお給料をいただくわけにはいきませんから」

「それでは、単なるシフトの削減で、休暇のプレゼントにはならないでしょう？　予定外の休みを一方的に与えられて、一日分の報酬を減らされるのでは、褒美どころか、災難でしかない。遠慮はいりませんよ、花さん。雇用主の都合で従業員を休ませる場合でも、最低六割の休業手当が補償されなくてはいけないんですから。覚えておいてください、これは、労働基準法第二十六条です」

と、一二三は教師のようにまじめな口調で語っていたが、

「──と、すぐに仕事と結びつけてしまうのが、ぼくの悪いクセですね」

「あはは……」

「よい休日にしてくださいい。花さんには、七海のことも、家のことも、よくしてもらっていますから。この数週間のあいだ、心を痛めることも、いろいろ、ありましたしね」

一二三はバケツの中から柚子を一つとり出し、花に渡した。

やや形の悪い、けれど大きな柚子だった。花はじっとそれをみつめた。

(若先生は、やさしいな)

──柚子の木に、うかつに手を出せば服や手袋が傷だらけになるほどの鋭いトゲがあることを、花はこの家にきて、初めて知った。一二三がふだんからこまめに剪定をして、枝を繁らせないようにしているのも、そのためらしい。いま、花の手の中にある実にも、収穫されるまでのそうした苦労があるはずだったが、一二三が花にそれを悟らせることはない。面倒を引き受け、実った果実はなんでもないように分け与えてくれる。一二三のやさしさは、そういう種類のやさしさだった。

「若先生、えらくなってくださいね」

ガレージへ脚立を運ぼうとしていた一二三が、花の言葉にふりむいた。

「すみません、生意気をいって。でも、若先生のような方が、組織や行政の上にいたら、

変わることがたくさんあると思うんです。救われる人たちが、いると思うんです」

「櫂くんのことですね」

花はうなずいた。

「やっぱり、現場の人間の努力だけではどうにもならないことが、福祉の場にはたくさんあるので。児童養護施設で働いていたときも、行政や司法の壁にぶつかって、何度も心が挫けそうになることがありました。いえ、実際に、挫けたのかもしれません。結局、わたしは現場を離れたんですもの。でも、子どもたちはそんなふうにはできないですから……彼らは、与えられた状況から逃げられない。だから、政治に携わる人には、小さな声に、声にならない声に、いつも、耳を澄ませていてほしいんです」

ぼくのこと、なんで、みんな、かってにきめるんだよう――

あの日の櫂の声が、花には忘れられなかった。あれは、櫂ひとりの声ではない。大人たちの都合にふり回され、選択権を奪われた、あらゆる子どもたちの声だ。

自分たち大人は、一番最初に、あの声に耳を傾けなければいけなかったのではないか。尊重しなければいけなかったのではないか。

「生まれる場所も、親も、子どもたちは選べない。もつべきものをもたない子どもには、社会がそれに代わるものを与えてあげねばなりませんね」

一二三はいった。

「同時に、与えるばかりではなく、子どもの主体性や意見も尊重していかなければ。現状、児童福祉は、どうしても子どもの主体性を蔑ろにしてしまいがちですから……実際、ぼくも、七海の親権を争った立場として、子どもの意志よりも自分たちの希望を優先させる、このやりかたが正しいのか、何度も考えざるをえませんでした」

(ああ……そうか。若先生も、知っているんだ。子どもを奪われるかもしれない恐怖を)

元妻の明日香に有責事項があり、法律上、彼が有利な立場ではあったろうが、それでも、もしも七海を手放すことになったら、という不安はつきなかっただろう。

櫂を失った敦子のつらさを、彼は他人事とはとらえていないはずだ。

「福祉や医療の拡充を、となると、つい人員や予算の確保にばかり目がいってしまいますが、数字の先に現実の人々の悩み、苦しみがあることを忘れないようにしなければ、と、これは自戒をこめて思います」

花はうなずいた。

「冷えてきましたね。そろそろ七海が騒ぎだすころかな。入りましょうか」

バケツを手にした一二三とともに、花は玄関へむかった。

大学時代の友人から電話があったのは翌日のことだった。

かつて、児童養護施設でのボランティアに花を誘ってくれた友人である。

日々の忙しさにかまけ、しばらく連絡をとらずにいた友人に花が電話をかけたのは、先週のことだった。櫂の件について、話を聞いてもらいたかったからだ。

　友人は大学卒業後、カトリック系の養護施設に保育士としての職を得て、いまもその仕事を続けている。福祉の最前線にいて、子どもたちのケアに日々尽力(じんりょく)している彼女の言葉に、花はずいぶんと励まされ、慰(なぐさ)められた。

「クリスマスが休みになったなら、花、ミサに参加してみたら？」

　友人はいった。

「以前、わたしと礼拝にいったことがあるから、馴染(なじ)みはあるでしょ。今年は友だちとも集まれないだろうし、静かに過ごす日があってもいいんじゃないかな」

「クリスマスのミサって、信者でない人も参加できるの？」

「その時季、教会はオープンなところが多いと思う。ただ、今年は人を集めないよう、中止にしている教会も少なくないのよね。うちの教会も、今年、一般信者の参列はとりやめになって、ネットでライブ配信することになっているし」

　宗教行事もネット配信される時代なのか、と花は少し驚いた。

「でも、信者でない人は、そのぶん、敷居が低いでしょ。ネット配信なら、しきたりを知らなくても、聖書がなくても、知り合いがいなくても、参加できるから。祈りの日だもの、教会でなくてもいいのよ。心の平安を得られる場所なら、どこだっていいの」

二十五日のクリスマス。

花は午前中に近くのケーキ屋さんへいき、ケーキを二つ買った。平日なので、商店街も人の通りはまばらである。タワーマンションの窓を見あげて歩きながら、子どもたちは、みな、サンタクロースからのプレゼントを受けとって楽しい朝を迎えただろうか、と考える。七海の弾ける笑顔を思い、知らない施設にいる櫂を思った。

配信の映画とドラマを観て過ごし、夕方になってからキッチンに立った。オニオンスープを作り、チキンと一緒に野菜をローストしよう、とじゃがいもを手にとり、ふと思い立って、ピーナッツオイルを探した。

敦子の家でごちそうになった、あの素晴らしく美味しかったフライドポテトを作ってみようか、と思ったのだった。ひとりぶんを揚げるのは油の処理が面倒なので、ハーブとピーナッツオイルをまぶした細切りのポテトをオーブンの二段目で焼くことにする。

できあがりをまつあいだ、友人が教えてくれた教会のライブ中継を見た。誰もいない座席はがらんとしているが、祭壇にはたくさんのロウソクが点り、花と緑と聖具で美しく飾られている。神父の静かな説教を聞き、パイプオルガンの音楽に耳を傾けた。

スープもチキンもいい出来だった。ポテトも美味しかったが、敦子にふるまわれた味には及ばない。またあのポテトをごちそうになりたいな、と花は思い、そうだ、きっと、また、そんな日を迎えられるだろう、と思った。

（敦子さんは、強い人だもの。かなしみを分かち合える夫さんもいる。時間がかかっても、また笑える日が、立ち直れる日が、必ずくるはず……そう、思いたい）

祈りの日、と友人がいったことが思い出された。花は目をつむり、親しい人々の幸福と健康を願った。みなに幸あれかしと祈った。タブレットからは美しい讃美歌が流れてくる。静かで満ち足りたクリスマスの夜だった。

## 八

翌日の土曜日は、七海のスイミングスクールの年内最終日だった。

「――花ちゃん、あのねえ、七海、プレゼント、いーっぱい、もらったんだよ！　パパは絵本とおえかきセットくれたでしょ、ママは〝ぱふぱふタイガー〟のお人形と、水筒と、おべんとばこセット。ばあばはワンピースと、バッグと、お菓子の入ったキャリーバッグだよ。サンタさんからは、トランポリンとトナカイちゃんのぬいぐるみとね……」

もらったプレゼントを一つ一つ花に紹介しながら、七海の興奮はとまらない。

母親の明日香も顔を見せたようだが、聖子との一悶着はなかったらしい。七海にとっては楽しいクリスマスだった様子である。

「――花さん。モールまで、車で送っていきましょう」

昼食をすませ、そろそろ出ようかと思っていたころ、一二三が二階からおりてきた。

「若先生、でも……いいんですか？　お仕事がこみいっているのでは」

午前中、一二三の携帯電話はしょっちゅう鳴り、そのたびに、彼は二階へあがったり、静かな場所へと移動して会話を続けていた。

「大丈夫です。実は、モールで人と会うことになったので。例の、宮先生なんです。お世話になったお礼かたがた、少し、会って話をすることになりました」

「そうなんですか」

「時間がかぶるので、スイミングのほうは顔を出せないのですが、そちらは、花さん、いつも通り、よろしくお願いします」

レクサスでモールへいき、一二三とはいったん駐車場で別れた。

七海をプールへと送り出したあと、たまり場にいくと、美里と弓絵がいた。クリスマスの翌日、イベントを楽しんだ子どもたちは元気ハツラツだが、プレゼントの準備、料理作り、後片付けと数々のミッションをこなした親たちは総じてお疲れぎみである。

「今日は、ジムも混んでいますね」

「うん、あと二日で冬期休暇に入るからね。さっき、モールを少しのぞいたけど、あっちも人が多くて、フードコートもいっぱいだったよ。今年最後だから、みんなで軽くお茶でもして解散したかったんだけど、ちょっと、やめたほうがよさそうだね」

「そうね。病院の閉まるこの年末に、何かあったら、最悪だものね」

弓絵がいった。

「本当に、来年はこんな不自由な生活が終わってほしいわ。子どもたちがのびのび生活できるように……いろいろあったけれど、美里ちゃんも、花さんも、よいお年をね」

「はい。弓絵さんも、美里さんも、よいお年を」

レッスンが終わり、美里たちと別れたあと、一二三に連絡を入れた。十分後にモールの一階の中央広場でまちあわせをすることになる。

「パパ、もう、ごようじ、おわったの？　七海、アイスたべたいな〜。ラムネ味の！」

「プールの後だし、お腹が冷えちゃいますよ。でも、若先生に聞いてみましょうね」

吹き抜けになった中央広場には休憩用のベンチがたくさん並んでおり、買い物に疲れた客たちが間隔をあけて座っていた。広場の一角は噴水のある中庭に面しており、ガラス越しに、噴水脇に据えられたモール名物の巨大なクリスマスツリーが見える。

大きなものなので、撤去するにも時間がかかるのかもしれない。ツリーだけではなく。まだモールのショップのあちこちに、クリスマスのデコレーションやディスプレイが残っている。これから洋風仕様から新年の和風飾りへと大急ぎで装飾を変えていくのだろう。よく聞くと、館内に流れる音楽もまだクリスマス・ソングのままだった。

広場へ入ってきた客のひとりに、花はふと目をとめた。すらりとした長身とダウンコートに見覚えがある、と思い、よく見ると、それは敦子だった。

「敦子さん……！」

思わず立ちあがる。

少し離れたベンチに腰をおろそうとしていた敦子が花に気づき、目をみひらいた。

「花さん」

「敦子さん、あの——お久しぶりです」

とっさに声をかけてしまった自分の短慮さを、花はちらりと後悔した。

事情を知る花と会って会話をすることを、敦子はまだ苦痛に感じるかもしれない。

だが、敦子は自分から花と七海のいるベンチへと近づいてきた。

「あー、耀くんママだー！」

「七海ちゃん、久しぶりね。元気だった？」

敦子は七海が手にしている、スポーツジムのロゴ入りのバッグを見て、

「そうか。今日、スイミングの最終日だったのね」

目を細めた。

その年最後の日のレッスンに出席した子どもたちには、ミニタオルとステッカーのプレゼントをもらえることになっているのだ。

「ねえ、耀くんママ、耀くん、スイミング、やめちゃったの？」

「うん、そうなの」

「お引っ越ししたから？　パパが、そういってたよ。櫂くんには会えなくなったって」

「そうなの。ごめんね、櫂はね、しばらく、遠くへいかなくちゃいけなくなったんだ」

無邪気で遠慮のない七海の質問に、聞いている花のほうがハラハラする。

そんな花のようすを見て、敦子は、ふっ、と笑った。

「お隣、お邪魔してもいい？　花さん」

「はい……もちろん」

「ごめんなさいね、いろいろ気を遣わせてしまって。花さんも、七海ちゃんも、その節はありがとう。たくさん心配かけてしまったと思うけど、大丈夫よ。わたしも夫も、なんとか立て直して、やっているから」

マスクで半分隠れているが、敦子がだいぶ痩せたのは花にもわかった。化粧をしていても、目のまわりの窪みや隈が目立つ。明るいベージュ色に染めた髪の根元が黒く伸びているのも目についた。それでも、その口調は以前と変わらぬはきはきとした彼女のもので、表情にも危ういところはなかった。

心配していたが、敦子の体調は悪くないそうだ。一時期は眠れず、食べられない日々が続いたが、心配した夫に心療内科へ連れていかれ、薬を飲むようになってから、落ち着いたらしい。早めに医療へアプローチしたのは夫の賢明な判断だったろう。

「そうだ。もしかして、花さん、あれから、連絡をくれた？　ごめんなさいね、壊れた携帯をしばらくほったらかしにしていたものだから、いろいろ、不義理をしてしまって」

「一回送ったメッセージに既読がつかないので、ちょっと心配していたんですけど、そうか、携帯、壊れていたんですね」

「そうなの。夫婦喧嘩の最中、夫の無神経な言葉に頭にきて、腹立ちまぎれに携帯をぶん投げたらね、壁に激突して、アプリが半分以上使えなくなっちゃったのよ」

花は目を丸くした。

敦子は肩をすくめた。

「こういうと、セクハラ男の顔にスパークリングワインをぶっかけた二十代の時から成長してないな、と、花さん、思うでしょ。でもね、夫じゃなくて壁にむかって携帯を投げたあたり、わたしも、だいぶ、人間が丸くなったな、とっさの判断力がついたな、と思うのよ。亀の甲より年の劫（こう）というやつね。まあ、弓枝さん流にいえば、単に生物としての戦う力が弱った、老化した、ってことなのかもしれないけど」

敦子の言葉に、花は笑った。

（――よかった。これは、たしかに、以前の敦子さんだ。よかった……）

モールの二階には携帯ショップがいくつか入っている。今日は夫と一緒にそこへきたのだそうだ。新しい年を迎える前に、いい加減、壊れた携帯を替えなさい、といわれ、連れ出されたという。いまは夫がショップでその手続きをしてくれているそうである。

「夫さん、やさしいですね」

「そうね。この一か月で二十年ぶんくらいの喧嘩をして、いわなくてもいい言葉をおたがい投げつけあったりもしてしまったけれど……でも、やっぱり、感謝しているわ」

敦子は長い睫毛（まつげ）をふせ、目を細めた。

「いっときは、どうしても自棄（やけ）になっていたというか、心がささくれ立っていてね、夫にも、ずいぶん、ひどい態度をとってしまったから」

「そうなんですか……」

「八つ当たりよね。辛抱強（しんぼうづよ）いあの人じゃなければ、夫婦関係もだめになっていたかもしれないわ。櫂と別れたかなしみに目がくらんで、大事なものまで失うところだった。最近、ようやく、そう、ふり返れるようになったの」

大人たちの話に退屈したらしい七海は、ベンチを離れ、ガラス越しに中庭を見ている。

薄闇に沈みつつある庭に、ツリーを飾るＬＥＤの電飾が青い星のように瞬（またた）いている。

「今日ね、櫂の誕生日なのよ」

「はい……」

「毎週、櫂をここにつれてきていたでしょ。誕生日なのに、スイミングの日なのに、あの子がいない。そのことにまたダメージを受けそうで、くるにも抵抗があったんだけど……

これから毎年、クリスマスの時季がくるたびに、櫂と離れた思い出をふり返ることになるのがつらい、と夫にいったらね、それじゃ、きみは櫂のことを忘れたいの？　っていわれたの。思い出すとつらいから、かなしいから、櫂との記憶を消してしまいたいの？　これまでのことを、何もかも、なかったことにしてしまいたいの？　って。……そう問われて、考えてみたら、やっぱり、そうではないのよ」

敦子は微笑んだ。

「わたし、忘れたくないの、あの子のこと。二歳の櫂を、三歳の櫂を、四歳の櫂を、五歳の櫂を、一つ残らず覚えておきたいの。何もかもが初めてで、無我夢中で、泣いたり悩んだりしてあの子を育てたあの四年間を。たんぽぽの綿毛を摘んで、わたしにくれた、あの子の小さな、可愛らしい指や、初めてジープに乗って、うれしさに座席の上でぴょんぴょん弾んでいた、お日さまみたいな笑顔を。休日の朝、ベッドの中で探検ごっこをして、涙が出るまで三人で笑った、あの時間を、ぜんぶ、ぜんぶ、覚えていたいの」

敦子の大きな目に、みるみる涙が浮かんでくる。

——クリスマスに多くのものはいらないの。ほしいものは一つだけ……。

館内に流れる、一日遅れのクリスマス・ソング。

もう一度あの人をつれてきて、とサンタクロースに願う声。

ツリーの下のプレゼントはいらないし、暖炉の上に靴下をぶらさげる必要もない。サン夕のくれるおもちゃは、わたしをしあわせにはしてくれない……。

「かけがえのないものを失った、と思っていたわ。大事なものを理不尽に奪われた、って。でも、そうじゃなかった。耀との思い出をふり返りながら、わたし、すばらしく豊かなものを、たくさん手にしていることに気づいたの。春夏秋冬、どの思い出の中にもあの子がいて……その記憶は、誰にも奪えないわ。耀と暮らした四年間、わたし、本当にしあわせだった。惜しみなく愛して、愛された。そのしあわせはみんな、あの子が与えてくれたものだった。わたしが与えるよりも多くのものを、耀はわたしに贈ってくれたのよ」

敦子は涙を指で拭った。

「そのことに気づいて……怒ったり、恨んだりするのは、もうやめよう、って、思ったの。誰かに怒りをぶつけて憂さを晴らす、そういう若い時代は、もう過ぎたんだって。親になったんだもの、苦しくても、かなしくても、それはあの子が与えてくれたよろこびの裏返しなんだから、きちんと引き受けよう。離れても子どもを思い続ける、親としての責任を全うしようって……。自分だけのかなしみに溺れて、あの子がくれた尊いものを投げ出してはいけないと、ようやく、そう、思えるようになったのよ」

敦子の言葉を聞きながら、花は何度もうなずいた。あふれるものがとまらず、涙を吸いこんだマスクがじっとりと重く、冷たくなるほど泣き続けた。

「すみません……みっともないところをお見せして」

「ううん。いつも寄り添ってくれて、感謝している。あなたのやさしさに、どれだけ救われたかわからないわ。ありがとう、花さん」

「いいえ、わたし……わたし、何もできなくて」

「そんなことないわ」

　敦子の手が花のそれを握る。

「……わたしね、もう少し、精神的にも体力的にも回復したら、児童福祉に関わる活動をしていきたいな、なんて、ぼんやりとだけど、考えているの。とても遠回りな方法だけれど、困難な状況にいる子どもたちを助けることで、いつか、その活動が、櫂へ届くこともあるかもしれないから……あまり急いで立ち直ろうとすると、その反動がきて落ちこんだりするから、ゆっくり動くよう、先生にはいわれているんだけれど。そのときは、花さん、また、いろいろと教えてくれる？」

「はい……」

　ポロポロと涙を落とす花につられて、敦子もまた泣き顔になる。

　手を離し、おたがい鼻をかみ、ふたりは顔を見あわせて笑った。

「――年が改まって、もう少し落ち着いたら、また、家にも遊びにきてね」

「はい、ぜひ」

「七海ちゃんと、今度は、大和(やまと)先生も一緒に。大和先生には、あれだけお世話になったのに、まだ、きちんとしたお礼を申しあげていなかったから」

「敦子さん、今日、若先生もきているんです。ここで、まち合わせをしていて」

「本当に？　それじゃ、挨拶(あいさつ)をさせていただかなくちゃね」

（――そういえば、若先生、遅いな……宮先生とのお話が、まだ終わらないんだろうか）

泣き顔のままでは、一二三が心配するだろう。コンパクトを開いて目元の化粧を直していた敦子が、と、ガガガ、と奇妙な音がした。花はもう一度鼻をかんだ。

バッグの中からトランシーバーをとり出すのを見て、花は目を丸くした。

「敦子さん――それって」

「これね、携帯が使えなくて、連絡をとるのに不自由だから、その代わりにもっていきなさいって、夫が、無理やりバッグに押しこんできたの。おもちゃのトランシーバーで話せるほど近くにいるなら、直接会いにくるほうが早いと思うんだけどね」

敦子は笑った。

「おかしいでしょ。本当、子どもっぽいことばかりするのよ、あの人。もしもし……もしもし？　……だめね、これ、雑音ばっかりで、全然、聞こえないみたいだわ」

敦子が肩をすくめる。

櫂が探偵ごっこに愛用していたトランシーバー。家族三人で揃(そろ)えたトランシーバーには櫂との思い出がたくさんつまっているはずだ。それをこうして使えるようになったほど、敦子の心は回復しつつあるということなのだろう。

今度は、花の携帯が鳴った。表示を見ると、一二三からである。

「――もしもし」

「花さん。遅くなってすみません」

一二三の声が、ざわめく喧騒の音とともに聞こえてくる。

「いろいろ、予定よりも遅れてしまったものですから。すみません、あと、二、三分でつくと思います。七海はグズっていませんか」

「大丈夫ですよ。ごゆっくりどうぞ。ちょうどいま、広場で偶然お会いした人がいて、お話ししていたところだったんです」

「ああ、葉山さんですね」

花はびっくりした。

(敦子さんがここにいることを、どうして若先生が知っているの?)

「花さん、しばらく、葉山さんのようすに気をつけてあげていてください。もしかしたらショックを受ける場合もあるかもしれませんから」

「え?　ショック?」

「事前告知をすべきではないかとぼくはいったのですが、葉山さんが……あ、こちらはご夫君のほうですが、サプライズにしたいとおっしゃったので。実際、今朝ギリギリまで決定が下されなかったので、伝えるタイミングの判断が難しい部分はあったのですが」

「え？　え？　……あの、すみません、若先生、いったい、なんのお話ですか？」

話が見えず、混乱した花が聞き返したときだった。

「花ちゃーんっ」

いきなり、七海が花の膝に飛びついてきた。

「えっ、七海さん」

「花ちゃん、こっち、きてっ。こっち、こっち！」

興奮したようすで、花の腕をグイグイひっぱる。

「あのねえ、すごいんだよ、七海がね、みつけたんだよ！　すぐ、わかったの。あのねえ、だってねえ、七海ねえ、あそこで、クリスマスツリーを見てたからねっ」

「七海さん、あの、ちょ、ちょっとまってくださいね。順番に聞きますから。いま、若先生と電話でお話しをしているところで……」

「燿くん、帰ってきたんだよ、花ちゃん」

（――え？）

「燿くん、あそこにいるんだよ！　ねえねえ、燿くんママ、燿くん、なんで戻ってこれたの？　遠くにいくことになったんじゃないの？　お引っ越し、やめになったの？」

「七海さん」

花はあわてた。

「燿くんがいるって……それは、ええと、よく似た男の子のまちがいなのでは」

「ちがうよう。あれ、葉山燿くんだよう。七海、わかるもん！　燿くん、七海に、手、ふってくれたもん！　それに、燿くんのパパも、あそこに、いっしょに、いるでしょ」

ホラ、と七海がガラス越しに指した中庭へ花は視線をむけた。

（あれは……）

青のLEDライトで飾られたクリスマスツリー。

そのツリーの下に、男の子が立っていた。

黒のニット帽に、フェイクファーのついたモッズコート。ハイカットのコンバース。黒のリュックを背負い、手にはトランシーバーをもっている。

色の白い、小さな顔に、涼しげな目元。すらりとした長身のその姿。

花と目が合うと、男の子は、空いているほうの手を小さくふり、少しだけ、笑った。

（燿くん）

それは、まちがいなく燿だった。

（どういうこと？　どうして燿くんがここに？　どうして……!?）

花は敦子を見た。敦子もまた、驚きに言葉もないようすで、ぼうぜんとしている。幽霊にでも会ったような表情で、まばたきも忘れて燿をみつめていた。手にしたトランシーバーが、時おり、ガガガ、と耳障り(みみざわ)な音を立てる。

「――こちら、コードネーム、息子(サン)です」

電波に乗って、櫂の声が聞こえた。

「聞こえますか？　こちら、サンです。おうとうしてください、どうぞ……」

櫂のうしろには父親と、五十代前後の丸顔の女性と、小柄な若い女性が立っていた。

櫂の父親がこちらへ両手をふり、隣に立つ丸顔の女性が小さく頭をさげる。人好きのする笑顔だった。親しみのある態度からして、敦子とは顔見知りなのかもしれない。

「おうとう、おねがいします。こちら、サンです。聞こえますか？　どうぞ」

「花さん……」

混乱しきった敦子が、助けを求めるように花を見る。

花は敦子の背中へ手を回し、強くうなずいた。

事情はさっぱりわからないが、あれは確かに櫂だ。

「敦子さん、しっかり。櫂くんですよ。櫂くんが呼んでます。返事をしてあげなくちゃ」

「返事を……」

「おうとうしてください、こちら、サンです。どうぞ」

「――は、はい……」

震える声で、震える手で、敦子はトランシーバーに言葉を返した。

「はい……こ、こちら、母(マム)です。聞こえます。聞こえています――どうぞ」

「合い言葉をおねがいします」

「合い言葉……」

「『この世でいちばんすきなのは』？」

　敦子が大きく息を吸いこみ、いった。

「『おりょうりすること、たべること』」

「せいかいです！」

「――燿!!」

　トランシーバーを放り出し、敦子が立ちあがった。

　そのまま、建物を飛び出していく敦子を、七海が追いかけようとする。

　花はあわてて後ろから七海を抱きとめた。敦子は貴重品が入っているであろうバッグも何も置いていってしまったのだ。一緒になって、ここを離れるわけにはいかない。

　中庭へ出た敦子は、燿のもとへ飛ぶように走っていく。

　転がるように膝をつき、敦子が燿の細い身体を抱きしめるのが見えた。

　コートの肩が大きく震える。敦子はその手の中に燿の小さな顔をはさみ、何度もそれを確かめ、泣きながら、二度と離さないという勢いで、しがみつくように燿を抱擁(ほうよう)した。

　その光景をみつめる花の胸にも、熱いものが広がっていくようだった。

（敦子さん……敦子さん……）

「あーん、いやじゃー。花ちゃん、七海も櫂くんにあいたいのにィー」

「はい。もう少ししたら、会いにいきましょうね。でも――でも、いまは、少しだけ櫂との再会を、敦子にこころゆくまで味わわせてあげたい。

（でも――いったい、これはどういうことなんだろう。保護施設にいるはずの櫂くんが、どうしてここに？　一時保護所では外出はかなり厳しく制限されているはず。児相がいったん下した決定をそう簡単に翻すこともないはずなのに――それも、こんな短期間に）

「七海も、おそと、いく」と花の腕の中で、足をバタバタさせて暴れる七海の身体が、

「――花さんを困らせちゃだめだよ、七海」

横から伸びてきた腕に、ひょいともちあげられた。

「あーっ、パパーッ」

「遅くなって、ごめんね、七海」

長身の一二三が七海を軽々ともちあげ、肩車をすると、ぐんと開けた視界に七海ははしゃぎ、たちまち機嫌を直した。

「若先生……」

「おまたせしました、花さん。ああ――葉山さん、ぶじに再会ができたようですね」

クリスマスツリーの下で涙にくれている敦子を見て、一二三が目を細める。

「本当によかった」

花は先ほど、一二三が電話でいったサプライズ、という言葉を思い出した。そう、これはまさしく、サプライズだ。敦子がここにいることも、櫂がくることも、一二三は知っていたのだ。だが、どうして？　一二三はいったい、どんな魔法を使ったのだろう。

「これは、若先生のしたことなんですか？　いったい、どうやって、櫂くんをここに」

「ぼくではなく、宮先生のはからいです」

一二三は微笑んだ。

「もちろん、ぼくもできる限りの協力はしましたが。宮先生は櫂くんが保護施設へいったあとも、あきらめず、粘り強く、児相へ働きかけてくれていたんです。結果、櫂くんのお母さんも、最後には、措置変更をとりさげることに同意してくれたんですよ」

「宮先生が……」

「そう、あそこにいるのが、見えるでしょう？」

一二三が敦子の夫の横に立つ、丸顔の柔和な女性を指したので、花は驚いた。

宮先生というのは女性だったのか。

一二三の先輩議員で、児童福祉に詳しい人物――と聞き、花は勝手に男性だと思いこんでしまっていたのである。

「宮先生の隣にいる、若い女性が、櫂くんを受けもっている児相の担当者です。宮先生と担当者のふたりが同行することを条件に、今回、特別に外出許可がおりたんです」

「特別に……。ええと、つまり、宮先生が児相に働きかけ、それを受けて児相が櫂くんのお母さんを再度、説得した結果、お母さんも最終的にそれに応じて、櫂くんは敦子さんのところへ里子として戻ることができた――そういうことなんですね？」

花は懸命に頭の中を整理した。

「でも、よく、櫂くんのお母さんがきもちを変えてくれましたね。それに、児相にしても、いったん決まった措置を、こんなに短いあいだに再変更するのは異例なのでは……」

「たしかに異例のことですね。ただ、櫂君の母親の事情がいきなり変わってしまったので」

「事情？」

一二三はうなずいた。

「彼女の同棲相手が、逮捕されたんです」

思いがけない話に、花は目をみはった。

（逮捕？）

「十日ほど前、大規模な特殊詐欺グループの一斉摘発を受けて、逮捕されたんです。逮捕後にわかったんですが、彼には賭博と薬物がらみの前歴があり、現在も執行猶予中の身でした。今回の詐欺に関しても証拠が揃っていますし、受け子などの下っ端ではなく、元締めのひとりであるそうなので、実刑になることはまちがいないようです」

「実刑……刑務所に入るんですか。それじゃ、櫂くんのお母さんは……」

「逮捕の知らせにすっかり動揺してしまい、すぐ、児相の担当者に連絡がきたそうです。彼女は就労経験もほぼありませんし、貯金もわずかな状態だったそうなので、このままでは、出産費用をまかなえず、住んでいるアパートの家賃も払えなくなってしまうと」

出産予定日までは、すでに二か月を切っている。

産後のことも考え、早急に今後の生活の見通しを立てねばならず、福祉局の他の部署へつなぐことになったが、ただでさえ妊娠中の不安定な精神状態に加え、今回の事態で、母親はすっかりパニック状態になっており、まともな対応ができなくなっていたという。

それ以上は児童相談所の担当員の手には余る仕事になってしまうため、担当員から所長を通して、宮議員へと連絡がいった。

すぐに駆けつけてきた宮議員が同行して生活保護の申請をし、出産費用に関する問題や産後の生活の計画について相談に乗り、ある程度の見通しをつけられたそうだ。

まだ受給の告知はきていないが、出産直前という緊急性があるため、おそらく申請は通るだろう、という話だった。今後はケースワーカーがつき、母子支援という形で彼女の生活を支えていくことになる。

「入籍前だったのは、不幸中のさいわいだったといえるでしょうね。逮捕された同棲相手は少なくとも、三、四年は出てこられないだろうという話だったので、そのあいだに彼とはなんとか縁を切り、生活を立て直すことができるといいんですが」

「宮先生が生活支援の力になってくれたので、燿くんの母親も、先生の話に納得して、施設への措置変更をとりさげてくれたんですか」

「いいえ、宮先生はそれに関して、直接、彼女に何かいうようなことはしなかったそうです。困っている彼女の弱みにつけこむような形になってしまうのは、よくないということで。ただ、児童相談所の所長が、再度、説得にあたってはくれたようですね」

現在、児童養護施設のかなりが定員オーバーになっており、保護された児童の多くは、一時保護所に長期滞在することを余儀なくされている。その一時保護所自体も、収容限度を超えた児童を抱えており、パンク状態なのだそうだ。

養護施設とちがい、一時保護所からは学校へも通えないので、長く一時保護所に足止めされることは、子どもの教育にとっても、望ましい状態ではない。

加えて、いまは、感染症対策の問題がある。大人数で集団生活を送る保護所より、里親家庭で養育を受けるほうが安全性ははるかに高い。燿くんの健康を考えても、もう一度措置変更について考え直すべきでは――と、所長は以前にもした説明を、再度、燿の母親に伝えたそうである。

「――実は、同じく里子に出ている燿くんの妹さんの里親さんが、今回の措置変更に強く抗議しているんです。父親が弁護士だということで、訴訟も辞さないかまえだそうで。所長にしても、同棲相手の犯歴を知らず、近々養父になる人物ということで、その主張を聞き、櫂くんの措置変更を認めてしまった事実があるので、それをつかれるとよろしくない、という弱みがあるんですね。この件を議会でとりあげられると、話も大きくなりますし……まあ、これ以上は、少し政治的な話になるので、詳細は控えますが」

櫂と妹、ふたりの里親からのプレッシャーが効き、母親じしんも同棲相手の逮捕により心境が変わった。すべてのタイミングがうまくあったということなのだろう。

「今日、櫂くんを連れてこられたのは、特例中の特例です。一時保護所は外出制限が厳しいですからね。櫂くんが入所しているのは、ある児童養護施設内に設置された、臨時の保護所なのですが、そちらは普通の保護所よりもだいぶ規則が緩やかなので、今回のことも、誕生日の特別外出ということで、なんとか融通(ゆうずう)をきかせてもらえたようです」

母親は措置変更をとりさげたが、それですぐに櫂が敦子たちの元へ戻れるわけではなく、やはり正式な手続きを踏まねばならないので、櫂が戻ってくるのは、年始年末をはさんで一月(ひとつき)近く先のことになるという。

その前に、葉山の家を出て以来、生来の明るさを失い、食事もあまりとらなくなっていた櫂を一度だけでも敦子たちに会わせ、元気をとり戻させてあげたい、と、宮議員が施設の責任者と相談の上、特例で、今回の一件を計画したのだそうだ。

「ご夫君のほうの葉山さんには、事態の経過を、児相側がその都度伝えていたんです。母親の意志変更により、櫂くんが家に戻る可能性が出てきたことも」

「そうだったんですか」

「はい。ですが、そのころは、敦子さんがようやく精神的に立ち直りつつある時期でもあったので、曖昧な情報で一喜一憂させたくない、ということで、今日にいたるまで、ご自分だけでことに当たっていたんです」

花はうなずいた。

（だけど、きっと夫さんは、敦子さんを驚かせ、よろこばせたかったんだろう）

プロポーズのときも、思いがけないサプライズで敦子の心を射止めた彼である。

一日遅れのこの思いがけないクリスマスプレゼントで、妻の、ここ一月の憂いと心労をすべて吹き飛ばしてあげたい、と遊び心のある彼は考えたのにちがいなかった。

「今朝まで、外出の許可がおりるかおりないか、わからなかったので、ぼくも、宮先生もハラハラしていたのですが、なんとか間に合ってよかった。葉山家にとって最高の誕生日になったようですね」

「本当によかったです。敦子さんも、櫂くんも、あんなによろこんで……」

以前よりも少し頰の削げた櫂と、涙で顔をぐしゃぐしゃにした敦子が抱きあって笑っているのを見て、花は鼻の奥がツン、となった。

——どうか、願いをかなえてほしい。クリスマスにほしいのはあなただけ……。

頭上に明るく流れるクリスマス・ソングも、いまはもう、耳にかなしく響かない。

（もちろん、これで、すべてがハッピーエンドになるわけではないのだけれど）

耀の親権をもつのが、産みの母親であることに変わりはないのだ。今回と同じような事態が再び起こらないとはいえないし、あるいは、次こそ本当に結婚した彼女が、環境が整ったので、耀を引きとりたいと要望することもあるかもしれない。

今回のできごとが、聡明な耀の心に与えた影響も小さくはないだろう。

別離の予感という不安の芽――敦子がＬＩＮＥに書いた言葉が思い出される。また引き裂かれる日がくるのかもしれない、別れが訪れるかもしれない、という苦い芽は、六歳の少年のやわらかな心に植えつけられてしまった。それは耀の心の中に厄介な根のように深くめぐり、彼を時々揺さぶり、いつかは負の感情を噴き出させるかもしれない。

（それでも、三人はいっしょに生きていく）

壊れかけ、崩れかけたものを何度でも辛抱強く拾いあげ、積みあげ、敦子と夫は崩れぬ城を、自分たちの家を築いていくだろう。日々の営みを石に、愛と信頼を漆喰にして。

森に捨てられたヘンゼルとグレーテル。冒険の果てに彼らがたどりついたのは、甘く、可愛らしい、まぼろしのようなお菓子の家ではなかったのだ。消えることのない道の先にある場所、何度でも戻りたかった場所、温かな灯の点る、本当の家だったのだ。

「ねー、パパー、まだァ？　七海、耀くんとこ、はやく、いきたいよー」

肩車をされた七海が一二三の頭を小さな手でぺちぺち打つ。

「そうだね。それじゃ、そろそろ、会いにいこうか」

気づくと、クリスマスツリーの下に集まっている全員が、こちらをむいている。

七海を肩車したまま中庭へむかう一二三に、花も続いた。

「花ちゃん、櫂くん、かえってきたんだよね？　また、七海とあそんでくれるかな？」

「はい。来年になったら、元のおうちに帰ってくるそうですよ。きっとまた、前みたいに遊んでくれると思います。櫂くんは、七海さんが大好きですもの」

「ありがたいねえ」

しみじみと老人のような口調でいうので、花は思わず噴き出してしまった。

「でも、なんでかえってきてくれたのかなあ。だれが、櫂くん、つれてきてくれたの？」

「うーん、きっと、サンタクロースじゃないかしら」

「えっ。サンタさん？　じゃ、櫂くん、トナカリちゃんの引く、空とぶそり、のったの⁉　すごーい！」

「そう、それとも、神さまが願いをかなえてくれたのかもしれません。だってクリスマスには、奇跡が起きるといいますから」

「しょっかー。神しゃまかー」

七海はぐりんと首を上へめぐらせ、星々のかがやき始めた夜空を見あげると、声を限りに、いった。

「ありがとねえーっ！」

「七海ちゃーん。花ちゃーんっ」

敦子の腕を離れ、櫂が笑顔で駆けてくる。

ばら色の頰。赤らんだ鼻。雪のように白い息を吐きながら、興奮とよろこびにきらきらと目を輝かせて。かろやかに、飛ぶように、翼の生えた靴をはいているかのような足どりで。足をバタつかせて暴れ始めた七海を一二三があわてて地面におろすと、七海は子犬のように櫂めがけて駆けていった。パン、と打ち合う二つの小さな手のひら。弾(はじ)ける笑い声。と、五時を告げるショッピングモールの鐘の音が、あたりに高らかに鳴り響いた。

（一日遅れの、ハッピー・ハッピー・クリスマス）

欠けたるものの何もない、幸福に満ちあふれた風景。

よろこびが、安堵(あんど)が、笑みが、涙が、みなの胸からあふれ出す。

笑顔で駆け回る七海と櫂を見守りながら、花は一二三の隣で、祝福の鐘の音(ね)に、しばし耳を澄ませ続けた。


〈おわり〉

※この作品はフィクションです。実在の人物・団体・事件などにはいっさい関係ありません。

集英社オレンジ文庫をお買い上げいただき、ありがとうございます。
ご意見・ご感想をお待ちしております。

● あて先
〒101-8050　東京都千代田区一ツ橋2-5-10
集英社オレンジ文庫編集部 気付
松田志乃ぶ先生

ベビーシッターは眠らない
泣き虫乳母(ナニー)・茨木花の奮闘記

集英社
オレンジ文庫

2021年10月25日　第1刷発行

著　者　松田志乃ぶ
発行者　北畠輝幸
発行所　株式会社集英社
〒101-8050東京都千代田区一ツ橋2-5-10
電話【編集部】03-3230-6352
【読者係】03-3230-6080
【販売部】03-3230-6393（書店専用）
印刷所　大日本印刷株式会社


ISBN 978-4-08-680413-4 C0193